全民阅读精品文库

胡老板进京

王升山 李青 | 主编

中国言实出版社

图书在版编目(CIP)数据

胡老板进京 / 王升山，李青主编 . —北京：中国
言实出版社，2015.5
ISBN 978-7-5171-1314-0

Ⅰ.①胡… Ⅱ.①王… ②李… Ⅲ.①中篇小说—小
说集—中国—当代②短篇小说—小说集—中国—当代
Ⅳ.① I247.7

中国版本图书馆 CIP 数据核字（2015）第 086438 号

责任编辑：周汉飞

出版发行	中国言实出版社

地 址：北京市朝阳区北苑路 180 号加利大厦 5 号楼 105 室
邮 编：100101
编辑部：北京市西城区百万庄大街甲 16 号五层
邮 编：100037
电 话：64924853（总编室）64924716（发行部）
网 址：www.zgyscbs.cn
E-mail: zgyscbs@263.net

经 销 新华书店
印 刷 北京温林源印刷有限公司
版 次 2015 年 10 月第 1 版 2015 年 10 月第 1 次印刷
规 格 710 毫米 ×1000 毫米 1/16 18.25 印张
字 数 226 千字
定 价 38.00 元 ISBN 978-7-5171-1314-0

目 录

茫 茫

王秀云

2008 年，我还在市委工作，受邀参加全市优秀青年企业家联谊会，万泰电缆集团的刘庆听说我也去，专门开车来接我，路上和我说，这次联谊会的活动经费，是大妙食品有限公司全部买单。我有些奇怪，既然是政府组织，为什么要个人买单呢。刘庆一笑，说：想赎回自己吧？大妙食品有限公司是我们这食品行业的龙头企业，董事长大妙今年 36 岁，年纪不大，却是手眼通天的女人了。正是这次会议，让我了解了她不为人知的发迹史。

一

那天的阳光是白的，是那种滤去了所有颜色的白，树木、村庄、道路，都像覆盖了一层薄膜，失神地在大妙的视野里相继退去。高考前的体检结束后，她没有等待结果，就心急火燎地往学校赶，她要把耽误的时间补回来，至于其他，她是没有兴趣的。

　　班上同学还不多，她有些庆幸，她想先复习英语，刚打开书，感觉又饿了。不知道为什么，这段时间这种饥饿的感觉总是来得很突兀，常常让她很恼火。这时，她的肚子里不时搅动，发出响亮的声音，她既难堪又难受。高考在即，正是一寸光阴一寸金的时候呀，可这些日子她只要一饿，书上的字像长了翅膀，蚊子一样在她眼前晃动，她只能是吃了饿，饿了吃，一边吃一边学习。没办法，她和大多数农村的孩子一样，只有这一条路，她只有在这一条路上走出去。她从很小就明白了这个道理，所以她比其他的孩子都用功。从小学到高中，她一直是班上前三名的学生。寒假期末考试她在班上考了第二名，比第一名少了六分。六分，有可能就是天壤之别，她必须把这六分拿下，争取考第一。她知道班上有不少人嫉妒她，她辫子比她们长，可是没有影响学习，好多女生怕耽误学习把辫子剪了，可她舍不得，她的辫子又粗又黑又长，已经过了屁股，扎了两根玻璃丝，走起路来在屁股上敲敲打打，很是喜庆。她有男孩子喜欢，好几个呢，可是，她只喜欢大发，人高马大，就是有点黑。她比她们都要白一些，穿同样的校服她也比她们好看。这都让她们嫉妒，可是，大妙才不在乎这些呢，她觉得最值得她们嫉妒的应该是她的成绩，没有好成绩，跳不出这块穷地方，再漂亮也没有用，自己村里有的是这样的小媳妇，刚结婚时漂漂亮亮的，没几年就傻老娘们一个，说话粗声大气，走路也没个样子，在一个小院里出出进进，一辈子只有那么大的天。她才不想那样呢。每天夜里两点，所有人都沉醉在甜美的梦中的时候，她都能准时醒来，拿着一个手电筒，看一个小时的书，这个时间她头脑清醒，记忆力惊人，这是她能够始终出类拔萃的绝密武器。没有人知道这个秘密，包括大发。想到大发，她忍不住心里一跳，回头看看，大发正在低着头看书，一绺头发挂在前额，挡住了他的眉毛。他的眉毛真粗呀，浓浓的、黑黑的，理直气壮地占据着他脸上最光洁的领地。他在用功呢，可惜他基础太差了，醒悟得太晚了，期末考试只考了十一名，但他有潜力，只要剩下的时间抓紧努力，考上一般性大学没问题。

　　大妙想起放假的时候，他们两个在学校后边的麦子地里，大妙一边走着一边看了大发一眼，说："你的成绩这样，打算怎么办？"大妙相信自己的眼里有无限的力量，完全可以让大发知道后果。果然，大发说："现在我选择大学的可能性不大了，但是，到大学可以考研究生，我是决不会让你把我拉下的。"大妙心里高兴着呢。她就是要他们两个一起跳出农门，光宗耀祖，干一番事业。大妙说："那好，放假以后咱们谁也别理谁，你好好补课，咱们高考以后再说话，不然我急。"大妙想起那时候大发看着她的眼神，很无辜很委屈的样子，心里竟然暖洋洋地。当时自己这么决定是有点残酷，毕竟两个人是一个村的，近在咫尺却不让见面，真难为大发了。可是，大妙知道，这是让他们的感情开花结果的唯一出路，他们没有别的选择。

　　她又看看大发，大发在用功。她笑笑，目光就穿越了光明的岁月，看到了灿烂的人生和他们苗壮的爱情。她站起来，凳子吱呀一声，她忍不住低头看了一眼。她那时候并不知道，她和这个粗糙的凳子就要诀别了，她的腿离开这个凳子的瞬间，一切都已经改变了。

　　凳子一响，她立刻感到大发的目光贴在了自己身上，就故意对同桌说："我回趟宿舍，老师来了你给说一声。"她说话的声音那么大，全班同学都听见了，其实，她就是想让大发一个人听，让他安心学习，她要让他和自己一起飞呀。

　　"要我陪你一起去吧！"李猛突然大声说。大家哄堂大笑。大妙看见大发涨红了脸想站起来，被她用眼神制止了。李猛这样对待她不是一天了，他曾经给她写过情书，可她根本看不上李猛，就拒绝了。李

猛不死心，有一次竟然堵在她宿舍门口，逼着她答应他的请求。这件
事宿舍的人都知道，都觉得李猛过分。后来，她把情书交给了老师，
老师竟然在班会上把李猛作为杀鸡警猴的典型。李猛的名誉受到了严
重打击，原来学习虽然在中游，但还是遵守纪律、自尊自爱的，这以
后就成了班上最调皮捣蛋的一个。人们都觉得李猛的堕落是大妙的罪
过，对李猛就有了一些同情。但是，大妙才不管这么多呢，她只想好
好学习，在班上确保前三名的成绩，高考的时候确保上一个好学校，
至于李猛是不是堕落，那是他自己的事。

　　李猛常常找她的碴，但她很少和他计较，她在心里一遍又一遍对
自己说："咱们不是一个层次的。"她看不起李猛，虽然是非农业户口，
可是天天吊儿郎当，天生是飞不起来的鸡，将来也就是在虁川市靠老
子混口饭吃，不会有什么出息，自己可是要高飞的呀，怎么能和他这
种人浪费宝贵的时间。和往常一样，她器宇轩昂地离开了教室。

　　六月的阳光已经有些热情过度，让人感觉慵倦，也有些不耐烦。
可她顾不了这些，回宿舍吃了一个馒头，一边吃一边从心里默念单词。
她真是一分钟也舍不得浪费，回来的路上，她竟然在心里把数学公式
又默读了一遍。都在她心里装着呢，她只要最后的冲刺，她已经看到
了胜利的锦旗在她 12 年奋斗的终点扑啦啦飘荡。她是一只小兽呀，一
只即将奔赴旷野的小兽，生机勃发，壮怀激烈，却又有几分忐忑不安。

二

　　一进教室，她有点愣怔，校长、教导主任和班主任都在，她还从
来没见过这阵势，心哆嗦了一下。班主任看见她进来，目光是凶狠的，
这让她吃了一惊。班主任从来对她都是另眼看待，对她的宠爱也是尽
人皆知，即使自己中间出去一阵也不会批评自己。今天怎么了？她低
下头，想赶快回到座位上，但是，她不知道，只是几分钟的时间，她

的命运已经永远改变了，那个普普通通的座位，她是再也回不去了。

　　班主任说："你跟我们走一趟。"那语气就像电影里八路军说日本鬼子狗汉奸一样。她心里一激灵，感觉有一片乌云，在班主任的话里汹涌而来。她害怕了，腿有些抖，迈不开步。班主任显然已经看出了她的恐惧，但他丝毫没有心软，反而更加刻薄地说："害怕啦？晚啦！现在害怕？早点你怎么不知道害怕？"说着，他自己鼻子一酸："这个傻孩子，多好的一棵苗子呀，就这么糟蹋了！"眼泪止不住流下来，索性就呜呜地哭了。这个孩子，才刚19岁，花骨朵一样的年龄，学习成绩那么好，眼看是一棵好大学的苗子，自己教书十几年，这样的孩子没教过几个，这孩子多要强呀，多争气的孩子呀，不多言不多语，又朴素又勤奋，一辈子遇不到几个这样的学生。越是这样想，他的眼泪就越止不住，一路就抽抽噎噎地。校长和教导主任也不规劝，都铁青着脸，径直往校长办公室走。

　　大妙早就哭了。虽然她还不知道发生了什么事，但是，她知道自己闯了大祸了。她开始还是嘤嘤地小声哭，越哭越清醒，越明白自己的处境，哭声就越来越悲痛，最后那哭声就像从胸腔里拔出来的一样，连根带血了。

　　到了校长办公室，大家都坐下，只有她自己站着哭，也没有人理她。校长点着了烟，拧着眉头吸了一大口，张开嘴，立刻浓烟滚滚。那烟一缕也没有飘散，打了旋儿被他深深地吸入肺腑，他不停翕动的鼻孔很快就像烟筒一样钻出两股白烟。烟飘散了，他才闷声说："把许老师叫来。"班主任已经止住哭泣，立刻出去了。一会许老师就来了。许老师进来看了她一眼，那眼里的内容和班主任不一样，班主任是痛惜，她的眼神里全是蔑视。

　　校长低着头说："许老师你和她谈谈，我们不方便，我们想办法通知她的家长。"

大妙一下子被击中了，通知家长？天大的事呀。她嚎啕大哭，呜呜噎噎地央求，"校长，别叫我家长，我自己扛，千万别叫我家长。"班主任也哭了，班主任一哭，大妙的绝望就更深了，哭声就更紧了。可是，校长什么也没说，就走出了办公室，教导主任和班主任也跟着往外走。大妙抓住了班主任的衣角，眼巴巴地瞅着班主任说："老师，你留下，你留下，你别走，别走。"班主任哭着把她的手扯开，使劲摇摇头，也出去了。屋里只剩下许老师了。她的哭声渐渐低了下去，她不想在许老师面前哭，她知道许老师不同情自己，女人从来不同情女人。只是眼泪还是滚滚而下，咬破了嘴唇也止不住。

许老师厌恶地看着她，说："你还有脸哭，你怀孕了你知道吗？"

在以后的日子里，大妙常常要回忆这段时光。她认为那时天上打雷了，轰隆隆的雷声滚过，从她的头顶一直炸到脚心。可是别人都说没有，都说你晕过去了，大家把你赶快送到医院，医生说，孕妇已经五个多月了，不应该受到强刺激，还把他们批评了一顿。当然，大妙能和别人交流这些事情的时候，已经是多年以后了，她经历了很多，已经什么都能够承受了。

三

那天，她醒来以后，耳朵里都是哭声。她辨别出了母亲的哭声，那声音是嘶哑的，拖着凄厉的长腔。然后是一个男人的哭声，那声音有些嫩，像刀子划过手边的树叶，她听不出来。突然她听到"啪"地一声，那个男人的哭声骤然升高了，带着惊恐后的战栗，现在她知道是谁了。另外一个哭声伴着叫骂声，她知道是自己的父亲。那哭声一声高一声低，一声粗一声细，有时她怀疑听到了狼的嗥叫，她在电影里听到过，呼啸着穿过阴森的黑夜；有时又听着像一只受伤的猪叫，无力地哼哼着，东拱一头，西拱一头，在肮脏的地面上焦灼地徘徊；

一会儿，父亲像一只暴怒的狮子，吼叫着，咒骂着，绝望地在嶙峋的山岩间奔突跳跃，紧接着就会有一阵厮打和混乱。她闭上眼睛，怀孕了，这消息撕毁了多少人的心呀。

父亲有两个女儿一个儿子，她是家里的长女。父亲一辈子只会种地，他舍不得地上长一棵草，天天长到地里，把地伺候得熨熨贴贴，比别人的庄稼年年都长得顺溜。父亲念过私塾，年轻时出过远门，见过外边的世界，知道自己一辈子出不去啦，就盼着自己的孩子走出去。他侍弄着土地，可是，他是决不肯再让自己的儿女留在农村了。和外边的人比，农村人的日子不是日子呀，农村人一辈子都在熬呀。别人熬得没奔头，他有，他的大女儿从小就学习好，他早就看出来了，她是家里的希望。只要她出去，两个小的自然就会学姐姐的样子，想办法考出来。他活得有劲头就因为这个呀。他不是糊涂人，人没有奔头就没有活头，活到哪里不是死？人能脱了死吗？连诸葛亮都要死，毛主席都要死，别人谁能脱得了呢。

可是，有奔头就不愿意死，没奔头这穷日子多活一天少活一天有什么用。他起早贪黑长在地里，不是他爱干活，实在是有奔头的日子追着他、撵着他，他要多打几斤粮食，多攒几个钱，给几个孩子留着。他可不像他那些哥们兄弟，攒钱是为了给儿子娶媳妇盖房子，真是没见过世面呀。在这个蛤蟆尿就能淹了的小地方，盖房子有什么用，就是盖金房银屋一辈子也是这么大的天！他攒钱就是为了供孩子上学，上完中学，上大学，上完大学上博士。都说我不会做买卖，我做的买卖最大了，我今天给孩子花一块钱，他们将来能挣来一千块，能住洋楼，坐汽车，这才是一本万利呀。虽然我享受不到，可是，我的儿女们能享受到，当老人就该这样呀，把儿女们往高处托，往远处托，往好日子里托！

可是，这个混帐大发呀，他就一锤子把我给毁了，把我女儿毁了。

他噌地一下子蹿起来，大吼一声，“我踢死你个混蛋！”冲着大发又是一脚，大发蹴揪在墙根低下，抱着脑袋哭，也不躲闪，不挣扎，衣服上看不出哪是血哪是泪。他知道自己完啦，这辈子算完了，他说：“你们打死我吧，打死我吧，我求求你们打死我吧。”

“我打死你！我打死你！”父亲冲过来，有人拉着、拽着。父亲突然泄了气，哭着说：“我打死你也救不了我女儿啦！”那哭声就像奔腾的洪水找不到出口，发出尖锐的啸叫，一会又像进入狭窄的浪窝，打着旋进入无边的黑暗。他心里那点小小的灯火，熄灭了，没有了，被汹涌的浪头吞噬了，再也看不见了。他忽然感觉没力气了，血被抽干了，像一片干枯的棒子叶，被秋天的风一吹，在荒凉的田野上滚动翻卷，落在一棵棒子根碴上。那是谁干的活，这么不利索，留下这么多棒子根碴，直愣愣地，露着尖利的锋芒？他一动，身子被呲啦一下子，划破了。他感觉到那疼，扎心的疼，他被划疼了。这一辈子在庄稼地里，他多少次被划疼了，可是，他都忍了，他能忍，为了儿女们，这点疼算什么？可是，今天，这刀子真快呀，把我的皮肉都扒了吗？听说过古人犯了大错是要凌迟的，就是一刀一刀把人割了，我怎么觉得有人一刀一刀割我的心呀。他又哭起来，一边哭着一边说：“妙呀，我疼呀，妙呀，我的心疼呀。”那哭声就穿过十几里的山路，吱吱呀呀地，到了香寺镇香寺村一棵老槐树下，树皮皴裂着，咯地那哭声就丝丝缕缕地，滴滴答答地流着血。可那哭声停不下来呀，辗转反复，又到了一所坐北朝南的老房子里，烟熏火燎的屋顶，挂着灰黑色的蛛网和蹋灰。一个十岁男孩和一个八岁女孩在吃馒头咸菜，两张小脸脏乎乎地，垂着和大妙一样细长的眼睛。那眼睫毛真长呀，在小小的鼻梁上留下了细嫩的阴影。那哭声就停在那阴影里，舍不得出来。一会两个孩子站起来，哭声想给两个孩子洗洗脸，可他实在没有力气了。他想说句话，可是他什么也说不出来，就在两张小脸上绕来绕去。这两个傻孩子呀，他们还听不到他爹的哭声。他的哭声到家了，在家里的房梁上、柜子上、饭锅里、门台子上转来转去，他还在那几只鸡的翅膀上停了一阵，这真是几只好鸡呀，每天都能下蛋，那些鸡蛋都给了大妙，她学习紧呀，要营养，两个小孩子都舍不得给吃。那哭声在大妙的一本中学书本上停得时间最长，把书本都给打湿了，看不出是被泪还是血打湿的，然后在院子里又盘旋了几圈，才恋恋不舍地回到夔川市医院。那时候那哭声只剩下一缕游丝，他想到大妙房间里看一眼，到了门口一赌气又回来了，然后他在医院抢救室雪白的四壁上飘来飘去。他看见自己的老婆，哭声忽然就使出了自己最后的力气，声音就像有人被突然扎了一刀一样，嘶哑得有些声嘶力竭。这个老婆子不容易呀，自己当初用 50 斤麦子换来了她，可她结婚的时候非要多给她娘家 20 斤棒子，就这 20 斤棒子，让他几十年没正眼瞅她。后来大妙大了，又有了两个小的，才觉得她也是家里一口人了。这两年，大妙越来越有出息，都看见大学的眉眼了，才知道她为他做了贡献呢，给他生了三个好孩子。三个孩子都平头正脸的，农村这样的孩子不多呢！两个小的还看不出什么，看看大妙，要个头有个头，要模样有模样，成绩还这么好，这家人有盼头啦，觉得老婆子人还真不赖。老婆子在哭，怎么她的哭声我听不到呢？他看见老婆子使劲抱着自己的腿，哭得昏天黑地。有人对准从前的自己，又是打针又是输氧。他忽然觉得有些可笑，他们不知道自己的主人已经不需要了，他此刻才真正轻松了，平静了。他说，老婆子，别忙了，我的心呀，已经被刀子一刀刀割没了，血管一条条给挑断了，我活不了啦，你带着孩子们熬吧。他好像还想说些什么，但是，他看见有些白羽毛一样的东西，托起了自己，自己就轻飘飘地飞起来，他终于离开了他的亲人、孩子和庄稼，自己走了。

> 大妙听着隔壁的喧闹，知道自己的翅膀已经被连
> 根铰断。从此以后，纵有天高的梦想，她是再也飞不
> 起来了。她怀孕了，这真是天大的雷呀！

四

　　大妙听着隔壁的喧闹，知道自己的翅膀已经被连根铰断。从此以后，纵有天高的梦想，她是再也飞不起来了。她怀孕了，这真是天大的雷呀！她是怎么怀孕的呢？他们就一次呀。那天是寒假回来，好多同学都回来了，可是他天黑才到，他进了教室拿了一本书，出去的时候，丢在她书桌上一张纸条。她装作不经意地四处看看，剩下的几个同学都在学习，没有人注意自己。她偷偷打开纸条，上面写着：在学校后面等你。她真着急，现在这么忙，有什么事能比学习更着急呢？不是说好了高考结束后两个人再说话吗？可是，如果不去他会一直在那里等着自己的，这个死心眼。她又气又恨，匆匆看了两个单词，一路走一路背，还要四周围看着，免得让别人看见。

　　天已经黑下来了，远处灯光微茫，大树巨大的阴影此刻魔鬼一样，在虚空中摇摇晃晃。有鸟倏忽飞过，这个季节只能是麻雀。风有些燥热，从树梢上哗哗趟过。有东西吹进眼睛里，她揉了揉，一粒无穷小的尘埃伴随着眼泪流出来。没有月亮，星星也很稀少，黑黢黢的天空有些迷茫和空洞。大妙忽然有些害怕，没有来由地，那恐惧从骨头里呲呲地冒出来，从她的脚尖一直爬到腿上，腿就像气球被一下子吹起来。但是，那生长在血肉里的力量竟像给撒了气一样，转瞬就消散了。她感觉有什么地方不对了，有一种无形的力量在阻止自己往前走，她停了下来，等着那神秘力量更强烈地抻拽。可是那感觉似乎有些淡了，她找不到理由让自己不去和大发见面，毕竟一个寒假没见面了，她刚才看见他时心里也是怦怦直跳，她知道自己是想他的，很想很想，那种想就像有了一根粗大的绳子，拉着他，拽着她，往那看不见的黑暗一步步走去。可心里像有一把锤子，使劲擂自己的胸口，把自己擂得口干舌燥。那恐惧又来了，缠到她的腿上，伸出尖细的嘴，咬破了她

血肉里的力量，她觉得自己又一次被抽空了，可是，她想回头已经来不及了，大发从后边一下子就抱住了她。他们不计后果地抱在一起，她的舌头被一条巨大的蛇给吞噬了，那是一条多么强悍的蛇呀，在她干涸的嘴里喷云吐雨，上下翻动，把她的理智一点点从口腔里吸走了。他们相互撕咬着、吞噬着。大发的手慌乱地进入了她的衣服里，在她坚硬的乳房上揉捏，她那年轻的乳房还从来没有经历过这种摧残，疼地躲闪着、颤动着，可是，很快，又傻呵呵地迎上去，寻找那奇妙的疼。两个年轻的身体已经被点燃了，那蛇突然坚硬地到达了她的身体，她感觉到了，大发的手已经解开了她的裤子，在她的身体里忙乱地摸索着，她想躲，可是她的力量已经被放走了，停在她看不见的地方，看着她一息尚存的理智最后的挣扎和迷乱。她闻到了一种奇异的味道，那味道带着海啸般的声音，有着尖利的锋刃和赭红色的叶片，在她的身体上巡游浪荡。她想站起来，那条蛇阻止了她，猛然挺立起来，粗暴地咬破了她的身体，她疼得大叫了一声，就被一种突如其来地白光击懵了，然后她战栗起来，身体发出欢快的呻吟，眼睛里有了星星点点的光芒。她已经被熔化了，变成了一汪散发着香气的水酒，在初春的原野上弥漫着、飘荡着，让别人醉了，让自己也醉了。突然，她听到大发大声地喊着："妙，妙，妙呀。"就急剧地抽动着，然后身子一挺。大妙觉得身体里滚过一阵热流，那热流以惊人的速度冲击着，逢山开路，遇水搭桥，一路浩浩荡荡，直接就进入了华丽的子宫。直到这时，大发才偃旗息鼓，瘫软在大妙的身上。一阵冷风吹来，那风长了眼睛似的，找到大妙衣服的缝隙长驱直入。大妙打了一个冷战，醒了，她嗥叫了一声推开了大发，然后扑到大发的怀里哭开了。

　　从那天到昨天体检，已经将近六个月了，那个占领她子宫的小小精子，已经伸胳膊长腿，轻而易举地推翻了她鲜活的命运。不知道为什么，她有点怕它，手战战兢兢地在光滑的肚子上寻找，希望在哪一个瞬间能找到一个新生命邪恶的光芒。可是，她的肚子除了比原来稍微大一点，什么变化也没有。怎么可能，就因为那点小小的生命，她的一生都毁了呀。想到自己的命运，她又哭起来，她说："你出来呀，你让我看看，你这个小杂种。"她哭得上气不接下气，没有人管她。哭了一阵，她觉得有些不对劲，怎么没有人呢，大家把她扔了吗，怎么一个人也没有呢？她止住哭，坐起来，楼道里是杂踏的脚步声，各种医疗器械碰撞声，却没有人说话。爸爸呢？妈妈呢？还有大发，那个混蛋去了哪里？老师们呢？怎么这么一会就都没有了呢？

她走出病房的时候，她的父亲已经永远离开了。她的母亲看见她出来，疯了一样扑了过来，一边骂着一边哭呀。她说你个小浪丫头呀，你把你爹气死了，你把你爹气死了，你个小浪丫头。我怎么这么不长眼呀，生了你这么个丧门星啊。你爹最疼你呀，你害死了他，你这回可没有爹了，你这个丧门星呀。她还想接着数落下去，可是她一口气没上来，晕过去了。医务人员手忙脚乱地抢救她的母亲，她倚着墙，被人们斥来喝去，那些医生走到她身边都要说一句：一边去！或者说：躲开！眼神的厌恶毫不掩饰。有个老太太颠着小脚走过来，指着她的鼻子说："你看看，你这是作孽呀，你害死自己的亲爹呀，你这个不要脸的。"然后哭着走开了。人们都在骂她，她慢慢出溜到墙根底下，不再说话，也没有了眼泪。她心里说，发生了什么事了呢，我怎么在这里呀。她说："妈妈，我的馒头呢，我要带着去上学了。"小明拿走了她的新铅笔盒，她对小明说："小明，再有两个月姐姐就上大学了，考上大学姐姐就把铅笔盒送给你。"小明跟她拉钩，她呵呵笑起来。她看见很多陌生人架着她母亲过来了，她站起来说："妈妈，我上学去了。我们要初选了。"妈妈怎么愣怔了，她听不见吗？她大声地说："妈妈，我要上大学了，我要走了。"妈妈怎么哭了，真是的，你为什么哭呀？我出人头地了，我要上大学了，我要飞啦。她飞快地转了一圈，偷偷捂着嘴笑了。妈妈啪的打了她一记耳光。她怔住了，定定地看着母亲。母亲说："妙，妙，你可别疯呀，妙呀，你千万别疯呀。你爸死了，就我们娘几个了，你千万别疯啊。"

她的意识慢慢恢复过来，一下抓住了自己的头发，她浑身的血就从头发里渗出来，把她的眼睛都染得血红。后来人们说，从来没听过这样的哭声，真惨呀，三里外都听到了，多少年忘不了，想起来大热天也浑身发冷。

五

给父亲出殡的日子是个响晴的天，院子像是流干了泪的眼眶，拥挤着土坷垃一样的灰头灰脸。大妙穿着一身粗洋布孝服，身上到处粘着泥土和草屑，脸上也看不出什么颜色，被泪水、鼻涕、汗水划拉得脱了形。父亲躺在灵床上，由于天热，肚子已经涨起来了，用一个电风扇呼呼地吹着，孝子们的头发也乱草一样，抖抖索索地。有一瞬间大妙竟然觉得父亲的选择很好，静静地走了，剩下的事再也和他无关了，其实早晚也是要有这一天的，早走和晚走有什么区别呢。她一想这些，悲伤就轻了些，可是又一想到，自己再也没有父亲了，没有了遮风挡雨的人，她又悲从中来。她已经哭不出声音来了，嗓子嘎嘎地干叫着，发出难听的声音。

好容易把一些烦琐的过程做完，起灵了，人群浩浩荡荡地向坟地出发。下葬时意想不到的事情发生了。在把父亲的灵柩放进墓穴以后，大妙突然跳了进去，她抱着父亲的棺材，用了平生的力气，用头使劲撞着，哭声像是一团浓烟滚滚的火，在她的胸膛、喉咙里燃烧、升腾。她说爸爸你带我走吧，我也不想活了。人群一下子混乱起来，哭声四起，男人和女人的哭声在无边无际的土地上滚滚而来，卷着混黄的波涛，让庄稼和青草都颤栗了。好多人也相继跳下墓穴，把大妙往上拉。

大妙挣扎着、吼叫着、央求着，许多手在她身上抓扯着。大妙觉得有人在拧她，是那种死命的拧，突如其来的拧；也有人在踢她，他们的仇恨让大妙清醒了，大妙的悲伤不能打动任何人了。在乡人们眼里，她的罪孽早已经把她的悲伤和绝望给淹没了，死都不足以洗清这一切。她无力地放弃了努力，任由乡亲们把她拽到地面上，肚子里一阵翻江倒海的疼痛又把她击垮了。

孩子早产了，是个女婴，母亲还流了眼泪。大妙就像一生大风大浪地折腾，突然到了小河沟子一样，什么感觉也没有了。她草草地在床上躺了几天，父亲"五七"一过，就和大发结了婚。没有举行婚礼，没有人来道贺，甚至连一张结婚证明都羞于去领，他们像被人群抛弃的一对迷羊，开始了他们茫然的婚姻生活。

没几天，高考结束了，李猛给他们送来了在学校的用品。大妙只是和李猛见了一面，就进了屋子，再也不肯出来。大发和李猛说了会儿话，问了问班上的情况。李猛说："你们的事对学校打击挺大，班上也是，班主任写了停职检查，念检查的时候都哭了。今年高考成绩好不了，咱们班肯定是完了。"李猛临走想和大妙说句话，但是，看来大妙和大发都没有这个意思，就大声说："大妙，没什么了不起的，咱年轻，咱输得起。条条大路通罗马。有什么困难找我李猛。"大妙早已经在屋里泣不成声。

大发一家人表现得不像他们家那么激烈，但是，让他们的儿子没有参加高考，也是一肚子怨气，只是娶了便宜媳妇，让他们不能多说什么。不管怎么说，大发考上大学，学费要几万，考不上呢，张罗媳妇也不少花钱。一套房子是必须要盖的，老大结婚盖了房子，大发结婚不给盖房子说不过去。况且要说大妙这样漂亮的儿媳妇一万块也不多，可即使把老两口砸巴了也没有钱了。如果大发考不上学，家里是给他娶不起媳妇了，这一点早就和大发说过。大发说他的事不用管，这下好，两个人什么也没有要，添置了几件简单的家具就没事了。结婚没几天，老大看出大发两口子不像过日子人，和老人提出分家。老人能说什么呢，老大是嫌大发两个人没过日子心呀，又没有家底，怕连累了自己的日子。分就分吧，人各有命，猪向前拱，鸡向后刨，人各有道。老大分新房子了，和老人一起住，大发傻乎乎的，只好上老宅子住了。

老宅子在旧街上，临街三间青砖抱角的土坯房，墙头上长满了草。这些年人们疯了一样盖房子，旧街地方窄瘪，都向村外盖，村外有了新区，旧街显得荒凉了，剩下老弱病残。况且这房子已经好几年没人住了，院子里长了很深的草，大发两口子不是干活的料，一进院子就哭了。老大听说了，可能也觉得不过意，主动过来帮忙把房子修了，院子清理了，还送了他们一个菜板，一把菜刀、一口锅，还像孩子似的给他们削了一把桃木剑，说是房子老了，辟邪。老大临走要了一毛钱，说是不能送刀，送刀会让两人断道，必须要钱。大发没有一毛钱，就给了他哥一块，大妙看见他哥的眼亮了一下。送走了大哥，他们清点了一下分得的东西，一口袋麦子，一口袋面，半口袋棒子面，一把锄头，一把铁锨，两只母鸡，四个小碗，一个菜盆，一个脸盆，一个面盆，一个脚盆，其余都是零零碎碎的东西。两个人熬了点棒子面粥喝了，然后把床铺好，并排躺在床上。

陈年的老屋子有一种霉味，渗透在每一个角落，怎么也打扫不净。大妙痴呆呆地躺着，知道自己最好的日子，就要葬送在这间黑屋子了。突然，她哭了起来，大发过来抱她，她劈头盖脸打过去，一边打一边哭一边骂，她说大发呀，你个混蛋，你害死我了。大发也呜呜地哭，任由她打着骂着，就是不撒手。她揪住了大发的头发，狠命往怀里拽，大发的头扎到床上了，她还是不肯撒手，她要把这祸害的头摁下去，摁下去，一直摁到过去的日子里，让他从寒假后的夜晚永远消失。让我活回去吧，我要回去呀，你个祸害。大发疼得受不了了，一翻身把大妙摁在床上。他咬牙切齿地骑在大妙的身上，把衣服扒光，然后撕扯着大妙的衣服。他还是第一次真正看见大妙的身子呢，他们过去偷着在一起，结婚了她不让他碰，他知道她恨他呀。可是他也恨她，没有她，他也不至于落到这步。可是，她敢恨他，他却不敢恨她。她把恨放在嘴里，放在眼里；他把恨埋在了身上，埋在了肉里。大妙的白晃得他眼睛一疼，流出了眼泪。他说，你个妖精，你个鬼呀。他把所有的仇恨都凝聚在一个部位，那部位像冲锋陷阵的勇士，为他厮杀，为他卖命，为他掀起淹没强敌的狂涛巨浪。她在他身下哭啊，身子要命地起伏着，像被人拽起又扔下，她说，你个祸害呀，我不想活呀，你个祸害。她嚷着叫着，把身子高高挺起，像迎战的旗帜，哗啦啦扑向敌人。她的嘴里射出了炸弹，一发又一发命中敌人，在他脸上、身上遍地开花。她腾起双腿，紧紧箍起敌人的腰背，把他最后的力气汲取殆尽。她的手是她最锐利的武器，所到之处战绩斐然。他说，你个妖精，我疼呀，你要疼死我呀。他大声地哭，肆无忌惮，多少日子了，你们都哭，你们都打我，骂我，你们谁管我了？我死的心都有呀，你个妖精。他死命压住她扭动的身子，像驾着桀骜不驯的野马。你踢吧，你打吧，你咬吧，我不撒手。他大声哭着说，你咬吧，我就不撒手。战场上的东西都被他们踢飞了，空空荡荡地迎接他们一次又一次冲撞。他们一会儿像两军阵前的仇敌，相互厮杀、拼搏；一会像绝处逢生的爱侣，相互抚摸、安慰；一会儿一起哭，一会儿又一起骂。汗水、泪水、血水，在他们身上淌下来，流进了他们的眼里、嘴里。他们吞咽着苦涩的高峰，像视死如归的英雄，拥抱着、搀扶着，一起绝望地跳向无边的深渊。

　　然后，他们像两条鱼被扔到了岸上。潮水退去，千帆无踪，黑夜的阴影覆盖了一切。没有人能听到他们的呼救，只有他们自己，互相

第二天，他们就学着过日子了。他们手里只有
600块钱，已经买了一张床，一个三屉桌，剩下的钱
他们认为应该买点有用的，在集上转了一圈，竟然想
当然地买了一个书橱。

治愈自己的伤口。他们都懂，可是，仇恨又让他们互相诅咒，他们就
这样吃力地对峙着，像两个伤兽，都想吃了对方，又都担心自己力不
从心，被对方吞噬，所以都在等待。可是，他们不是兽，他们是两个
饮食男女，两个从来没有真正生活过的孩子，他们都不敢死，只想
活着，今天活着，明天还活着，吃饭、睡觉、交媾，这是他们唯一
能做的，他们再也做不了什么了，他们把对方的腿都砍掉了，谁也
走不了了。

村里不少人都听到了他们鬼哭狼嚎的夜晚，可是，没有几个人心
疼这两个孩子，两个大学苗子，没有人理解他们的绝望和无助。他们
不说什么，但是眼里是嘲笑和好奇。有文化的人就可以这样叫唤吗？
非要这样叫唤吗？这样叫唤能让人神魂颠倒吗？第二天夜里，不少人
恶狠狠地逼着自己的老婆，"叫，你叫呀。"他们的老婆不叫，叫不出
来，她们体味不到入骨入髓的伤痛，所以她们闭着嘴，两腿夹得紧紧
地，拼命迎合丈夫的进攻。她们也想让自己的汉子疯狂，可是，她们
的嘴里塞满了平庸的生活，她们叫不出来，她们永远也不知道，那天
夜里，两个年轻人之间的嗥叫，是一场生与死的激烈战斗，这场战斗
让这个夜晚充满了血腥和秘密，在村里大街小巷飘荡了很久。

六

第二天，他们就学着过日子了。他们手里只有600块钱，已经买
了一张床，一个三屉桌，剩下的钱他们认为应该买点有用的，在集上
转了一圈，竟然想当然地买了一个书橱。他们还像幸福的新婚夫妇一
样，买了一堆零食，他们实在是太不懂日子的含义了。下午，他们去
分给他们的地里看了看，一亩棉花、一亩棒子、五分豆子。他们虽然
干农活不多，却也知道怎么干，现在棉花看来该打药水了；棒子叶比
别人家黄，应该上肥；豆子地里长满了草。活儿这么多，他们却不知

17

道发愁，就去种子站买了农药、化肥和锄草剂，剩下不到40块钱。两人直接去了地里，才发现没有喷雾器，又折回来，花25块钱买了喷雾器。干起活来，才发现地头真长呀，好像一辈子也走不到头一样，肩膀勒得生疼，腰直起来就不能弯下，腿发抖，蹲下就站不起来，两人谁也不敢说话，好像谁先说话谁就是这种苦刑的罪魁祸首。闷着头，较着劲，两人的衣服都被汗水湿透了，裤子都湿到膝盖，紧紧地贴身上。农药刺鼻的味道混合在汗水里，紧追慢赶地流进眼里，杀得眼睁不开。大妙想坐下歇口气，看见一条花花绿绿的长毛虫子径直爬过来，吓得哇一声跳起来。太阳真顽固，牢牢地站在天空，云彩走了，风走了，它还在；云彩又来了，风又来了，它还在。它怎么不走呢，和云彩一样快快走，和风一样快快走，再不走，他们就趴下了，再也起不来了。天终于黑下来，药水也打完了，两人沉默着，收拾了东西回家。大发主动背起喷雾器，手里提起剩下的几件小物件，大妙就跟在后边，腿勉强能听使唤，跟着她的身子一步步挪腾着。

空气雾沉沉地，散发着腥咸的味道，有谁家的牲口走过，就留下难闻的臭。人人脸上都看不出鼻子、眼的轮廓，脏兮兮的，八辈子没洗过脸的样子。大妙觉得脚下的路太难走了，这一辈子就在这坎坷的路上，头不抬眼不睁地熬下去吗，她用心灵深处的小拳头砸巴着自己，一遍遍问，脚下的草，树上的叶子，马蹄子上的粪，她都问了，问哪里哪里就昏天黑地。大妙真绝望了，回到家又是嚎啕大哭。

大发其实也想哭，可是他看见大妙哭了，他就忍住了，也不去劝她，任她自己抽抽嗒嗒地，把个黑屋子浸淫得更加阴冷霉臭。他抱柴烧饭，却不会点火，划了几根火柴就是点不着。他想叫大妙，可是大妙躺在床上，大眼直愣愣地瞅着房梁，心思早就沉到哪个井一样深的日子里去了，就赌气自己一根又一根地划火柴，总算划着了一堆麦秸，火苗欢腾起来了。他连忙塞进去一把硬一点的棉花梗，火又小下去，吓得他急忙塞进一把麦秸，火被捂灭了，浓烟嚣张地冲出灶膛，扑打在他的脸上，一把就把他的眼泪、鼻涕给搜出来了。大发找到了能够掩饰自己哭的理由，索性让眼泪自在地流个够。他闷在灶膛前，哭得也是惊雷阵阵。两个人各有各的悲伤，谁也救不了谁。一个在里屋，一个在外屋，各自哀叹自己的命运，抱怨着对方的轻率，谁也不说一句话。灶膛的火却像没娘的孩子，没人管，没人问，所有人都以为已经死了，可是哪天不经意地，发现那孩子竟然好好地活着。如今，火烧到了灶膛门口，火苗红通通地，把屋子烘得有了几分生气。大发最先就不哭了，把火往里捅了捅，又塞进去一把棉花梗。做熟饭，却发现大妙已经睡着了。也别说，第一天干这么重的活，太累了，大发拿不准该不该叫醒她。正踌躇着，听见有人敲门，开了门，是大妙的弟弟妹妹小明小玉，两个孩子都瘦巴巴的，站在门边不知道该不该进来。大发赶紧把两个孩子让进来，把大妙叫醒。大妙看见小明小玉，眼里又是一酸，但是怕小明小玉看见，就一回身把泪咽了下去。她问小明小玉，家里好吗。小玉眼圈先就红了，说："妈妈病了，一天没吃饭。"她心里一惊，连忙问："怎么了？"小玉说不出来，就说一天没吃饭。她问小玉你们吃饭了吗？小玉说："我们不饿。妈妈说，让你们明天给棉花打药水就行了。"大妙的眼泪再也止不住，把小明小玉揽在怀里，呜呜噎噎地又哭了。哭了一阵，拿出上午买的小食品，给他们分了，然后盛上饭，简单吃了，大发和大妙领着两个孩子回了娘家。

　　几天没见，妈妈真见瘦呀，脸上的肉像是贴上去的，紧巴巴地托着无神的眼睛。从爸爸死后，大妙格外怕这双眼睛，她觉得那眼睛里属于母亲的东西已经很稀少了，更多地是对她害死父亲的怨恨。妈妈看见她进来，眼里母性的光芒一闪，立刻就被自哀自怜的潮水淹没了。她呻吟着躺下去，身上倘佯着急需让人怜爱的不幸。大妙知道，母亲就是想让自己知道，是她制造了这一切不幸，她在逼迫自己必须承担

> 大妙没有被打动。她知道母亲的悲伤是真的，可
> 是她用悲伤刺痛自己也是真的。

下来。大妙没有选择，即使母亲不逼自己，自己也没有选择，没了父亲，小明小玉还小，一家人要活下去，她有选择吗？她没有，她抖擞起精神，像父亲生前一样，赶紧给妈妈做热汤面，然后哄着小明小玉学习，自己到院子里，抄起扫帚扫院子。大发走过来，抢了她的扫帚。她就拧开水管，把水缸接满了水，喂饱了牛；鸡已经进窝了，她就不再管它们。她做着这些的时候，母亲已经吃完了饭，脸上有了血色，目光也柔和踏实了许多。她们想留下来，但是母亲拒绝了，母亲不想和她在一个屋里睡，她仍然怨恨自己。大妙很愧疚，自己害死了她的丈夫。大妙想让妈妈心疼一下自己，自己现在很绝望，可是妈妈沉浸在自己作为女人的痛苦里，早已经顾不上作为母亲的责任了，否则，她怎么会不给小明小玉做饭呢。

她给妈妈斟了杯水，说："妈妈，明天我带你去医院吧。"妈妈眼圈立刻就红了，说："我是去不了那个地方了，去了就想起你爸，总觉得他还在那里抢救呢。"

大妙没有被打动。她知道母亲的悲伤是真的，可是她用悲伤刺痛自己也是真的。母亲永远不会忘了揭她伤口的痂，就是要让她记住，她伤害了自己亲人。她开始以为父亲一死，她们会相依为命，互相搀扶着过以后的日子。现在看来，母亲想把一切都扔给她。而她自己，要披着悲伤的外衣，把作为母亲的责任一起装进对父亲的追忆，她要躲进逍遥的心里去了，再也不出来。

大妙看看大发，大发更黑更瘦了，眼睛有些迷离。她说："怎么办呢？"大发的目光一下子躲开了，喏喏地说："咱、咱多来干活。"母亲显然不仅需要干活，她也是。失望像季节的风，谁也挡不住，穿云破雾就过来了。大妙不在乎他说什么，大妙在乎在他躲闪的眼里看到的。一个19岁的男人，会有什么样的灾难让他成长，让他抖抖肩膀，和自己一起承担苦涩的岁月？大妙不知道。大妙突然看不到和他的未

来了。在学校时，他们只要承担自己的命运，那时他们曾经共有一个未来。可是，现在，当他们必须共同承担自己制造的残酷、破碎的日子时，她扒拉开自己的伤口，看见妈妈、小明、小玉的伤口也要她修补，这时却发现大发没有和他在废墟上建构新起点的可能。他们只共有现在，至于将来的时光，他们相互迷失了。

大妙发现父亲一死，就像房子被抽了房梁，稀里哗啦倒了一片，砸坏的东西看不出伤在哪里，可是，都不能用了。

七

回到自己家时，已经十一点了，大发实在太累了，倒下就睡了。屋子真黑呀，像泼天倒下雨一样的墨，毫不留情地覆盖了一切颜色。大妙觉得自己整个陷在黑暗中，看不见一丝光亮。她浑身酸疼，脑子也昏昏沉沉。她想回到学校，背着书包往学校去，那书包太沉了，压得她喘不过气，可是她真舍不得放下呀，那里面放着属于她的金色未来；一会儿又到了地里，她想走出去，可是那土地无边的网一样，把她罩住了。她走啊，走啊，走不动就爬，可她怎么也走不到头。她听见有人在哭，一个女人在哭，尖细的哭声浸透了无限的悲凉，在院子里弥漫。那哭声像是转道西伯利亚刚刚回来，有一种彻骨的冷。她感到树上的叶子被哭落了，巢里的鸟被哭飞了，她的心被那哭声抻得丝丝地冷。那哭声一会远，一会近，一声长，一声短。有一阵她觉得那哭声就在窗下，有个人影扒着窗台，她一激灵醒了，不敢睁开眼，静静地听，那声音又消失了。她屏住呼吸，睁开一只眼睛看看，窗台好像有东西，又好像没有，院里像有什么东西在淅淅嗦嗦地。她不敢去看，她想应该是风，就咳嗽了一声，好像声音就停止了。她咬咬牙，一挺身坐了起来，拉开了电灯，一只老鼠从墙根下逃跑了，屋子什么也没有。大发睡得很死，天塌下来也醒不了的样子，她想叫醒他的想法立刻就没有了。她看看表，正好两点。心里一哆嗦，每天夜里两点，她都要起来学习呀，这是她多少年的习惯了。可是现在，自己醒来干什么呢？她现在是再也不用学习了，她把12年的学习都毁于一旦了。他们那些同学都干什么去了，上大学吗？大学是什么样子呢？一想这些，她的眼里禁不住一酸，便疑心刚才的哭声是自己的。一定是自己在梦里哭，哭自己的命运竟然打着旋，转着弯，跑到这有命无运的死胡同来了。哭了一阵，又迷迷糊糊地睡过去，她隐隐约约又听到了那女人的哭声。幽咽地哭声在她的院子里飘来荡去。她心里清楚，她只要醒来那哭声就能走开，可是她的身体像是给压上了一座山，那山带着巨大的阴影，黑压压地，压得她喘不过气。她想用手把那哭声赶走，可她的手动不了。她要踢死那个鬼呀，可她的腿呢，怎么这么沉呢，我怎么抬不动我的腿呢？我咬死你，我撕烂了你！她用最恶毒、最粗鄙的语言骂，可是那声音被塞在嗓子眼里，怎么也出不来。她说我翻个身就能把你个死×压烂了，我叫你来祸害我。那哭声旁若无人地倏忽划过，凄凉地在老屋檐下游荡。大妙挣扎着，咒骂着，终于觉得身子有了感觉。她睁开眼，屋子里漆黑一片，窗外出奇地静。她浑身是汗，身子粘稠得难受，凝神听了一会，又沉沉睡去。

早晨起来，她浑身的酸疼没有任何减少，可她不能再躺着啦，要给妈妈那边去打药水。大发还睡着，这惊心的一夜没有在他的脸上留下任何痕迹。她真想知道他的梦里是什么呢，有懊悔的刀子呲呲啦啦划着皮肉的疼吗？她来不及多想了，就赶紧把他推醒，两人简单吃了点东西，就去了妈妈家。

妈妈已经起床了，脖子上、眉头上揪了紫红的痧。妈妈使劲拧着眼睛，看起来眼窝深陷，病得比昨天更厉害了。大妙有些厌恶，装作没看见，径直去了小西屋，拿药水，和大发直接就去了地里。肩膀昨天就已经勒紫了，今天再背上喷雾器，那伤痕就格外疼。大妙打完一

大发听到大妙愤怒的呼叫，心里竟然有了小小的
得意，他终于给了她一点东西，这东西是什么呢，是
愤怒的权利和机会，他制造了这个机会，他在委屈自
己，这是他唯一能给她做的。

筒，回来再换上一筒时自己已经不能站起来了，一条腿一趔趄就跪了
下去。大发看见了，急忙走过来，帮她抬着，把她搀起来，两人眼光
一对，大发的眼睛先就红了，转过脸去。大妙的泪早就在心里滚了个
儿。两个人谁也没说话，可是，这么长时间，还是第一次有了互相心
疼的感觉。

　　这一筒，两个差不多同时打完了。大发先给大妙灌好，然后帮着
大妙站起来，自己才背起喷雾器。大妙觉得这一筒比刚才轻了，身子
舒服了些。她想，哎，累习惯也就好了。很快打完一筒后，大发还没
有打完，也不过来帮她抬，大妙就只能在地头等着，趁机就歇了一会。
棉花已经开花了，有红的、白的、粉的。说起来棉花最有意思了，刚
开的时候是白的，等到快谢了，就有了颜色。大妙一开始的颜色也是
白的呀，白得透明又新鲜，白得一辈子可以着尽绚丽的色彩，可是现
在，面对着大片的庄稼和干不完的活，她已经不知道等待自己一生的
该是什么颜色了。

　　大发的一筒也打完了，走过来灌满了。大妙很生气，怎么干活这
么慢呢？就有些抱怨，说："药水这么打行吗？咱们一起打你差这么长
时间，你打这么慢把棉花都毒死了。"大发不说话，闷着头给她灌水、
配药，然后扶她起来。她颠了颠，背得舒服了，开始打。这一次，她
又比大发提前打完了。她坐在地头上，看着大发不紧不慢地在棉花地
里游走。水雾喷到棉花叶上，墨绿色的叶子颤颤巍巍的，好像不胜疼
痛一样，空气中充满了植物和动物共同的呻吟。大妙心里的火腾就起
来了，她大声喊："你是吓着了吗？你能不能快点？"

　　大发听到大妙愤怒的呼叫，心里竟然有了小小的得意，他终于给
了她一点东西，这东西是什么呢，是愤怒的权利和机会，他制造了这
个机会，他在委屈自己，这是他唯一能给她做的。大发头也没抬，继
续往棉花上均匀地喷着药水。他的衣服已经湿透了，粘在身上，脚上

的鞋里灌满了泥水，走一步就扑哧扑哧地响，就像走进了沼泽地，怎么挣拽也找不到出路了。终于打完了，他们又同时开始打。这一次，大妙提前打完了以后，正好和他站在一个位置上。她看着他，感觉有哪里不对。他也抬起头，看着她，突然，他笑了，露出好看的、洁白的牙齿。大妙突然明白了，每次他都在少给她加水呀。他在偷偷地疼她呢。大妙的心一下子软化了，从离开学校还是第一次觉得大发的可爱，目光就含了水，汪汪地托着大发健壮的身子。大发小声说："晚上美死你！"大妙说了声："臭德行！"早红了脸，身上的汁水一下子都涌到了小腹上，荡漾着她云一样缥缈的身子，她下意识看到大发两腿间也已经直挺挺起来了，一笑，就躲开了。

八

晚上从母亲家里回来，两人很默契地做着家务，喂了鸡，扫了院子，大妙在院子里撒了点水，暴土扬尘的院子有了新鲜泥土的气味。院子里有棵枣树，白天青绿色的果子此刻隐没在叶子后边，品味成长的快乐。天空已经变成深青色，挂着一弯银白色的新月，抬眼望去，深藏了无限的秘密的样子。大妙磨蹭着，反而不好意思进屋了，好像一进屋就是主动要做那事似的。大发可不管这些，他干完了活，想了想，又出来刷了牙，一边刷着一边眯起眼瞅着大妙。大妙说了声"臭美"，笑着趁机就进了屋子。她在外间屋里拿东拿西，大发就刷完牙走进来了，他什么也没有说，扛起大妙就进了屋，大妙把脸歪在大发的肩窝里，闻到了男人身上特有的味道。

这味道真甜蜜，让她迷醉、癫狂了，她紧紧搂着大发的脖子，贪婪地吮吸大发的耳朵、头发、肩膀。大发呼呼喘着气。大妙知道，大发是满山的干柴，被欲望的火点燃了，他就要燃起熊熊烈火了。她就是要他燃烧，要他疯狂，要他把她带到销魂的天堂。大发眼睛红红地瞪着大妙，飞速地脱着衣服，油亮的皮肤发出枣红色的光芒。大妙躺在床上，身上的衣服早已经躲到一边去了，大妙已经被融化了，意识飞到花丛去了，两只手在乳房上、小腹上、大腿上不停地揉捏着。大发被撩拨得像一条兽，混乱地喊着，"妙呀，稀罕死我呀。"大发叫喊着猛地进入大妙的身体，勇猛地冲撞着、搅动着，他从来没有发现自己是这么威猛，可以征服一切，他撒开欢地奔腾、跳跃，搅起迷天大雾，把一切都淹没了。身下的女人真好呀，像是一匹矫健的马驹，在他的呼喝下欢快地叫着、奔跑着，哼唱着全世界最华美的音乐。他恶狠狠地说："我要你死，行吧。"她涎着红彤彤的脸，咬牙切齿地说："我就要死，你使劲呀！"她一边说着一边挺起身子，鱼一样调皮地游动，她无耻得多么可爱，多么让他迷恋呀，他们像面对旷野吼叫的狮子，大叫着，越过嶙峋的山崖，他高高地举着心爱的女人，一起冲到了快乐的高峰，然后高扬着胜利的旗帜摔在床上。

　　暴风雨过去了，他们像两棵经风栉雨的树，抖着湿漉漉的身子，互相欣赏着。大发温情脉脉地把大妙脸上的头发撩到脑后，轻轻地把大妙揽在了怀里。他们从初中就同学，从高一就谈恋爱，快六年了，他让她怀孕了，可是他们还没有实实在在地拥抱过呢。大发一点点、一寸寸地抚摸着，生怕错过痣一样大的皮肤，恨不能把女人火热的身子揽到肉里去。他放肆地把大妙的一条腿搭在自己腰上，两个人的下身自然地缠绵在一起，像两只短栖的鸟，互相吻着对方的羽毛。大发的身子又燥热了，一把扳过大妙的身子，抓住大妙两只挺立的乳房，弓下腰，在她的眼睛、鼻子、嘴、脖子上不停地吻着。他舔她的乳房，让那小小的乳头在他的舌下跳跃，吻她胸口细软的汗毛，吻得她腰肢枝条一样扭动。她是多么风骚，竟然伸手抓住了他的下身，他一下子喘不过气来了，胸口呼呼地燃着火，可他还是克制着自己，他不肯轻易进攻了，他要好好欣赏自己用一生的代价换来的猎物。他附下身去，清清楚楚看到了他梦里醒时都想着的地方，那片汪洋中的岛屿，终于退去了神秘的面纱，在他粗糙的手心里饱满又湿润。那毁了他也成就了他的花呀，此刻恣肆地开着，粉嫩的花瓣奇妙地翕动着，吐露着幽香透明的汁液。他情不自禁地吻过去，吮吸着生长的花露，触摸着每一根细微敏感的经脉。女人忘情地呻吟着，手捧着他的脸，一叠声的叫着："进来呀，我要你，我要你进来。"他得意地听着她迫切的请求，只是更加投入地亲吻、触弄。他偏不着急，他已经是一个出色的渔夫了，在波光潋滟的水面，驾着崭新的小舟，他把橹插进春水深处，一边轻轻摇着，一边欣赏着旖旎的风光。"风吹过，吹皱一池春水"，他竟然吟诵了一句诗，不由乐了，身下的女人似乎感觉到他分心了，呻吟平缓下来。他不依不饶地加大了动作，俯下身去吻她丰盈的耳垂。他记得她的耳垂上有一个很大的痣，像一枚别致的耳钉，曾经很多次引诱他呢，现在他什么也不怕了，可以肆无忌惮地吻它、咬它，女人的呻吟更加急迫。哦，是这样的，他恍然大悟。这发现让他欣喜不已，急忙吻她勃起的乳头，她的身子果真火苗一样抖起来，下面却喷涌着更浩渺的水流，好像要把他席卷而去。他欣喜若狂，狂乱地吻她鲜红的嘴唇，吮着她、吸着她，低低地叫着她："妙，妙，我美死你呀。"这粗鄙的语言像推波助澜的狂风，把大妙折腾得死去活来。大妙的下身一紧一紧的，要把他吞进去的样子，他欢欢地大叫起来，紧紧抱着那火热的身子，又一次向着美妙的境界飞起来了。

他们平息了，像收割后的田野，弥漫着无边的喜悦，他们互相看着，目光里是那种深深的甜蜜。

一会，他站起来小便，他还是第一次在大妙面前张扬赤裸的身体，有些腼腆，但是，更多的是骄傲。他有一副好身板，让女人喜欢，让女人舒服。他坏坏地端着自己的家伙，故意冲着大妙颠着，那家伙就示威一样晃了晃。大妙笑着，扭过身去故意不去看。大发可不会饶她，

　　这一夜，他们幸福地拥抱着，连梦都不愿意做了，就始终沉醉在甜蜜深沉的睡眠中，睡眠之外的喧嚣世界被他们拒绝了。他们相互迷恋，彼此疼爱。

　　这是她一生中唯一的胜景，从此逝去，再没有过。

　　他一把就拽住了大妙的脚，飞快地把大妙拉到床边，举起了她的双腿。开始大妙还挣扎着，很快她年轻的血管里就哗哗地涌满了热流，她觉得自己的身子没有了，两腿已经幻化成飞翔的翅膀。天呀，究竟发生了什么事呀，她再也管不了自己了，任由自己的放纵，眼睛里布满了星光，身体不住地抖动，她说："大发呀，不要停呀。"她希望就这样继续到地老天荒，永远不要停止。

　　这一次，她被汗水湿透了，浑身软塌塌地，无力地闭着眼睛。大发捅捅她，坏坏地笑了，说："你是狐狸精变的吧，我比神仙还美呢。"大妙用很大的力量捣了他一拳，背过身去。大发仅仅感觉大妙的小手用力摸了他一下，带着无限的娇媚，他就从后边抱住了她，把脸埋在她柔软的肩胛骨之间，手滑过圆润的腰腹。这身子真好呀，水一样起伏有致，他竟然又起来了，直接从后面进去了。这又是一种新境界，他闻着她头发里散发出的青菜园的味道，抚摸着她身上最动人心魄的地方，神魂颠倒，彻夜不败。他把脸埋在大妙两个丰盈的乳房中间，他的心里好踏实呀，像经历漫长的奔波终于到达了家园，他呼吸着醉人的乳香，心满意足。大妙此刻忘了人间一切烦恼，欲死欲仙，永不知返。一觉醒来，澄亮的阳光照在两个人赤裸的身上，大发的脸先就红了，可这并没有影响他的再一次进攻，他们就侧着身子，脸对脸动作，开始都有些难为情，可是很快潮水就淹没了他们，他们只想更深更远地沉醉，什么也不在意了。

　　这一夜，他们幸福地拥抱着，连梦都不愿意做了，就始终沉醉在甜蜜深沉的睡眠中，睡眠之外的喧嚣世界被他们拒绝了。他们相互迷恋，彼此疼爱。

　　这是她一生中唯一的胜景，从此逝去，再没有过。

九

第二天，他们俨然一对幸福的小夫妻了，你给我梳梳头发，我给你拽拽衣服，相依相偎地走在路上，眉目传情，打情骂俏。离妈妈家很远，听到妈妈大声叫小玉的名字，妈妈已经很久没有这么响亮的声音了，看来妈妈身体好了，情绪也不错。大妙的心情格外愉快，还撒了一个娇，把大发推到前面，大发一直觉得自己对这家有愧，一见到大妙的妈妈心里就犯嘀咕，还是让大妙推开门。大妙看见妈妈正在喂牛。妈妈不知道大妙今天回来，浑身散发着健康的气息，突然见大妙容光焕发的样子，再看两人的表情，就知道夜里两个人肯定舒服了，心里就不痛快，脸就沉下来，看了大妙下身一眼。大妙知道她在看什么，又生气又羞辱，眼光就冷冷地扫过去，话也没说，直接进了屋。大发不知道为什么，好好的空气又僵了，以为丈母娘还是记恨自己，也就打了蔫，走也不是，站也不是。这时候刚刚开学的小玉要上学走，向妈妈要书费，妈妈在屋子里大声说："管你那死去的爹要去，我没有，我有也不给你，供你上学干什么，让你再把我气死呀，气死了我你们自己疯浪去。"

早晨还好好的，突然妈妈这样说，小玉不知道怎么办好，就撇着嘴哭起来。大妙实在难以忍受了，她冲着母亲冷冷地说："你对我有意见冲我说，用不着扯仨挂俩，她这么大点孩子懂什么。"母亲看到大妙目光中的冷，又听到她这么冲自己，早就一肚子懊恼，索性哭起来。一边哭，一边拖着长声数落："你个没良心的呀，你扔下我们娘几个不管啦，人家翅膀硬了就飞了呀，你这娘们孩子可怎么过呀，天呀，地呀，我叫谁谁不应啦，你个狠心的老东西呀，你这回不疼你的老你的小呀。"小明小玉看着妈妈哭，也跟着哭。邻居听见闹腾也都跑了来，本来就对大妙有了成见，这次更是明里暗里说大妙的不是。妈妈更是有了主心骨，哭得愈加悲切。大家都对大妙的妈妈养了这样一个败坏门风的不孝之女感到同情，不少女人都流了泪。大妙百口莫辩，肠子滚了个儿的难受，自己越想越恼，恨不能把心挖出来，敞敞亮亮让老少爷们看看，自己的血也是汪汪的红呀，也是一副人肠子呀！自己当初这一步真是天性顽劣吗？自己一直学好想好，可是，自己不懂呀，无知导致的错误也是错误呀。但是，大妙无能为力，没有人会把错误按照有知和无知去衡量是否该担待，生活的经验就是这无数的疼换来的。

她自己到了这步田地，不愿意小明小玉跟着受自己的罪，想打发小明小玉去上学。可是小玉要书费，小明虽然没说，也该一样。她这才发现自己已经没有几块钱了，自己乐观的生活姿态被一个小小的生活细节轻而易举地打败了。虽然她认为自己没有什么错，可还是当着父老乡亲的面给母亲说了好话，认了错。母亲抬着眼皮，看都没看她一眼，只是和那些围在身边的女人们诉说着自己这些年的不容易，一件事说了一遍又一遍，让那些女人一次次眼里沁满泪水。然后说到养孩子不容易，都是养着孩子的人，自然感同身受，母亲就像掉在亲人堆里，诉说得分外迫切。大妙丢够了人，希望妈妈闭嘴，快闭嘴，可是妈妈看到大妙认错了，觉得自己真是可以理直气壮地诉诉心中的悲苦，怎么肯轻易停下来呢。一天下来，大妙觉得自己的脸被一层屎一层尿糟蹋得肮脏不堪，再也洗不干净了，连哭的需求都没有了，只想躲进地洞里去，永不见天日。

晚上饭也没吃，四仰八叉地躺在床上，觉得自己都把自己给扔了。又想起这一幕幕的苦楚，抡圆了巴掌煽自己的脸，煽得脸上火辣辣的，心里反而痛快了。大发正在收拾院子，突然听见屋里劈啪乱响，以为出了什么事，进屋一看是大妙自己煽自己耳光，扑过去抱住了大妙，嚎啕大哭。大妙眼睛直愣愣地瞪着房顶，眼里就像旱透的河沟子，一滴水星子也没有了。大妙知道自己身上有什么东西而今是死了，一些以前想也没有想过的东西却蠢蠢欲动，牵引着她的心一步步往远处走，远到什么地方大妙不知道，只觉得有一天，恐怕连她自己也找不到自己了。

早晨她翻箱倒柜，只剩下 16 元钱，不够小明小玉的书钱，问大发也没有用，钱都在自己手里放着。和村里人去借？可是，自己是罪人，谁会借给自己钱？就是会借，又怎么张得开口？就差几块钱呀，以前自己从来没有想过会让几块钱把自己难住，都是这个混帐大发呀。她看大发的眼神又有了怨恨，手里的东西就没轻没重了，摔摔打打的。大发感觉到了，赶紧出了院子。他昨天晚上没和大妙快活，今天早晨起来就难受，可看大妙的模样，就知道没有可能；非但没有可能，弄不好自己又要挨一顿臭骂；心里别扭，只好下地干活去了。

十

街上已经有了很多人，买卖人已经支起摊子。大发才想起今天是赶集的日子，一边走一边看着渐渐热闹的集市，心里也逐渐平复了。他不断和熟人打招呼，有时也和迎面走来的一只狗逗逗嘴，对着天空的一只鸟吹着口哨，干活的时候还会和一只蚯蚓玩一阵。他依然没有失去快乐的本性，时不时地用细小的乐趣犒劳自己。从地里回来的时候，集市上已经熙熙攘攘，在人群里挤过的时候他更是轻松自如，专门找人多的地方走，故意往前一悠，人群里就有人哎哟哎哟地叫唤。尤其是那些女孩子，一边叫着，一边用眼睛搜着男孩子，即使最丑的女孩也认为别人看她的眼神里满是爱意，脸上就有些夸张和娇媚的表情，那声音就像是刚从地里拔出来的小葱，青青的，辣辣的，舒爽地划过心肺。大发就一边往家走，一边推波助澜，加劲地晃悠，让那些声音不断地出现。集市分了几个区域，从北往南依次是牲口、粮食、人群先是哄闹，很快就被大妙的表情和动作给震慑住了，迅速躲出块空地。这个女人太毒了，她竟敢这样！一些年纪小点的有点胆怯了。

服装、蔬菜、鱼蛋、家禽、五金用具、农具等，他在服装这一段玩得兴致勃勃。到了蔬菜和鱼蛋地段也还是有些闹头的，因为有些小媳妇，依然能够引起大发恶作剧的兴趣，到了家禽地段他就没了兴趣，只是哼着小曲，晃悠着身子不甘心地东瞅西看。突然，他的目光被拉直了，血一下子注满了全身。在一群人的后面，他看到了大妙。她局促地蹲在地上，头上顶着他忘带的草帽，帽檐显然是有意压得很低。她的面前是家里那两只鸡，鸡腿被一棵绿色塑料绳子胡乱捆着，脑袋不停地摆动着，发出嘎嘎地叫声。一个老婆婆正在和大妙说着什么，显然是讨价还价。大妙始终不敢抬头，恨不能立刻把鸡处理掉的样子。他的心一阵战栗，毫不犹豫地冲了过去，他一把拉起大妙的手，提起两只鸡就走。大妙挣扎了一下，脸红一阵又白了，不肯走，偏偏这时一只芦花鸡挣脱绳索，迅速消失在人群里。大发只好把锄头扔给大妙去追，大妙扛着锄头也跟着在人群里挤。突如其来的事情总是能让人群更加兴奋，他们开始起哄，加上有些人知道大妙和大发的经历，故意把鸡往远处赶，往脚后踢，一起嗷嗷地喊着号子，嘲弄着两个年轻人。大发浑身是汗，几次眼看就要抓住了，却又被不知谁的脚给踢飞了。大发真是又羞又愤，恨不能找个炸弹把人群都炸成灰，他回头冲大妙说："走，咱不要了！让他妈狗娘养的抓去吧。"说着拉着大妙就走。大妙的脸刷白，挣脱了大发的手执拗地追着鸡走。她紧紧闭着嘴，眼睛死死盯着前面不远的鸡，狠狠用锄把扫着混乱的人群，勇往直前，义无反顾。人群先是哄闹，很快就被大妙的表情和动作给震慑住了，迅速躲出块空地。这个女人太毒了，她竟敢这样！一些年纪小点的有点胆怯了。

大妙看见那只鸡又要往人群里扎，便迅速追过去，就在这时，有一个人已经把鸡抱了起来。她冲过去，想把鸡接过来，但是那人把鸡往旁边一闪，说："这鸡是我拣的。"大妙不说话，眼睛盯着那个人。

"想要这鸡你要答应我一个条件。"那人不知深浅地接着说。大妙仍然不说话。那家伙一定以为大妙害怕了，一个小媳妇，没见过什么世面，他这阵势肯定能让她胆怯的。他并不想做什么，他从很早以前就喜欢她，有点野，有点文诌诌，村里没有这样的女人，他就是想多看她一会。他说："我想摸一下你的手。"说着就想拉住大妙的手，大妙把手往后一躲，一头撞了过去。那家伙没想到大妙会这么做，一个跟头仰倒在人们脚下，鸡被扔出了老远。人群发出嗷嗷的叫声。大妙看也不看，冲过去抓住鸡，头也不回地走了。

一连几天，她和大发都不怎么说话。除了吃饭时呼噜呼噜喝粥的声音，屋里几乎没什么动静。大发走路都轻轻的，生怕一不小心踩到大妙神经线似的。不知道为什么，这件事以后他特别怕大妙，第一次觉得自己真是对不起她，在她面前就躲躲闪闪，伸不直腰。大妙经历了这些事后，脸上多了一种生硬决绝的表情，出来进去像是和所有人对抗着。这让大发心疼，却又无计可施，他觉得他和大妙之间的距离一下子更远了。

十一

大妙后来知道，那个和她闹腾的人叫大留，因为他母亲一共生了五个孩子都先后死了，到了他这里就希望他能活下来，取了这么一个名字。大留初中没毕业就下了学，游手好闲，在村里名声很不好。但是他父母就这一个孩子，日子比别人家宽裕。大留并没有记恨大妙，相反，大妙的举止在他心里更激起了一份少有的尊重。他真的没见过这样的女人，他就是要找这样的女人，他忽然为自己以前的行为找到了借口，那都是因为自己没有找到合适的人，提不起心劲。他迅速调整了自己，衣服整洁了，头发也比以前熨贴了，说话努力不带脏字，有时不小心出来一句日爹骂娘的话，他会立即纠正，重新用文明的语言说一遍。他比以前勤快了，几乎每天都要到地里看看。他家的地和大妙的地相隔不远，有时，他就借故到大妙地里转转，大妙和大发都不怎么理他，他不在乎，时间比树叶长，他只要看见大妙就行了。他看见大妙那么瘦的身子干这么重的活，心里很不是滋味，他想为她做点什么，这想法每次回来都很强烈地在心头翻腾。他从小就喜欢那些侠肝义胆的男儿，为了自己心爱的女人可以抛头颅洒热血，他觉得自己本来是有英雄气质的，只是生不逢时，但是，他如果为自己心爱的女人默默地奉献，也一样是可歌可泣的。

　　这天他到地里的时候，已经十点多了。一人多高的玉米树林子一样铺展开去，风一吹飒飒有声。他在自己的玉米地里转了一圈，撒了一泡尿，就又转到了大妙地里。他忽然有些恶作剧的冲动，想悄悄地观察一下大妙。以往大妙看见他脸色总是不好，这他能理解，她如果对他嬉皮笑脸他还不稀罕呢。现在他在暗处大妙在明处，他倒要好好欣赏一下大妙一个人在地里的样子。他看见大妙在擗棒子叶。他们家有一只羊，肯定在为羊准备饲料。她的手伸到高处，衣服也跟着抬起来，露出雪白的腰，有时她抬得高了，还会露出圆润的肚脐眼。大留去过城里，见过城里人露出肚脐的样子，那绝对没有大妙在庄稼地里露出肚脐时带劲。一株玉米下有一棵蓬勃的马辫草，她弯下腰很吃力地把草拔了，露出后腰上嶙峋的脊骨。大留的心里有些颤栗，禁不住蹲下身子，这时，他看见大妙腰上扎的竟然是一段蓝色的布条！他心爱的女人甚至没有一条腰带！这发现让他的心一阵揪痛，他很想现在就冲过去，把这个女人领走，过上好一点的日子。可是大留说不清为什么，像被一种力量给钳制着，动不了。有一阵他看见大妙向地头走去，他觉得她可能该回家了，可是很快她又回来了。大留知道她把玉米叶放在了地头，回来接着擗。大留心里忽然希望她快回家，他不希望她继续下去，可是，她像是故意和他较劲，回来又不紧不慢地擗起来。玉米叶在她的身上像是舞蹈的狐狸，从她的腋下、胯下和细软的腰肢旁神出鬼没。大留有点管不住自己了，眼珠子在大妙的胸脯和屁股上挪不开地方，他知道自己应该走开了，可是他竟然挪不动脚步，火从他的腿上、小腹上烧起来，很快烧到了他的脸上和眼睛里，有一瞬间他的眼前一片血红。那个时刻终于到来了，大妙解开了蓝色的腰带，蹲下身子，她雪白的屁股在绿色的玉米地里耀眼地晃动着，把整片玉米撩拨得哗哗作响。大留冲了过去，一下子就把大妙压到了身子底下……

后来大留回忆事情经过时，总是不能理解，大妙为什么自始至终只是无声地抵抗着，不吭一声。事情之后，大留就害怕了，他跪在大妙身旁，涕泪横流。大妙躺在玉米叶子上，眼睛瞪着悠远的天空，还是一声不吭。他们压倒了一片玉米，那些横七竖八的玉米像是坚硬的网，把他们罩在中间。他哭着说："大妙姐，俺就是稀罕你，俺给你买腰带。"

大妙不理他，一动不动。大留真害怕呀，他一辈子都忘不了那种恐惧，从骨头缝里往外冒凉气。他说："你饶了我吧，我给你买腰带。"大妙忽然坐了起来，把大留吓了一跳，以为她要打他，他倒希望那样。可是，大妙伸手扒下了他的半袖衫，卷巴卷巴就擦起了下身。然后头也没抬，说："你滚吧。"

大留愣怔了一下，突然明白了过来，连滚带爬地跑了。第二天一早，大留的母亲就过来了。大发不明所以，热情地打招呼。大留母亲说，过来看看大妙。一边虚张声势地说："都听人说，大发媳妇可会过日子了，屋子收拾得跟水洗似的，我从这过，来看看。哎呀，可不，看这小屋子收拾的，多利索。大发呀，你真有福呀，说了一个好媳妇。"大妙看见大留母亲灰大襟里面的口袋鼓鼓囊囊的，心里有些酸，哼了一声就进了屋。大留母亲是过来人，知道她不愿意当着大发

两个人拥抱着哭了一通，都努力做出同情和理解
对方的样子，可实际上两个鬼精的女人都知道自己在
演戏，只是她们都被自己感动了。

说事，就跟了进来。大发打了声招呼，自己一个人先下地了。大妙并
不说话，在屋子里不停地收拾着。大留的母亲突然抓住了她的手，呜
呜咽咽地哭起来，她说："大妙呀，俺知道你心田好，你就饶了那个混
帐小子吧，他才 16 岁，屁事不懂。你就看在我这老胳膊老腿的份上饶
了他吧。"

大妙抽回手，冷冷地说："他欺负人。欺负大发。他找死。"大留
母亲一听这话茬，知道自己遇到了对手，心一下子提起来。她连忙又
哭起来，从自己五个孩子先后夭折到拉扯大留的不易，说得昏天黑地。
大妙都不知道自己是怎么了，看着一个老婆子在自己面前哭得泪人似
的，自己竟然无动于衷，她真是觉得从离开学校的那一刻起，她的心
就已经锁进了深深的地牢，到处触碰着坚硬的石头，人间再也没有什
么能打开那道门啦。

大留母亲哭到一定的阶段，擦把鼻涕抹把泪，停了下来，抽抽噎
噎地说："孩子，你饶了他，俺一辈子记着你的大恩大德。你大人有大
量，别和那混小子一般见识。他猪狗不如，你和他治什么气，实在不
行，你就打我两下，出出气。"说着就拉着大妙的手，往她那张沾满鼻
涕眼泪的脸上拉。大妙觉得可以了，再坚持就过分了，就抽回手，也
哭起来。她一哭，大留母亲禁不住悲从中来，一把把大妙揽在了怀里，
说："我苦命的孩子呀，你受委屈了。"两个人拥抱着哭了一通，都努
力做出同情和理解对方的样子，可实际上两个鬼精的女人都知道自己
在演戏，只是她们都被自己感动了。这虚妄的感动拉动着她们的心机，
她们兜了半天圈子就是为了制造这么一个节骨眼，只有这样事情才会
有解决的转机。

大留母亲先扶起大妙的头，脸上露着怜爱的表情，说："大娘对
不起你，就算大娘的一点心意吧。"说着就抖抖索索地把手伸到衣襟里，
拿出一沓子钱。大妙第一次看见这么多钱，眼睛就禁不住一亮。被大留

娘看见了，嘴角就不易察觉地一咧，眼神里就溢出几分轻蔑。大妙原本想把半袖衫还给她的，看见她这表情就没动。大留母亲把钱塞到大妙手里，说："孩子，补补身子吧，看我这孩子瘦的，多单薄的身子呀。"

大妙狡黠地低着头，不说话，逼得大留母亲没办法，只好说："孩子，大留那畜生有件衣裳，你看丢哪里了，我扶着你起来找找。"

大妙说："别找了，没有。"

大留母亲想说：怎么没有呢？你还用它擦身子呢。可她只是在心里说，嘴上可不敢这样放肆。她小心翼翼地说："孩子，你再找找看，他就稀罕那件衣裳，这个畜生，活该不管他。"

大妙铁了心不给她，索性就卧躺在床上，做出深受其害的样子。说："别说了，我真的不知道扔哪里了。"

大留母亲已经去地里找了几次，明知道是大妙藏着不给，可是又不能说出口，心里的恨就呲呲地长起来，心里说："浪样，勾引我们大留，还拿着一把，哪天落到我手里，撕烂了你的小 ×。"她是明白人，知道自己是无论如何也拿不到衣裳了，就做出无可奈何的样子说："你好好歇着吧，想起来就告诉我一声，我给你买件好的。"最后这句话让大妙很不舒服，但是，她觉得自己有些短理，就没计较。看着大留母亲走出院子，她就立刻坐直了身子，数了数钱，一共是2000块。她的心扑通直跳，浑身像被抽走了筋骨，有些软耷耷的。她刚想把钱藏起来，看见大留母亲又回来了，急忙把钱弄成没动过的样子，接着躺下去。大留母亲进来，她看出钱动了，可她不动声色，用手轻轻拍着大妙的肩说："孩子，大娘知道你不容易，我有个想法，不知道你同意不同意。这屋里也没外人，咱们也别兜圈子了，就有啥说啥吧，说得深了浅了你可别生气。要说这事是大留不对，我给你赔不是，怎么都行。可是说到底，大留还是稀罕你，谁让你长得俊呢，连大娘都稀罕你，别说这些半大小子。我知道你也不愿意糟蹋大留，这点心思大娘懂。你看你日子也确实紧巴，靠土里刨食挣不了几个钱。你看这样行吧，你呢，把衣服给我，我有个小妹在城里批发市场做买卖，我再给你2000块钱，帮你弄个小卖部，多少有点活钱，咱们就都心里平复了。我也知道你不会怎么着大留，可是，这衣服不拿出来，我这心里真不踏实，你就看在大娘这把年纪的份上，把衣服还我吧。"说着就撩起衣襟擦眼泪。大妙知道，这一次，她说的是真的，大妙却是铁了心，说："我说过了，找不到。"她看见大留母亲走的时候，腰弯得更厉害了。

十二

　　她没有给大留母亲半袖衫，当然她也没有得到大留母亲更多的钱和帮助。她接受了大留母亲开一个小卖部的建议，她没有把想法告诉大发，自己悄悄地做着准备。那段时间她留心买一些东西，买什么东西都把价格、出厂地等情况记下来。有时她从这个小卖部买了东西，又到另外一个小卖部去打听价格，她就会故作不高兴的样子问："为什么你这里比谁谁那里贵呢？"人家告诉她东西的品质不一样。她就接着问："有什么不一样？我看都一样嘛。"别人就会给她讲解。有时人家告诉她进货渠道不一样，她就说有什么不一样，不都是在夔川市进货嘛。人家就会告诉她，虽然都是在夔川市进货，可是，夔川市也有好多批发地，不一样的地方就有不一样的质量和价格。她就这样零零散散地摸了不少这样的情况，她还让大发带她到夔川市去了一趟，在各个批发门市部了解了一些情况，她的心里有底了，可是她不急着开张。她心里有一个想法，她要等到大留结婚以后再开张，至于为什么，她也说不清。

　　秋后，大发和村里人排了三天才把粮食卖给粮站，便宜得让人心疼。一村人骂骂咧咧的，都说种地赔钱，可是农民不种地能干什么呢？大发回家把钱交给大妙，大妙数了又数，问："几千斤棒子就卖了

> 在命运这条道上，两条腿实际上是不听自己使唤
> 的，让你往哪里走，是命说了算，自己做不了自己的主。

这点钱？"大发说："有什么办法？就这点钱还有好多人卖不上呢。粮食卖不出去又不光我们一家！村里人都这样，放又没处放，吃又吃不了，等着让老鼠吃吧。"大妙下决心要开一家小卖部了。

腊月二十二的集市，已经能够感到过年的味道，人们脸上都有了喜庆的面色，能零零星星地听到鞭炮声。一大早，大妙就把大发拍打醒了。他们的"点点利"小卖部就要开张了。他们把墙头开了一扇门，在院里用旧砖老梁搭了一间不足十平米的小房子，屋里的墙面凹凸不平，但是刷了白灰，大妙又挂上几块花洋布，摆上零零散散的小百货，门口还贴了一副大妙自己写的对联，上联是：开门七件事。下联是：来往一生心。别人都说看不懂，但是大妙自己懂。快过年了，她还进了一些年货，一些年画、女人用的发卡和头花、小孩爱吃的空心豆，花花绿绿地摆满了屋里屋外。她把炉子早早就搬进了小屋，等到集市上人一多，她的小卖部就暖烘烘的，很吸引人呢。他们找了一块小黑板，写上日用小商品的价格。她精心打扮了，人一多就招呼大发放了一挂鞭炮。大妙闻着那幽蓝的烟火味，肺腑里全是新鲜的感觉，觉得自己的日子终于又开始往明亮的高处升腾了。

鞭炮声吸引了很多人，有人买了一盒烟，是那种吉庆烟，在乡村，这是很上档次的烟了。她感激地给那个人拿烟，一边讨好地说："大哥用什么常来。"她的小卖部开业从一盒吉庆烟开始，她真的没想到也是从一盒吉庆烟结束，谁又能说清呢？在命运这条道上，两条腿实际上是不听自己使唤的，让你往哪里走，是命说了算，自己做不了自己的主。这是后来大妙回首往事时的感慨，在此刻她更多地是对第一个顾客的感恩。很快有个小孩来买了一袋锅巴，买东西的人陆陆续续地来了又走了，店里出出进进的，让大妙分外欣喜。

总起来说，开业这半天，她的心情是不错的，可说是她从学校离开后最开心的一天。期间也有一段小插曲，乡工商税务所的人来了，

要营业证，遇到这些事情大发就呐呐地，嘴像棉裤腰似的。大妙就冲到前边，连哄带骗的，她偷偷给那人口袋里掖了两盒石林烟，说："大哥，我刚开业，也不懂这些规矩，您多包含，以后用什么就说话。"乡工商税务所的人也不是真要什么证，也知道在自己家门口开个小卖部没什么油水，也就是要个礼，让这些小门小户的商贩别忘了他这一号，拿两盒烟就走了。大发在后边骂街，被大妙制止了。大妙想，两盒烟还要认便宜呢，他们这些人要是找事，两条烟也不一定打发得了。

晚上她关上门一合算，一天竟然卖了166块钱，能赚54块多，这些零散的毛票、硬币摊在床上，像黑暗中的道路，让大妙百看不厌。大发说："算上那个税务所的人拿走的烟，赚得更多。"大妙顾不上那么多，草草吃了饭，又把钱数了一遍。小卖部成了汪洋中的一条船，载着大妙缥缈的梦想开始启航。大妙心里有些东西死灰复燃，她开始梦想把小卖部做大，做成大商场，将来自己会成为商界名流，这也是一条通天大路呀。她沉湎在不着边际的幻境中，很晚才睡着。隐隐约约地，她又听到了那个女人的哭声，这哭声像一张网，密密实实地罩着她，她的恐惧已经变成憎恨，她动不了，就想象自己用牙齿在咬那个可恶的女鬼，用手指撕那个妖精，甚至她的眼睫毛都变成了锐利的武器，用力夹那个女鬼。醒来后，照例她又出了一身慌汗，她觉得这个问题需要解决了，她必须弄清楚，这个不时光顾的女鬼是怎么回事，她到底要做什么。毕竟一天太累了，她这么想着，身子一沉，又睡了过去。

让大妙失望的是，小卖部并没有像她想象的那样给她带来翻天覆地地变化，有时一天不开张，即使开张也就是一些油盐酱醋，赚不了几个钱，指望这个小卖部改变命运的希望落空了。大发倒是挺知足，有这个小卖部，手里多少有点活钱，日子不那么紧巴，有时还可以吃点时鲜的东西，觉得日子过得已经很不错了。他哪里知道大妙的心大着呢，云一样落不下脚，着不了地，山也过，海也过，偏偏不能在这小村里过。大妙可不甘心就这么过一辈子，她看见大发知足的表情就会有一种轻蔑，她知道大发能毁了她，却再也救不了她了。

十二

腊月二十九，她买了一些过年的东西给妈妈送过去，顺便给小玉带了些零食。妈妈肯定知道快过年了，她这几天肯定会来，早早在额头上挤了许多的紫痧，让大妙认为她的身体有多么不好。大妙真的很烦。她想装看不见。可是，快过年了，又不想找别扭，加上今年父亲刚过世，按照他们这里的风俗，姑娘结婚不能在娘家过年，说看见娘家灯死公公，这个年对母亲和小明小玉来说就分外凄凉。大妙就说："妈妈，你身体不好就歇着吧。"

母亲说："我这几天一直就浑身没劲，要是往年，你爸早就把过年的东西置备齐了，今年可怎么熬呦。"说完眼泪汪汪的。大妙已经特别反感母亲的眼泪，像是蒸馏水似的，很多时候已经不包含太多的物质，可是她不能表现得无动于衷，就说："我都准备好了。"然后打开买的东西，有一只鸡、五斤猪肉，五斤粉丝，二斤豆腐，几样蔬菜，还有一堆瓜子、红枣等，大妙看见母亲眼皮都没抬，躺在床上说："有也不是味。"

大妙很生气，想站起来质问母亲，那你说怎么办？可是那愤恨在心底打了滚儿，又回到原来的位置。她讨好地说："妈妈，我知道我对不住我爸，更对不住您和小明小玉，可是爸爸走了，即使您要了我的命他也回不来了。"她的话还没有说完，母亲就噌地坐了起来。大妙知道又坏了，母亲又抓住了她话中的把柄。果然，母亲说："谁想要你的命了？谁敢要你的命？只有你要别人的命呀！你要了你爸的命不要紧，你这还想要我的命，我这命比你爹的命还贱，你要吧，啊，你要吧。"说完就冲过来，大妙吓得赶紧躲开，母亲没想到大妙会躲，想缩回已经来不及了，一头撞在墙上，血顿时从额上流了下来。小明小玉吓得嚎啕大哭。这时她倒冷静了，赶紧抱住母亲。母亲自己也害怕了，闭着眼睛哼哼着。她让小明小玉扶着母亲，自己出去找来人，把母亲送到了医院。伤口并不大，医生只是给消消毒，做了简单的包扎。母亲头上包一圈白纱布，样子有些可笑。大妙托人找了一辆小三轮，从医院里出来，想让母亲坐上去，母亲拒绝了。她拧着脸说："我不坐。"大家说："坐上吧，挺远的。我们拉着你。"母亲说："我的头被自己亲生女儿打破了，她现在不是还没有打断我的腿吗？我自己能走回去。"大家就过来劝，母亲执意自己走回去，坚决地说："谁也别说了，我就是要自己走回去，让那个死丫头给我带路。"大家没有想到她会这么样惩罚自己的女儿，想劝，可是，一想到这娘俩从村里走过的样子就有些滑稽，这是村里百年不遇的戏景，真是想看看那是什么样子，就假意规劝了一下，不再坚持。大妙知道了，母亲是想让全村人知道，她伤害了母亲，母亲要让她在全村人面前丢丑。

这是她无数次走过的路，上学时走过，下地时走过，哭时走过，笑时走过，从来也没有觉得这条路有什么特殊。可是今天，她从这条路走过的时候，才发现这哪是一条通向家的路呀，这分明是要把她送到鬼门关呀。风呼啸而过，在她的脸上、身上留下无数伤口。一些枯干的叶子打着滚旋转，土灰色的房子里射出一道道目光，剑一样刺向她。她觉得自己的腿没了，自己是用膝盖血凛凛地爬着；心没有了，被母亲一刀子一刀子挖去了；眼珠子没有了，眼前漆黑一片，一个人孤寂地晃荡在无边的汪洋中，找不到头，看不见岸。她伸出手，可是，她什么也抓不住了，一切都离她而去了。她一定是走了很久，身上的衣服已经被汗水湿透了，头顶上升腾起白色的雾霭，又迅速在空气中消散，她觉得自己终于走到尽头了。

　　　　我活着的时候已经哭够了，再也不愿意在人世间
　　哭了才去死，才去用死解脱，如果连死都解决不了活
　　着的绝望，何必死呢。

　　进了家门，她一头栽在地上，她嚎啕大哭着对母亲说："妈，我是你亲女儿啊。"那哭声把村里人的心撕碎了，拽疼了，扯醒了。大妙的头在地上不停地撞着，人们怎么拉她都不肯起来，许多人都跟着哭，大妙觉得自己这一辈子再也起不来了。

　　有人已经把大发叫过来了。大发正看见大妙在地上跪着，额头已经磕出淤血，紫滟滟地一大片，眼泪一下子流了出来。他刚想冲过去质问母亲，早有村里人拉住了他，大家劝解着，让他把大妙接回自己的家。

　　大妙死过去一样躺在床上。她不吃不喝，也不说话。这么长时间，什么波浪都经历了，大妙还从来没有这个样子。大发有些害怕，生怕出什么事，一直守着，可是架不住年轻嗜睡，说不清什么时候就睡了过去。大妙看着黑洞洞的屋顶，心就一直沉，沉到无底洞。终于，她听到了那女人的哭声，她觉得再也不怕那女人的哭声了，今天晚上她是在等着那女人的。那是一个什么样的女人，她夜夜来到这里，在自己身边哭，她像自己一样对人间绝望吗？她不，她一定没有绝望，如果绝望还有什么好哭的。大妙想，如果我死了，会跑到别人窗下哭吗？我不会哭，我没有什么可哭的，我活着的时候已经哭够了，再也不愿意在人世间哭了才去死，才去用死解脱，如果连死都解决不了活着的绝望，何必死呢。想到这里，她竟然有些轻视这个女人，既然死了还要哭哭啼啼，当初何必去死呢。那女人根本不理解她的心理，一味在窗前哭，哭声就悠悠荡荡地，晃出一条细软的线，牵着大妙走出屋子。那女人站在枣树下，瘦瘦长长的，灰白色的裙子，风呼呼吹过来，那裙子却纹丝不动，像是粘在女人的身上，也像那衣服就是女人的身体。大妙这才想起鬼是不应该有身体的，它只是一个魂魄，一缕烟尘，甚至什么也没有，只是一腔怨愤、一点惦念或者其他放不下的牵绊。大妙放不下什么呢？放不下小明小玉，他们没了父亲，没了姐姐，他

们怎么活呢？可是姐姐实在活不下去了呀。她反复祷告，希望有什么神灵，让小明小玉少受些苦，自己管不了他们了。想到小明小玉，她的脚走不动了，那道门槛突然长高了，拦着她，不让她过。小明小玉的模样、他们叫姐姐时的声音、他们手拉手上学时的样子，竟然刀子一样划过她的心，疼得她弯下腰，捂住胸口不住地战栗。她放不下他们呀，他们还那么小，他们需要她，她还要供他们上学，让他们考出去，过上好日子，她走了以后，谁还能供他们上学，他们还能过上好日子吗？想到小明小玉会受苦，她再也不能犹豫了，挣脱了那女人的白线，返身往屋里走去。那女人的哭声突然加剧了，声音冷飕飕地打在她的头上、脸上，她怔怔地看着女人，不知道自己该往哪里走。正在这时，她隐约听到有人说："你过来吧，你过来就没有苦了。"那声音像有巨大的磁力，吸着她的衣服，她的衣服呼啦啦地飞起来，她的身体费了很大的力气才拽住了。

"你过来吧，过来你母亲就不会骂你了。"那女人忽然说。她看到有很多东西劈里啪啦落在地上，像是星星，像是风吹落的枯枝，像是一只只突然死去的鸟，她惊愕地注视着这些从天而降的东西，不知道自己在做什么。那女人说："他们是你上辈子的孽，今生你还不完的，你死了就都清了。"

那女人的脸隐在黑暗中，白晃晃的，看不出眉目，她那么执拗地等着她。大妙觉得她说对了，不然，自己为什么要受这么多苦。

"过来吧，过来你母亲就找不到你了。"那女人接着说，她的语言似乎挂在树上，这时候一个个飞过来，击中了她，打倒了她。她不能见到母亲，她一想到活着会见到母亲就浑身发抖，她宁愿去死也不愿再见到母亲。让母亲活着吧，只要她好好待小明小玉，别再伤害小明小玉。自己的死一定能够警醒她，她再也不会这样对待小明小玉了。如果自己的死能让妈妈爱小明小玉，从今以后小明小玉能学好、能过好，自己死了也值呀。她也想到大发，可是她觉得大发牵不住她的心，大发不用她管，自己牵挂的只是小明小玉，把他们的问题解决了，自己活着的意义就没有了。想到这里，她毅然决然地迈过了那道门槛。那女人拿出了一个白色圆圈，两只手举着，说："把头伸进来，伸进来你就没事了。"大妙听话地把头伸进去，那圆圈突然收紧，勒住了她的脖子，她用手拼命撕扯着，可那圆圈越收越紧，她已经喘不过气来了，胸腔里火焰滚滚。她想喊叫，可是喉咙里堵了一条火热的大蛇；她的腿用力踹着，她一定踹到了地狱的门，竟然硌疼她的脚。可是她越挣扎，脖子被勒得越紧，慢慢地，她觉得自己被什么东西融化了，轻飘飘地从地面上飞起来了，天地间一片银白。她觉得什么都变成了轻，那种没有丝毫重量的轻，连她自己，都成了那种银白色的、没有温度和味道的轻。她知道自己解脱了。

大发睡觉的时候做梦了。他梦到他和大妙去上学，可是，转过一条河的时候，大妙不见了，他在后面找啊找，怎么也找不到，一着急就醒了，发现大妙真的不见了。他急忙出来找，推开门，满院子的雪，冻得他一哆嗦，一眼看见大妙在院里的枣树上上吊了。送到医院的时候，大妙的心脏已经停止跳动，医生打了强心针才抢救过来。医生说，真悬呀，晚来一分钟也活不了。

村里来了不少人。人们告诉大妙说，这房子以前是大发的姑姑住，他姑姑年轻的时候和一个国民党军官私奔过，不知道为什么，那军官后来不要她了，她就一辈子独身，25年前就在这棵枣树上上吊自杀了。有人一推算，她死的时候，正是腊月二十九，大家后背都一阵冰凉。大发的母亲就骂骂咧咧的，说死了都讨人嫌，还不快找个地方托生，在这里胡作非为。小明小玉来了以后，姐妹三个搂在一起，哭得昏天黑地，多少年后村里人一提起来都眼泪汪汪。大妙的母亲始终没到医院里来，大妙出院以后去看母亲，母亲看见她进来没说话，进屋

> 那几天她想好了，既然活过来了，以后不管是怎
> 样的日子也要忍着、活着、熬着，接受吧，就从接受
> 这雪开始。

坐在床沿上，大妙发现母亲没有揪痧，脸上也瘦了一圈，禁不住流下泪来，大妙的母亲也哭了。

十三

那天下了一夜的雪，雪花铜钱一样大，村里人多少年没见过这么大的雪，飘飘扬扬地雪把小村子的一切都埋没了。白花花的世界里，是一眼看不到边的空旷，树没了，房没了，路没了，人也躲起来，找不到了。大妙似乎觉得大雪是通往死亡的甬道，轻飘飘，冷冰冰，既给人安宁，又让人绝望。从那以后，大妙说不清自己对雪是什么情绪，有几分迷恋，也有几分厌恶，只要一下雪，她似乎就又一次听到那女人的招引一样，勾起她对困苦生活的苦涩记忆，所以，总体而言她是不喜欢下雪的。那些天老天好像一个不愉快的人，故意要把情绪宣泄到极点，一直下雪。大妙出院的时候，雪花飞飞扬扬地落在她身上。大妙不去管它，任那雪花在身上融化、结冰，就好像接受命运给她的一切磨砺一样，接受这冷酷的一切。那几天她想好了，既然活过来了，以后不管是怎样的日子也要忍着、活着、熬着，接受吧，就从接受这雪开始。

大发想过搬家，可是，又没处去，就趁大妙不在的时候把枣树刨了。大妙倒觉得无所谓，说起来还是自己的命，怨不得其他。院子里的积雪堆在墙边，中午太阳一热就化得湿漉漉地，自家的鸡和别人家的鸡在院子里跑来跑去，一些干柴、砖头之类的东西东一堆西一堆的，小院子怎么也利索不起来。她觉得自己也是十年寒窗，可是面对这个怎么也扫不净的院子，知识真是没有力量。

刚过年，人们没有什么农活，村里人能玩的会玩的都在玩。打麻将、推牌九、打台球、打升级等等，即使最勤快的人这个时候也要轻松几天，只要不饿着鸡牲狗活就行了，村子里显得格外清静。大发也

出去玩了。大妙不愿意玩，也没人和她玩，她似乎和别的小媳妇没什么两样了，穿着家做的布鞋，三天两天不洗脸。不去玩，她就忙忙活活地清点小卖部里的货品，看看缺什么，该进什么。正折腾着，进来一个顾客，要一盒吉庆烟。她正忙着，头也没抬，就拿了烟递过去，这顾客给了十元钱，她接了钱，想给找零钱，对方说："不用找了。"她这才抬起头，站在面前的竟然是李猛。

大妙不知道自己见到李猛是什么心情。她离开学校以后不愿意见到同学，也不想打听同学的消息，最不愿意见到的就是李猛。李猛比以前高了，也黑了，站在她面前显得很沉稳了。大妙不知为什么，不敢看李猛的眼睛，她的目光只要一碰到李猛的目光心里就发酸。李猛显然也没有想到是她，他见她刚过年就穿着上学时的旧衣服，虽然洗得很干净，可是已经过时，不成样子。她的脸色是灰黄的，已经有些农村人常有的那种土色。她头发乱蓬蓬的，她的店里卖头花，自己却胡乱扎了一条黑皮筋，显然是舍不得。手指甲里塞满垢物，手已经很粗糙，手背冻得红肿，一道一道地裂着口子。骄傲已经从她的目光里退去了，剩下的是慌乱、窘迫、绝望和焦灼。李猛心里有些不是滋味，毕竟是自己初恋的女人。他没有那么高的境界，希望自己爱的女人和别人能过幸福，但是，他也不愿意看见大妙成了这个样子。他说："大妙，你不能这样。"

李猛看见大妙的眼圈一下子红了，有些不知所措。他不知道自己该说什么，他只知道大妙不能就这样下去，他觉得大妙过这样的生活是不对的，可是，大妙该怎样，还能怎样，他不知道。

大妙已经被李猛眼睛中流露的东西给伤了。那目光里是什么？大妙说不清，后来过了多少年，她依然说不清。但是，那目光就是让她信赖，让她心酸，让她觉得自己委屈。还有那句话……"你不能这样。"还有比这更知冷知热的话吗？大妙觉得没有比这句话更打动人心的了。

她又好像感觉到了一种希望，渺茫得像是不存在，可是又那么清晰地吸引着她，她就攀缘着那微茫的光芒，一日又一日地熬着。

她不好意思让李猛上屋里坐，可是，人家既然到了家门口，不让到家里显然不合适。李猛看出她的意思，就主动说："我还有事，着急走，有什么事就告诉我，我以后还来。"

"喝口水再走吧。"大妙说。

李猛说："不了，我们跑车，车上有。"他走到门口，又回来了。他头也没抬，说："我还要一盒石林烟，路途远，犒劳一下自己。"说完把钱放在简易柜台上。大妙的心一下子软下去，迟疑着，说："李猛，你不用这样。"

李猛说："真的，干我们这个，危险着呢！不能亏了自己。"说着，就露出他以往的嘎样，跟真的似的。

大妙没有理由不给他拿烟，就拿了一盒石林烟。李猛接了烟，顺手拿了一把泡泡糖，说："这回再找钱就赔了吧？走喽。"他故作轻松的样子让大妙哽咽难言。大妙没说话，看着李猛弯着腰走出去，自己伏在柜台上无声地哭了。

晚上大发回来的时候，大妙好几次都想告诉他李猛来过了，可是，不知道为什么，她终究还是没有说。她有种预感，李猛还会来。她又好像感觉到了一种希望，渺茫得像是不存在，可是又那么清晰地吸引着她，她就攀缘着那微茫的光芒，一日又一日地熬着。

十四

早晨刚醒，大发提出要50块钱，大妙问干什么用，大发吞吞吐吐地说："哥几个说好了，趁着不忙，接着玩几天。"大妙怕大发迷上麻将，就找理由不给，问："都有谁呀？"大发说："咱这情况，会有谁和咱来往！不就是刘三和他们吗？"大妙虽然来这村不长时间，但是对村里的情况也了解差不多，知道刘三和前些年在村里当民兵连长，天天挎着盒子枪在村里耀武扬威的，今天斗这个明天整那个。后来虽然老实了，但是也不好好种地，倒腾点小买卖，有点钱就吃了喝了，村里人都不把他当正经过日子人看。大妙当然不愿意大发和这样的人来往，就没有给钱。

大发头枕着双手，并没有着急。其实他也不愿意和他们玩，可是谁会和他交往呢。他在村里也是孤独得很，大正月活儿又不多，一天到晚闲得难受。偏偏这时候刘三和来招呼他。家里有人来，大发很高兴，这个家里实在是太清静了。他急忙把刘三和让进屋。刘三和是长辈，按说不该串晚辈的门子。刘三和自己也知道，进来的时候就有些拘谨，脸上拿出长辈的表情，目不斜视的。大发想到他在牌局上辈的素的胡乱折腾的样子，心里想笑，可嘴上还是忍住了，说："三叔，快屋里坐。"

大妙知道他是来叫大发打麻将的，脸色就不好看，招呼了一声就出来了。刘三和能不知道大妙的意思？但是，在麻将桌上战斗几年了，这样的待遇三天两头遇到，他早就不在乎了。大发打麻将是个生手，手又臭，这样的人哪桌都稀罕。他悄悄地说："大侄子，那边三缺一，等着你啊。"说完抬起屁股就走。

有人亲自请自己，大发显然有点受宠若惊，热情送刘三和走了，直接就找了大妙，扎撒着手讨好地说："你看，三叔来了，再不去就不合适了，乡里乡亲的，就这一回。"大妙脸虽然拉得很长，但是没吱声。大发知道这是不情愿地同意了，急忙到抽屉里拿了钱，走了。

刘三和是什么人？是村里见过世面的人，也曾经威风过，可是好汉不提当年勇，过去的就过去了，眼前的这点事这点人都在他心里装着呢。他知道如果今天大发再输了，以后就极有可能不来了，必须让他尝点甜头，让他有想头。打牌的时候他就坐在大发的上首，专拣大发需要的牌打，为了掩盖自己，他又骂爹又骂娘，把牌扔得山响。他吼着嗓子说："大发，你小子把牌给日了吧，今儿个这牌怎么光认

大妙和母亲的关系看起来好多了，两个人像是在
战场上有过厮杀的对手，没有分出胜负，却谁也不敢
再轻易出手了。

你呀？"

　　大发已经兴奋地涨红了脸，说："风水轮流转嘛。"

　　刘三和心里说："别他妈牛 × 了，就你那臭手，风水八辈子也转
不到你那里。"嘴上却说："我他妈今天栽了，老了，真他妈老了。"说
着，手一下子伸到大发钱堆里，把大发吓得急忙护住钱堆。刘三和哈
哈大笑，说："瞧，还怕我抢你的呀？小看了你三叔了，想当年，你三
叔多大的票子没见过呀，三叔是看看你赢了多少。怎么样？得有百十
块了吧？"

　　大发心里一惊，刘三和真说准了，他真赢了九十多块了，可他说：
"没有，十几块钱。"

　　刘三和笑笑，心里说："你怎么赢去的我让你怎么吐出来，小子，
先守着钱热乎会吧。"说着打了一个九饼，大发怎么也没有想到，自己
竟然和了一条龙，一个人要给他 30 多块，他实在掩饰不住激动的心
情，手都有些抖了。他把十元整票叠好放进了口袋，摸了摸，厚厚一
沓，真是心花怒放。

　　刘三和心里不舒服了，可是，他想："放他一马吧，舍不得孩子逮
不着狼。这傻 × 说不定有大用场呢。"

　　大发迷上了麻将，每天吃完饭就走，有时连饭也不回来吃了，大
妙觉得日子更灰暗了。大妙有干不完的活，既要盯着小卖部，还要经
常帮母亲和小明小玉洗洗涮涮，大妙和母亲的关系看起来好多了，两
个人像是在战场上有过厮杀的对手，没有分出胜负，却谁也不敢再轻
易出手了。

　　春天说来就来了。风打在脸上柔和了，柳树绿蒙蒙的，积雪融化，
地里的活多起来。今年雪大，麦子普遍长势好，该上粪、浇地、拔蒿
草，大发有时上午和她去地里，下午说什么也不再耽误，他一心扑在
打麻将上，输多赢少，有时三十二十，有时又百八十块。大妙心疼得

不行。大发还不让说，一说就跳脚，说村里人都玩。大妙说："人家玩得起，输得起也赢得起，你行吗？"大发最生气这句话，就说："我不行，你看见谁行找谁去！"

大妙就不再说话，可是她总觉得大发这样下去早晚会出事。大发第二天再去打麻将时，她就去搅局。她估摸着时间差不多了，就找到了他们，说家里来了人，让他早点回去。大发没有想到大妙会找来，脸上有点挂不住，再说刚有点缓点，不愿意走。就说："你先回去吧，我打完这一圈就走。"大妙索性坐在炕沿上不走了，大发接着又输了一把，火就腾地起来了，冲着大妙吼了一嗓子："你他妈滚回去！"

这话把大妙吓了一跳，大发还是第一次和她这样说话。她本来和村里人就有隔膜，这时候大发当着这么多人骂街，让她羞愤难当，也急了，便一不做二不休，一把就把麻将桌给拽了下来，麻将、钱劈里啪啦乱滚，她一边摔还一边嚷着："我让你不学好，我让你不往人处走。"大发窜过来要打大妙，大家把大发给拦住了。

刘三和看见大发的表现，心里十分满意，这小子死要面子活受罪，是个可用的人，他开始琢磨利用大发作点事情。

十五

大发老实了很长时间，刘三和因为要利用大发作点大事情，也准备放长线钓大鱼，没有再来找他。大发就在家里帮着大妙家里外头干点活。李猛这天下午来的时候，他正准备下地拔麦子地里的蒿草，看见一辆解放大卡车一路鸣笛，吱哇乱叫着停在家门口。他正要发作，看见李猛从车棚里跳下来，两个人立刻就你捶我打地拥抱在一起。大妙也出来了，看见李猛，装作他第一次来的样子，说："李猛，哪阵风把你吹来了？"

李猛一看就知道大妙没有和大发说他上次来的事，心里不知道为什么有点格外高兴，就说："我上山东从这里过，打老远就看见大发，就使劲按着喇叭，人家大发不理咱这一套，是不是发财了？不认老同学了？"大发捶了李猛一拳说："这个狗尿苔大的地方能发什么财？我看你倒像发财的样子，怎么样？开上大卡车了？"

李猛一边往里走一边说："咱有自知之明，压根也不是上大学的料，就到老爷子单位接班了，臭司机一个，不过走南闯北的，倒也自在。"

大妙说："车船店脚衙，不打也该杀，小心别学坏呀。"

李猛嬉皮笑脸地说："坏还用学？我什么时候说我是好人了？"大家就笑了。李猛各屋转转，说："不错呀，收拾还挺利索。看不出大妙还是贤妻良母呀。"李猛说这句话的时候心里有点酸溜溜的，大妙也觉得不舒服，两个人不由自主互相看了一眼，又迅速闪开了。

大发把李猛领到小卖部。李猛像第一次看见一样，说："哦，这就走资本主义道路啦？变得够快的呀。哎，我在你们这里买东西是不是会给我打折呀？"

大发笑着说："打折？宰的就是你。"

李猛沉着脸说："真的，真的，我有个哥们要结婚，用点烟酒糖果什么的，让我帮着买呢，我从这里买了不就得了？"

大发说："跟真的似的。行，用多少随便拿。"

大妙听见李猛这么说，心里一热，可是又不便说破，就故意说大发："你倒大方，他干嘛要在这里买呀？他呀，这是表明自己还剩不少人心眼呢。"

李猛先哈哈笑起来。这个大妙，终于又让他看见了聪明伶俐的大妙，他的眼里一热，为了掩饰自己，他赶紧进了里屋，屋里光线暗一些。

大发给李猛拿了一盒石林烟，李猛点着了，吸了一口，向大妙和

　　两个人一个在桌子左边，一个在桌子右边，呼噜噜睡着。大妙心里却七上八下，再也不能平静。她给他们分头盖上被子，偷偷瞅着两个男人，都是曾经喜欢过自己的。一个把自己毁了，自己却要嫁给他，跟他过这种不死不活的日子；一个却不记前嫌，默默帮助自己，心里的天平就摇晃不已。

　　大发说着他了解的同学、老师的情况。大妙津津有味地听着，心里不时泛出酸水。就连原来学习成绩和她差十来名的明都在北京服装学院当体育委员了，让她羡慕不已，心里很不是滋味。眼看就要到中午时间了，大发就站起来，说："李猛，中午咱们好好喝喝，咱们毕业了，可以喝酒了。"

　　李猛也不客气，说："好啊，我还担心没人管饭，自己车上带着呢，有的时候人家就不管饭啊。"说话的时候看着大妙，大妙吓得心扑腾乱跳，这要让大发听出来多不好。所幸大发只顾高兴，一点也没有察觉。李猛回到车上，拿来火腿、烧鸡、罐头等一大堆熟食，两瓶御河春白酒，又回去搬了一箱咸鸭蛋，满满当当一大桌子。大发一个劲地说："你这是干什么呀？都搬我们家来了。"

　　大妙知道李猛为什么这样做，心里酸酸的，看李猛的目光就有些复杂。李猛装作什么也看不见，一个劲咋呼着，说司机走到哪里吃到哪里，车上不能没有吃的，以后走到这里有饭吃了。咸鸭蛋是人家送的，也借花献佛，卖个人情。大发早已经忘了李猛曾经是自己的情敌，此刻已经视李猛为好兄弟，两个人推杯换盏，一会哭一会笑，很快喝得酩酊大醉。两个人一个在桌子左边，一个在桌子右边，呼噜噜睡着。大妙心里却七上八下，再也不能平静。她给他们分头盖上被子，偷偷瞅着两个男人，都是曾经喜欢过自己的。一个把自己毁了，自己却要嫁给他，跟他过这种不死不活的日子；一个却不记前嫌，默默帮助自己，心里的天平就摇晃不已。但是她知道这是在农村，嫁鸡随鸡嫁狗随狗。她已经禁不起折腾，可是那心呀，受伤的鸟一样，疼的时候窝在巢里，却从来也没有忘记过往高处飞呀。她真没有想到李猛这么有情有意，在她眼里，那是一个公子哥，只知道吃喝玩乐，哪里懂得感情？可是事实上他一举一动都做到了大妙的心里，这比打她还让她难受。

她一边收拾着，心里不认命又认命，一会儿哀怨不已，一会儿又暗自窃笑，想自己真是疯了，管不住自己了。

四点多了，李猛才醒过来，他推着大发说："你小子竟然敢把我灌醉，看我哪天收拾你。"大发也醒了，闭着眼睛说："倒打一耙。谁灌谁呀？你小子长酒漏了吧？两瓶酒咱们都喝了。"

两个人坐起来，大妙已经给沏好了茶，两个人喝了。李猛说："我该走了，晚上还要赶到夔川，明天去山西，爬山路的。"

大妙忽然心里一紧，说："小心点呀。"李猛听出大妙话里的焦虑，心里热乎乎的，就说："没事，我还要过来和大发喝酒呢。哪能随便就牺牲了。"

"越说越不象话了！"大妙生气地一撩帘子出去了。李猛赶紧追出来，说："生什么气呀？逗你玩呢。"回头对大发说："大妙是不是脾气挺大呀？像母老虎似的。"

大发说："没准，一阵阵的。"

大妙被气乐了，说："你们就合起来气我吧。下回来不管饭。"

十六

容留他们打麻将的是个外姓，姓李，腿瘸，外号叫李瘸子，因为干重活不行，就爱掺合点没要紧的事，一个是抬抬自家的人气，更主要的是来点小钱。他让他们在自己家打麻将是不白打的，每次牌局结束的时候，一般赢钱的一方会给放个十块二十块钱。也有放多的时候，但很少。李瘸子知道大发的家底，看见大发又来了，心里说："真是不知好歹，自己往火坑里跳。"可他也不便拦阻。

刘三和看见大发进来，心里说："你这是自投罗网，就别怪我不客气了。"面儿上他还是假惺惺地说："大发，你和我们不一样，你年轻轻的，别光玩。"

大发听见这话很生气，心里说：赢了钱就说这个，你输了的时候怎么不这样说呀。就说："没事，闲着也是闲着。"

刘三和看他执迷不悟，甚至还有些不领情，心一狠就三下五除二把大发的钱又赢光了。大发没辙了，一时有些慌乱，站起来想走。刘三和摁着他的肩膀，说："大发，别撑着了，你那家底我还不知道？"说着从口袋里掏出 500 块钱，接着说："不就是想玩嘛？谁没有年轻过？这钱你拿着，赢了算你的，输了算我的。我要是和你要帐就不是你叔。"旁边人都起哄。大发被刘三和义气的行为给震慑住了，接也不是，不接也不是，早就有别人替大发接下钱。大发知道这钱不能接，可是，手已经像不是自己的一样，忐忑不安地伸出去了。大发手这一伸就回不来了，他半推半就，有时输有时赢，不到一个月，里外欠了刘三和 3000 多元钱。大发越是着急赢回来，越是输得厉害，就像置身在一个无底的河坡，大发一路滑下去，怎么挣拽也爬不上来了。

日子这么难挨，春天的时光却走得真快，就像有风吹着赶着一样。大妙一天天忙忙碌碌，有时静下来，想想往后的日子，就感觉有灰蒙蒙的幕布，无边无沿地盖着，撕扯不开。这天晚上吃完饭，大发没有去打麻将。3000 多元的赌债藏在他的心底，刘三和虽然没说什么，可是欠债还钱，天经地义，他不知道该怎么还清。奇怪地是，他并不发愁，他总觉得会有什么机缘，能把这沉重的债务消去。这感觉那么奇怪地萦绕着他，挥之不去。

十七

李猛再来的时候，麦子已经黄梢了。大妙正和几个小媳妇缝口袋，听见汽车的声音大妙的心急速跳了一下。下午的阳光扑在她的脸上，使她睁不开眼睛，只能隐约看见李猛高高瘦瘦的身影从车上下来，径直向她走来。她知道那是李猛，他已经很久没来了。大妙知道他会来，可是，大妙不知道他为什么这么长时间才来，一晃几个月了。

李猛看见小卖部有这么多人，都是大姑娘小媳妇的，一时有些慌，可是，他还是随意地走过来，说着："真热闹呀。"就顺手给大家扔下一堆桃子、杏。这边这些东西还没有熟，大妙知道他肯定去了远处。这些女人们一边打量着李猛，一边用手擦擦吃起来，有的就知趣地离开，大妙假意说着挽留的话，那些女人们不客气地说："算了吧，我们还是走吧，咱们村的人可不是那么没眼力。"大妙看见大留媳妇往兜里藏了几个桃，有些不高兴，可是，当着李猛也不好说什么。

李猛看见大妙又黑了，刚才在人群里他都快认不出来了。李猛的心一忽悠，终于觉得自己再次来看大妙是对的。他想为大妙多做点事，让她的生活好一点，这想法折磨了他很久。屋子还是那样，简陋但是整洁有序。他看了看，问大发干什么去了。大妙给李猛斟上水说："和村上几个人合计做点生意，他们商量事去了。"李猛听见这话有些失落，但还是说："现在生意不好做，外边很乱，让他小心点。"大妙说："操心多了会白头。你还是多想想自己吧，一天到晚东跑西颠的。"李猛笑笑说："习惯了。"两个人没了话，屋子的气氛一下子有些暧昧。李猛就站起来说："我从南方回来的时候吧，人家非得给我些女人衣服，你看我妈年纪大了，我家里也没有别人，没人穿，你要不嫌弃，就给你得了。"

大妙的脸立刻红了。早晨她穿了一件灰色碎花上衣，胳膊肘破了，她就找了一片旧布缝上，此刻她下意识地把胳膊往后藏了藏，李猛还是看见了，眼圈一红，一把就把大妙拉进了怀里，低低地说："以后不要这样，缺什么告诉我。"大妙心一酸，但还是挣扎着，想从李猛的怀里挣脱出来。李猛用力抱着她，下巴在她的头上轻轻地摩擦着，说："我真是不放心你呀，走到哪里都惦记你。怕你受罪，怕你难过。"李猛哽咽着，说不下去，大颗大颗的泪水滚滚而下，砸在大妙的头上、脸上、耳朵上。大妙的心也湿透了，可是她不认输，倔倔地说："我挺好，你不用担心。"说着，还要往外冲。李猛轻声说："别动。"大妙被这声音一下子击中了，愣怔着。李猛低下头，看了看怀里的大妙，说："我真想忘了你呀，可是，我怎么也忘不了。想死我了呀。"大妙说："你忘了我吧，我配不上你。"李猛吃惊地看着大妙，气愤地说："不许你这样糟蹋自己。"大妙眼一酸，伏在李猛怀里啜泣着。李猛说："这里太委屈你了，我早晚让你离开这个地方。"

大妙绝望地说："不管真假，我还是要谢谢你，可是，我和大发已经这样了，我已经认命了。"

李猛嗤地一声笑了，不屑一顾地说："你们怎么样了？在城市你们这叫非法同居，知道吗？你还认命了，你认命不认命还瞒得了我？让你认命，除非地球倒转。别装了。"挺严肃的话题被他整得不伦不类，大妙听得一阵喜一阵忧的。但大妙是个明白人，知道总这样继续这个话题不是办法，便半是撒娇半是认真地说了声："就你能。"一转身就出去了。

李猛没有阻拦她，李猛知道她肯定是去叫大发了。想了想，急忙上车上拿下一件半袖衫，本来是自己想留着穿，可是，让大发知道自己光给大妙买衣服，不给大发买，会让大发起疑心，他不愿意过早地暴露他对大妙的心思。他原来连大妙都不想说，想把一些事情做好了，比如征得家里人的同意，比如帮大妙在城里找份工作等等，然后再告诉大妙，可是，今天他也不知道是怎么了，一看见大妙破烂的衣服憔悴的面相就控制不住自己了。李猛也问过自己，这样做是不是对不起大发？可是，大发回来之后，他发现自己面对大发没有丝毫愧疚。相反，他觉得大发让自己心爱的女人过这样的日子，这就等于没有金刚钻偏揽瓷器活，硬和大妙在一起，是大发对不住自己。他这一次没有呆多长时间，也没有吃饭，就借口有事要走。临走，他说："五一快到

> 他躺在床上，反复看着李猛拿来的那些花花绿绿
> 的衣服，还特意穿上李猛送给他的半袖衫试试。他做
> 这些事的时候心情是平静的，但那是风暴欲来的海
> 面，转瞬就可能翻江倒海。

了，有个朋友结婚，托我买东西，你这里的东西我承包了。"大妙说什么也不卖了。大发也觉得不合适，吭吭哧哧的。李猛就找了编织袋子，把小卖部的东西稀里哗啦地收起来，一边收着一边说："以后我从城里给你们进货吧，现在你们小卖部卖什么东西我比你们还清楚呢。"说完，扔下500块钱就走了。

这一次，大发明白了，李猛这是在帮他们；更确切地说，是帮大妙。这念头针扎一样让他难受。他不能指责任何人，因为大家都没有错。可是，他分明觉得哪个地方不对劲了，让他不舒服了，他甚至连不让李猛来的理由都找不出来。他看着大妙在屋子里出出进进的身影，竟然有些陌生。他了解大妙，知道她聪明，那么她肯定早就知道李猛的意图，可她却像没事人一样，她这样掩饰自己到底为了什么，是拒绝了还是答应了？他们不会暗暗交往吧？想到这里，他的心忽然一哆嗦，就有一层雾，一下子遮住了大妙。这么长时间，大发更多的是随遇而安，没有过多考虑过往后的日子，但是现在，他知道须尽快改变这种生活状况，不能再这么混天度日。否则，后果不堪设想。

他躺在床上，反复看着李猛拿来的那些花花绿绿的衣服，还特意穿上李猛送给他的半袖衫试试。他做这些事的时候心情是平静的，但那是风暴欲来的海面，转瞬就可能翻江倒海。他的心因为有了秘密的欲望而深沉了，开始考虑应该给大妙什么样的日子之类深刻的问题。这些天他也在做，和刘三和合计做一笔买卖，但是，他原来这样做的目的仅仅是还了欠刘三和的赌债，和大妙实际上是没有直接关系的。现在，李猛把大妙生生推在了他的面前，他和刘三和所做的事情突然就有了庄严的意义。想到这里，大发再也躺不住了，便悄悄爬起来，穿上衣服走出家门。

十八

没有月亮的夜晚黑得像布一样。他低着头，看着什么也看不见的路，意志坚定，目标明确。和刘三和合计了这么长时间，他还是第一次主动找刘三和商量这事。刘三和家在村西头，单门独院。这些年村里人都到村外盖新房子，刘三和单身一人，不过日子，至今住着祖上留下的几间房，年久失修。晚上看不出什么，白天这房子就像村里的伤口一样。

大发推了推门，门竟然栓着，对刘三和来说，这是很少见的。他一个人吃饱全家不饿，一天到晚东遛西晃，今天怎么会这么早栓门？大发也没有往深处想，就使劲敲门，引起周围一阵狗叫，在寂寞的夜空此起彼伏。院里有了亮光，大发知道刘三和在家，就又敲了几下。有蛐蛐的声音突然远去，有个东西还跳在他的脚上，他跺跺脚，把那虫子甩掉，索性踢了几脚门。刘三和喊："谁呀？深更半夜的。"

大发喊着："三叔，是我。"

刘三和吼道："大发呀，有什么事明天说吧，我已经困了。"

大发等不到明天，明天就太遥远了，他喊道："三叔，我有急事。"

刘三和有点生气，吼起来声音就有些闷："有逑事，日你娘呀，我睡了。"

大发还是不想走，就压低了声音喊："三叔，真有急事，你快开门吧。"

刘三和半天没言声。大发就要走了，听见刘三和日爹日娘地出来了。他开了门，手上还扎着腰带，说："你狗日的有逑事？非得今天说。"

大发没言声，跟着刘三和进了屋，大发是过来人，一进门就闻到了一种特有的骚臭，他知道刘三和刚才干什么了，可是和谁呢，谁会跟刘三和这种人呢，心里又疑惑又沮丧，感觉那炕呀杯呀都脏得不行，不愿意多坐。刘三和的房子也是一明两暗，刘三和住东上房，另外一个人此刻肯定在西屋藏着，大发有些心不在焉，刘三和也是魂不守舍。大发说话就呐呐的，不知道该说什么好。很快西屋的人就出来了，大发以为会上这屋来，紧张地心怦怦直跳，但是那人竟轻手轻脚地开了外间屋门，走了。

大发装作什么也没有听见，咳嗽了一声。刘三和脸上的表情可是已经变了，他急凶凶地说："你他娘的净坏老子好事。"

大发一听这话，知道刘三和并没有真生自己气，就腆着脸问："三叔，那是谁呀，三婶子呀，怎么不让我见见呢？"

刘三和说："大发呀，你叔这一辈子白活了。"刘三和的表情很沉重，五官都有些扭曲，大发知道他这感慨是真的了，就宽慰他说："三叔，你够能的了，村里人谁不买你的帐。"

刘三和哀伤地说："过去我也这么想。现在才明白，有述用。你叔我都53啦，活到53才知道这世上最美的事不是叉着腰吆喝人，不是吃肉喝酒，是他娘地睡女人，睡女人真好呀。可怜呀。"刘三和说这话的时候真的很哀伤，大发记得他爹死的时候他也没有这么哀伤的表情，刘三和的哀伤把灯弄得一明一灭的。大发开始觉得有些好笑，后来想想自己，今天走到这院里来，也是为了女人，就也哀伤起来，和刘三和说了一些心里话。

刘三和并没有着意听，只是大意知道大发为了女人要好好干一场。刘三和等到大发把话说完了，才接着对大发说："咱都是为了女人呀，这你可要记住。你叔53岁才尝到女人的滋味，愚昧呀。你叔现在明白过味来了，也要划拉个暖身子的人，咱们的买卖肯定要干，干就干大的。你容我好好合计合计。"

大发回家的时候，大妙已经睡下了。他今天格外想要。他一边和大妙尽情地耍着，一边想着刘三和的话，心里充满了无限的温暖。

第二天早晨他早早到地里，麦子熟了。今年的麦子真好呀，麦穗格外厚实，麦粒饱满结实，坚挺的麦芒闪耀着金黄色的光芒。整个村庄已经沉浸在丰收的激动中，骡子踢踢踢踢地打着响鼻，鸭子在水里扑愣着翅膀，老老少少一边忙碌着一边打情骂俏。包括母亲家的，大妙今年要割五亩麦子，按照大家的估算，大概有5000来斤，5000斤麦子的收成是让人多么踏实的事呀，大妙也高兴了，再也没有时间胡思乱想，和大发操持收麦子。大发有些心不在焉，他磨着镰刀，心里想的是全村的几十万斤麦子。

十九

李猛来的那天，是大发出事的第二天。村里人围着大妙的家门，吵吵骂骂，真是大人哭孩子叫。李猛看见大妙脸色蜡黄，倚墙站着，任人宰割的样子，李猛的心一下子揪起来，问："怎么啦？"村里人看见他，自动让出一条路。大妙的眼神是木然的。这么长时间，大妙这种绝望的眼神还从没有过。他又问了一句，"到底出了什么事？"

一个村里人说："她家大发和刘三和收了大家伙的麦子，可是把收麦子的钱都骗走了。"

李猛听了，松了口气，说："我当是什么事呢，多少斤麦子？"

"多少斤？十几家的麦子，我们一年的收成啊。"早有女人哭起来，大妙无动于衷。

"大发呢？"李猛问大妙。

大妙看看他，说："你快走吧，别管了。"

一村民说："不能让他走，说不定麦子就是卖给他了呢。"

大妙嗷了一嗓子，冲着那个村民吼着："你放屁！"

另一个村民看见大妙真急了，就说："我们不和你们老娘们说，你告诉我们大发去哪里了？"

　　大妙说："我也不知道这个混蛋去了哪里。我真不知道，我要知道不用你们管，我就会把他押回来。老少爷们，家里东西你们随便拿。"话没说完便泣不成声，一个女人过去想拿大妙身边的一把锹，李猛一把给拉住了，说："干什么？又没有说不还。"那女人怔了一下，坐在地上嚎啕大哭。

　　李猛说："出了这样的事，大伙心里着急，我能理解，可是，我觉得都是乡里乡亲的，刘三和是什么人我不知道，可大发是什么人你们应该比我清楚，我知道大发肯定也是受骗上当。有买有卖，欠账还钱，这是谁也改变不了的事。咱这样好不好，大家有事说事，都压压火，别闹。大妙一个女人家，能知道什么？你们有什么事，跟我说，我能帮忙的，一定帮。"说着，就掏出烟，挨个儿往乡亲们手里敬着。大家手里接了烟，也就缓和了些。一个年龄稍大点的村民说："这大兄弟说的有理。大发肯定也是受骗上当，可大发总该露个脸啊，他怎么能和刘三和这种人裹合呀？刘三和是个祸害，他害了咱们村。你不知道呀，大兄弟。这刘三和是畜牲呀，他竟然拐着自己侄媳妇跑了，闹不好这是出人命的事啊！大发也忒糊涂呀，人家大留家还等着要人呢。"

　　李猛没有想到问题这么严重。他没有处理过这么复杂的事，可是事到临头，他是绝对不可能把大妙一个人扔在这里的。他说："大家伙想想，你们和大妙说有用吗？我看大发肯定还会回来，他能去哪里？不如等大发回来再商量怎么处理这事，你们看行吗？"

　　正说着，人群中有人喊："大发回来了！"

　　人群呼一下子围过去。李猛担心人们会打大发，便几步冲过去，护着大发。大发已经脱了形，眼睛红红的，头发耷拉在肮脏的脸上。他在决定回来的时候，已经作好了一切准备。他会挨打，会挨骂，会背着黑锅一辈子抬不起头。

他去刘三和家，发现刘三和院门上锁了，他就有一种不好的预感。他和刘三和合计做生意的时候，对刘三和有过怀疑，他认为刘三和可能会多吃点钱，压根没有想到刘三和会把收来的六万元麦子款全部卷走。他等到夜里十点又去了一次，刘三和家还是没有人，这一次，他知道坏了，刘三和把他涮了。他急忙找到几个村里人，撬开锁进去，大发一进院子，头就嗡一声，他知道刘三和肯定跑了。屋里外头空空荡荡，家里能带走的东西都带走了，一定是拉麦子的车给带走的，说明刘三和对这次行动预谋已久。大发像疯了一样，砸着踹着，那几个人拉都拉不住。后来有一个人说："咱们别耽误了，快去追刘三和吧。"大发才醒过来，连家都没有回，就走了。他到现在才想起来，他根本不知道刘三和把麦子卖给了谁。他问过，刘三和当时说："你就负责收，别的你别管。"他真愚蠢呀，真就管收麦子，都是乡里乡亲的，今年麦子收成好，吃不了，在家放着也占地方，村里人都想着卖一部分。大发是文化人，又老成，就都争着卖给他，他说先收了麦子再给钱，人们就笑话说："我们还怕你不给钱，不给钱把你小兔崽子屁股打熟了。"都拿他当自己村里的孩子，那份信任当时真让他温暖啊！没有想到真说着了，他真的给不了乡亲们钱了，这是他们的血汗钱呀，他怎么还呀，他就是让他们砸巴了能有几两油啊，他一边哭着，一边走，他要找到刘三和，让他把钱还给乡亲们，乡亲们不容易啊，怎么能坑骗自己的乡亲们，李猛上前把他拦下了。

二十一

村民们自发选了几个代表，跟着大发进到屋里，剩下的人在外边等着，李猛估计这事大发一个人处理不了，他看看大妙，也跟着进去了。经过商量，大家一致认为，刘三和已经早预谋好了，找暂时是找不到的，大家谁也没有那闲功夫，就暂时不找了，等以后谁知道刘三和的消息及时告诉大家。至于欠大家的麦子钱，按每千斤麦子 150 元，由大发还一万元钱，分给这十几家。

大妙说："早就告诉你别和那些下三烂在一起，你不听，怎么样，现在后悔了吧？"

李猛制止说："事情已经这样，就不要再多说了，大发现在心里也不好受。钱你们要是不凑手，我那里还有一点，大发跟我去拿。"

中午简单吃了点东西，下午大妙就跟着李猛上城里拿钱。一出村大妙的泪水就滚滚而下，把李猛的心搅得酸楚不堪。等到离村远了一点，他把车停下，把大妙揽在了怀里，大妙反而哭不出来了，窝在李猛怀里，说："这日子怎么熬啊？"李猛说："放心吧，我一定会救你出来。"大妙说："我都不知道怎么办好了。"李猛说："咱们先帮大发过了这一关，这个时候提这件事会要他命的。"大妙说："大发挺可怜的。"李猛说："不管怎么说，一定要帮他。我在爨川市已经给你找了工作，我一个哥们开饭店，你先去他那里当服务员，咱们骑着马找马，以后有好工作再安排。"大妙抬起头，吃惊地说："怎么可能？"李猛说："我是谁呀，在我面前没有不可能的事。"李猛家住在化工厂家属院。他让大妙跟他上家去，大妙不愿意。李猛想了想，也没有坚持，就自己一个人回家拿钱，大妙在车上等着。大妙看着李猛往家走去的身影，忽然有些感动，心就像被一根线抻着一样，一疼一疼的。那是两栋三层楼房，好像新盖的，外墙砖闪着雪白的光。想到自己有一天会进到这样的房子里，她的心好一阵甜蜜。

二十二

回到家的时候，天已经黑了，大发和村里几个人在等着她。她把钱放好，由大发和那几个人去各家各户分了。大发明显地瘦了，瘦得让大妙的心一疼，给他端了一碗面条。大发吃了一口，忽然哽噎着，

一口面条堵在嘴里。大妙说："怎么了？"大发说："我真对不起你，
让你跟我受这份罪。"大妙说："现在说这些有什么用，快吃饭吧。"

　　李猛第二天来了，使劲看着大妙。大妙笑笑，出去给他们斟水。
她担心李猛会向大发提出他们的事来，很快就回到屋里。不知道为什
么，到这时候，她有点舍不得大发，放心不下，可她自己也知道，她
是走定了，不可能再留下来了，她只是尽力缓解一下，希望这件事不
要伤得大发太重，惹出太多的麻烦。

　　大发诚恳地说："李猛，这回如果没有你，真不知道会怎么样。"

　　李猛说："千万别把我当好人，我最怕别人说我好了，当坏人多舒
服呀。"

　　大发说："你以后千万别这么糟蹋自己，你其实是好人。"

　　李猛说："我是铁了心要当坏人的，你以后会恨我的。"大妙一听，
生怕李猛会说出更多的话，就说："别扯那么远了，你快上路吧，路
上小心点。"李猛说："说话和媳妇一样，让人心里真痒痒，走啦，媳
妇。"然后对着大发说："你的。"李猛认为自己一贯嬉皮笑脸，大发不
会想太多，事实上大发的心里已经长了草，只是他不愿意捅破这层窗
户纸，血就像走错了方向，咕咚咕咚往心里倒流着。可是，他确实没
有让大妙过一天舒心日子，尤其是走到今天，他只能看着她扑愣着翅
膀，选择合适的机会远走高飞。

二十三

　　麦收之后就是秋种。大妙认为今年应该种两亩玉米，两亩棉花。
大发听了，扭过头说："种一亩吧，我一个人吃不了那么多。"大妙没
有说话，心里真不是滋味。以后的日子里，她比以前更勤快了，把小
卖部经营得有声有色，屋里外头收拾得井井有条。有几天大发认为大
妙改变主意了，可是他看见大妙开始学习织毛衣，他知道大妙是铁了

心要走了，她只是想多给他留点念想。家对大发来说已经变了味道，他再也不和人们掺合着玩了，一天到晚在地里忙活，即使地里没有活，他也要到地里，在地头上一坐就是半天。过去只是过日子，没有想太多，到了现在，忽然觉得日子没了奔头，一天天空茫茫的。

　　大妙和李猛再见面是李猛给送电视的时候。大妙托李猛给大发买了一台电视，村里已经有不少人家有了，可是他们日子紧巴，一直舍不得。大妙知道她走了之后大发的日子不好过，就把小卖部的钱凑巴着买了电视。大发还在地里，她和李猛自然就抱在一起，该发生的事情都发生了。完事之后两个人竟然都有些失望，觉得不应该是这个样子，可是又不知道是什么样子。只是过了几分钟，李猛又不管不顾地扑过来，两个人又扭缠在一起。两个人都忘情了，以为关了门就可以疯闹，压根没有意识到李猛的车在门口，别人对她和李猛早就提防着，一看关了门，立刻就心照不宣，相继过来假装买东西。大妙慌里慌张地出来，给人家拿了东西，见早有一帮人在门口站着，看着她哄堂大笑，大妙低头一看，自己慌乱之中系错了扣子，衣服下摆一直吊到裤腰上，大妙觉得自己的脸皮被这些人踩在脚下了。

　　大发早晨起来的时候，天刚亮，他推开门，觉得有什么东西打了自己脑袋一下，抬头一看，不知是谁在他家门鼻子上挂了一串破鞋。大发的脑袋嗡的一声，血都涌上了脸上。他气死气活地冲回屋里，大妙正在起床，看见他进来，脸色不对，问了句："你要打我吗？"大妙总是这样出其不意，让他无计可施。他没有说话，转身又出来，找了一个破编织袋子装了破鞋就去了地里。他想把破鞋埋在自己地里，想想，又改变了主意，找了一个乱葬岗子，把鞋埋了。

　　大妙根本不知道发生了什么事。她今天事挺多，想去母亲那边看看，有些事她还没有打算和母亲说。吃饭后她拿了点点心，就出了门。在街上看见本村的一个嫂子，一边走着一边磕瓜子，两个人走了正面，她的心像羽毛一样轻飘，没有了重量，离这片沉重的土地越来越远，她不知道她这一走，就再也不能回头。

　　她笑眯眯地叫了声嫂子，那女人看着她，把一片瓜子皮舔到嘴唇上，冲地上啪的一口，吐了出去，然后她像没有看见大妙一样走了过去。大妙一下子噎住了，一直到家，她都缓不过劲来，坐在炕上发呆。小明和小玉都去上学了，母亲在晒麦子，坐在院子里看着不让鸡吃，见她那样子也没有说话。大妙坐了一会，就对母亲说："妈妈，我在城里找了工作，过些日子我就去上班了，家里的事您多操心。"妈妈丝毫没有吃惊，回过头看着她说："我知道你从小心高意大，这土鳖地方留不住你，可你已经是有家的人了，做事不能没了分寸，事做过了是会遭报应的。"

　　大妙对母亲的话分外厌恶，觉得母亲是嫉妒自己上城里工作。她不知道从什么时候起，她和母亲就失去了母女之间的温情，更多的是两个女人的较量。有时候别人夸她漂亮，母亲就会不以为然地说："和我年轻时没法比。"最让大妙恶心的是一次换衣服，她不知道母亲是什么时候进来的，看着她裸露的身子说："哎，瞧那奶头，怎么这么难看，跟个枣核似的，你看我的。"说着就撩开衣襟。大妙那时候真的是万分羞愤。她弄不明白，自己怎么会有这么一个妈妈。现在，她觉得如果她把和李猛的事告诉妈妈，最先落井下石的很可能就是她。大妙知道，自己应该离开这村了。李猛再来的时候，她就告诉他，明天来接她。

　　晚上，她好好伺候了大发，早晨打发大发去了地里，就把大发吃的用的都整整齐齐放好，把小卖部的货物也清理了，写了详细的账目，拿了几件自己的衣服，李猛的车一来，她就跟着李猛离开了香寺村。她的心像羽毛一样轻飘，没有了重量，离这片沉重的土地越来越远，她不知道她这一走，就再也不能回头。

　　她暂时还不能去李猛家，李猛在城里给她租了一间平房，屋里已经置办了一些简单的家具，几件锅灶用品。李猛和家里说了谎，说一个同学在城里打工，没有带东西，从家里拿了被褥。大妙显然十分失望，她没有想到李猛还没有和家里人说，她根本就不可能走进化工厂家属院那座三层小楼。她不能想象，今后他们两个人就在这一间房里过日子。但是，她刚到城里，不明白李猛有什么想法，也不敢多问，常常是两个人的鱼水之欢来淹没日子的空茫。

二十四

　　大妙要上班了。李猛领着她到了梦园大厦，像做梦一样。李猛还以为她没有走过旋转门，过来拉她。她自己甩开李猛，进了旋转门。门口的男孩穿着一身红衣服，也就十五六岁的样子，白白净净的。经理反倒是个矮胖的人，比农村人还黑，见了李猛说："你小子又窝哪里去了，哥们都念叨你呢。"李猛说："操，喝酒的时候不念叨我。"矮胖的男人说："找时间聚聚，几天不灌你心里痒痒。"李猛说："你哪是个儿呀，你喝酒就要熊。哎，说正事，这是我跟你说的，人已经来了，给安排好一点的活。"矮胖男人看看大妙，说："操，我这里是伺候人的地方，能有什么好活呀。当服务员吧，一个月300块，别人都有试用期，你这就免啦。"李猛说："行，人我就交给你了，有差错小心我灌你。"矮胖男人说："那可没准，有一天我买卖做不下去了，专门倒卖朋友的女朋友。"李猛说："到时候我剐了你。"两个人打着哈哈，李猛拉着大妙告辞出来，大妙满脸不高兴。李猛问："怎么了？我们就那样，到一起没正形。"大妙自己一直往前走，李猛追上去，说："到底怎么了？"大妙说："你为什么不和他介绍我是谁？你嫌我丢人现眼是吧？那你当初为什么找我？"李猛说："你这是哪跟哪呀，我非得跟他介绍呀。那些都是什么人呀，都是人精，什么事看不出来？你呀，就是小心眼。"大妙噌就站住了，怒视着李猛说："我小心眼，你当初怎么答应我的，你把我救出来。你把我救到哪里来了？救到狗窝来了。

李猛还是常常出门，大妙就一个人在城里生活。
她仍然觉得自己是乡下人，这从周围人看她的目光就
能感觉到。

你不让我见你父母，不向外介绍我是你女朋友，你以为我不懂啊，你
打算让我和你这样不清不白地过一辈子呀？"

　　李猛明白了大妙为什么愤怒，心里很难受，他不知道该怎么和大
妙说，他和家里说自己找了一个对象，家里人一听说是农村户口就翻
天了，母亲当时就晕了过去。别的他压根儿就不敢提了。他不想告诉
大妙，担心伤害了她，就说："我正想办法，我知道现在委屈你了，你
放心，我会安排好的，你一定要相信我。"大妙不说话，赌气往前走，
李猛殷勤地在后边跟着，大妙回到家里倒在床上就哭了。李猛也哭了，
开始大妙还记恨李猛，在李猛身上捣了两拳，后来两个人就抱在一起
哭，哭够了，两个人又亲热起来，竟然也热火朝天，李猛格外卖力气，
把大妙折腾得死去活来。

　　李猛还是常常出门，大妙就一个人在城里生活。她仍然觉得自己
是乡下人，这从周围人看她的目光就能感觉到。她虽然眉眼不错，可
是长期农村的生活把她的皮肤已经折磨得粗黑了，一时半会儿还缓不
过来，再说，她虽然穿上了城里的衣服，可是口音还是乡下的，气质
还是乡下的，她住在乡下人都不住的房子里，城里人那些生活她连影
子也看不到，她对自己这步选择有了怀疑。可是看到李猛，这怀疑就
会烟消云散。有一天她和李猛吵起来了，说起来是因为她看见李猛和
一个女孩在路口说话，她躲在一家门店里，看着他们说了很长时间。
回家以后他问李猛，李猛不承认，大妙一着急就把桌上的茶杯摔了，
李猛意识到他们的生活如果再没有结果，大妙的心里会承受不了，他
决定破釜沉舟和家里人摊牌了。他对大妙说："那个人是我姐姐，我已
经告诉她了，她开始也不同意，后来我终于把工作做通了，她同意帮
我们做父母的工作。"大妙这才意识到自己委屈了李猛，就格外温存起
来，李猛看了，心疼地说："别这样。"说完，泪水就流了下来，大妙
到这时候才知道李猛是自己一生最亲的人了。

有一天李猛说："你的头发真好。"李猛总是夸她，在他眼里，她的头发好，身材好，眼睛好，鼻子好，连她自卑的口音他都觉得好。他说："你说话的时候有一种水音。"大妙不知道自己的水音是什么，但是大妙觉得在李猛面前自己是个女孩，有一种从来没有的被宠爱的快乐。李猛和她说这些甜言蜜语时，表情是温存的，细长的眼睛微微迷着，看起来真是色迷迷地，好笑地在大妙身上逡巡。有一次他闭上一只眼睛，另一只眼睛阴险地觑着大妙，说："妙，有别的女孩爱我，你怎么办？"大妙看不出真假，就哭了，说："你要敢那样我就和100个男人好，让你顶铮光瓦亮的绿帽子，气死你。"李猛一下子睁开眼，说："算你狠。我就喜欢你这有火有性的样子。"说着就压过来。大妙沉浸在刚才的话题里，就问："你刚才说别的女孩子爱你，是真的吗？"李猛又眯起一只眼睛，那样子就更坏了，让你哭笑不得。李猛说："我不能骗你，确实有女孩爱我，而且不止一个，是有很多个。你要有危机意识，拼命对我好，你知道我这人意志挺薄弱的。"大妙就翻过身来，打李猛，李猛讨饶说："好好，我服了，就是巩俐爱我我也不答应。"大妙刚停止打闹，他又跟了一句："你说巩俐会爱我吗？"大妙就又闹一顿。

李猛的姐姐在审计局上班。她利用上班的时间到这里看了看，和大妙谈了会话，对大妙印象还不错，临走，给他们放了200块钱，大妙执意不要，李猛说："留下吧，你以为她是疼你呀，她是担心她弟弟受委屈。"李猛姐姐说："他这张臭嘴吐不出象牙，以后你可要管严点。"大妙低着头笑笑，幸福的感觉一瞬间充溢得满心满肺。

二十五

李猛又出差了，这次要出去四天，她估摸李猛快回来的时候，就想去修理一下头发。附近有一家美发店，但她舍不得理发的几块钱，所以还一直梳着辫子，扎了一块手绢，其实她也喜欢那些女孩披着的头发，长长的，风吹起来，一飘一飘的，很动感。她这次想把头发修理成那样，给李猛一个惊喜。进美发店的时候她心里很窘迫，因为她现在身上只有十几块钱，她担心自己钱不够，就有些犹豫。美发店的服务员见多识广，早就看出她的心思，主动迎出来，说："小姐换个发型吧，不贵，才五块钱，小姐请进来吧。"大妙第一次被人称为小姐，一时有些受宠若惊，但是她不动声色，就装作常进这种地方的样子，进去看看。已经有个白白胖胖的女人在烫头发，看见她进来，上上下下打量她。她也没有在意，就坐下，用还不太熟练的普通话问："需要多长时间？"服务小姐过来看看她的头发，说："烫吗？"大妙说："不烫，就是打算披着。"服务小姐说："那就用不了多长时间，我们给你修个头型。"

大妙修了一个长发出来，发现那白白胖胖的女人在后边跟着，心里就一惊。加快了脚步，那女人急忙喊："小姑娘，等一下。"大妙站下，问："有什么事吗？"那女人说："你是从乡下来的吧？"大妙换了头型还被人看做乡下人，心里就有些凉，问："干什么？"那女人说："你别在意，我也是从乡下来的。他们城里人看不起乡下人，其实他们有什么呀，我还看不起他们呢。"

大妙一点看不出那女人身上乡下人的影子，反而觉得她珠光宝气，有些妖艳，就不说话。那女人说："妹子，现在挣钱不容易，我呀，看你挺水灵，帮你找个挣大钱的事，干吗？"大妙说："我是乡下人，知道天上不掉肉包子。"女人看出大妙不是糊涂人，就有些失望，但还没有放弃，说："妹子一说话我就知道是敞亮人，好，我也别饶弯子了。我有个朋友，就在前面开了一家大酒店，过些天开业，他找大师给看了，开业那天要三个处女冲喜，一个10000块，我看你……"大妙一听这话，生气地说："滚你的10000块！"就跑了，那女人在后边喊夜里突然下起漂泼大雨，视线模糊，他还没有看清前面的车是怎么消失的，自己的车就冲了下去。李猛在汽车翻滚的过程中是清醒的，他知道自己即将面对死亡，那一瞬间他心里充溢的不是恐惧，而是酸楚。

着："我是那里的大堂经理，想去就找我。"大妙头也没回，一口气跑回家。

　　静下来以后，她在镜子前看自己，真是不一样。她又换了一身新衣服，头发水一样在脑后肩背上，油亮地闪着润泽的光芒，她盼着李猛快回来，想象李猛的手划过头发的感觉，竟然感到一阵温润。她悄悄喊着："李猛，快回来，我想你。"大妙被自己的思念感动了，就流着眼泪喊，喊声在心底回荡着，久久难以平静。

　　李猛在山西办完事，就买了一些土特产往回赶。山路崎岖，他开得格外小心。同行的师傅年龄大了，已经在单位开了十几年车，走在前面，李猛断后，两辆车相距几十米。夜里突然下起漂泼大雨，视线模糊，他还没有看清前面的车是怎么消失的，自己的车就冲了下去。李猛在汽车翻滚的过程中是清醒的，他知道自己即将面对死亡，那一瞬间他心里充溢的不是恐惧，而是酸楚。汽车轰隆隆滚动着，像是从他的耳膜上碾过，不断有东西砸在他的腿上、头上和身上。他绝望地把着方向盘，希望出现奇迹，但是没有。汽车一路下滑，然后发出巨大的闷雷一样的声音，把他的意识一下子摔得支离破碎。他的腿动不了了，身上粘糊糊的，他知道是自己的血，正哗啦啦地流走自己的生命。他惊恐地哭泣着，不知道该怎样摆脱死亡的纠缠。他试着转动身子，可是身子已经像一块泥一样软塌塌的，他怎么也动不了；他想伸出手，手被方向盘卡在一块石头上，根本拽不动。后来，他感觉疼痛在远离他，绝望已经游走，他竟然看到了无边的绿地，看到了家里的楼房，他看到了爸爸、妈妈和姐姐，他叫着他们，声音平静地划过去，像一片云彩一样落在他们身上。这时候，他突然听见大妙叫他，大妙说："李猛，快回来，我想你。"大妙的声音又激活了他的悲伤，他努力地叫着："妙，妙，妙。"然后，他就像一片云彩一样，飘散了。

二十六

几天后她上班的时候，人们见了她都吃了一惊。她的变化太大了，那变化不在脸上，而在她透出来的气息。谁也说不清她变在哪里，可是，他们知道她变了，像秋天的树叶，形状、叶脉还是以前一样，可是，已经没有了鲜活的力量，不堪一击地飘摇在风雨中。

小门童瞅了个机会，问她："姐，你怎么了？"大妙眼圈一红，说："没有什么。"就转身走了。她的眼色格外冷酷，语音无情无意，走路的姿势十分僵硬，连吃饭都是沉重的，好像在咽下一块块石头。她对小门童说："姐要走了。"小门童吓了一跳，说："姐去哪里？"大妙说："我也不知道了。"小门童听得毛骨悚然，有些害怕，担心出什么事，就把消息告诉了老板。老板把大妙叫到办公室，说："大妙，人死不能复活，你千万不能想不开，我这饭店做到现在不容易，你要出什么事就毁了我了。"大妙听见这话有些疑惑，不知道他这是在撵她还是安慰她，就站着没有动，只有眼泪在眼圈里打着转转。大妙就仰着脸，不让眼泪流下来。老板装看不见，继续说："我和李猛是朋友，他这样谁都心疼，可是活着的人还要活，不能因为死了的人，活着的人就不活了。看在李猛的面上，我给你一个月的时间，如果你还是这种状态，我只能请你离开了。"

小门童看见大妙从老板屋里出来，急忙追上去，问："老板说什么了？"大妙说："什么也没有说。"就走了。她回到李猛给她租的小屋里，感到整个世界都把她抛弃了。她像一只失去翅膀的鸟，在山涧中坠落着，她多么希望有一根绳子能拉她一把呀，可是，什么也没有，她只有往山岩上撞、往树杈上撞，用死一样的疼痛挽留自己，最后她连疼痛都放弃了，任由嶙峋的石头磕着、碰着。她忽然想，没有了李猛，我还有什么意义。这念头一下子击中了她，让她对很

她从家里找出一瓶红墨水，把几滴红墨水倒在一
块白色的塑料布上，然后轻轻捻成一个红包，用手一
掐，塑料红包就破了，流出鲜红的一小片，蔓延着，
花一样艳丽。

多事情产生怀疑。

　　晚上，收房租的人来了。她觉得有点像劣质影片的情节，在一个
人走投无路的时候，房东常常充当落井下石的角色。对于她也一样。
过去她觉得好笑、做作，但是现在她知道，一分钱难倒英雄汉，一个
细小的生活细节就能轻而易举把人打败，这是作家掩饰不了的。

　　她和房东说，她现在没钱，要等到月底。房东挺客气，但那客气
是冰冷的。大妙知道，没有了李猛，她在这间房子里就成了一个地地
道道乡下打工妹，朝不保夕，不可信赖。送走房东以后，她的思绪又
回到了关于自身意义的问题上。最后，她认为，没有了李猛，她就没
有必要为什么意义而生活了，她终于把自己放弃了。

　　她从家里找出一瓶红墨水，把几滴红墨水倒在一块白色的塑料布
上，然后轻轻捻成一个红包，用手一掐，塑料红包就破了，流出鲜红
的一小片，蔓延着，花一样艳丽。她经过几次试验，摸索出了最保险
的办法，然后她就直接去了那家即将开业的洪信大酒店。那是多么豪
华的酒店啊，她站在门前，自动门无声打开，她突然想起了那个总在
夜晚哭泣的女人，听到了那凄厉的哭声，她似乎看到了一场冰冷的雪，
从她身前背后纷纷而下……

二十七

　　联谊会之后，刘庆请我到茗人茶楼，目的是让我帮忙租下瀛洲市
东郊一块地。刘庆竟然读过一些书，有点艺术修养，和我讲了这个故
事，说主人公大妙是他同班同学。前几年他们同学聚会的时候，大妙
开着凯迪拉克来的，颇有衣锦还乡的意思。我问大妙那时候干什么，
他说那时候已经不当小姐了，在承德租了上百亩地，做有机蔬菜种植，
专供北京。刘庆说："你要想写，我给你引见，你们认识一下。"我一
笑，说："不必。"他问为什么？我该怎么说呢，这些年我在很多行业

都工作过，瀛洲市大小成功人士认识不少，探究来路，几乎人人都有原罪，大妙的故事不需要编篡，也不需要详情，放眼望去，她就在我眼前男女混杂的人群中。我顺手摸出一个人物，都有她的痕迹。

"那时候她不叫大妙。"刘庆忽然诡异地说。我一愣。"她叫茫茫。"刘庆看着我的脸色，接着说："她当小姐的时候叫茫茫，后来发迹了，又把名字改回来了。"

"茫茫。"我忍不住复述了一遍，似乎看见了当年的大妙，踯躅在黑夜的路口——她没有方向了。

后来我给刘庆把事办成了，再后来我宦海失意，被挤到了文联担任副主席，刘庆很快就从我的生活中彻底消失了。我从别人嘴里得知，他就是香寺村的，原来名字叫大发。

金戒指

——保姆在北京之八

刘庆邦

　　用过早饭，休息了一会儿，老项和郁金夫妇一块儿到楼下遛弯儿。他们现在过的是有规律的生活，几点起床，几点吃饭，几点下楼，一切由钟表管着。老项很重视规律，他认为年轻时生活无规律，人老了生活就得有规律。好比一架机器，用得年头长了，各个部件都损耗得很厉害。老机器要继续运转下去，须保持均匀的速度，当行则行，当止则止。如果不服老，不尊重规律，把机器开得忽快忽慢，该行不行，该止不止，恐怕离整架机器的报销就不远了。

　　老项住的地方离地坛公园、柳荫公园、青年湖公园和元大都遗址公园都不太远，坐公交车一两站地就到了。他们乘车免费，去公园也不用买门票，只出示一下老年证就行了。然而他们很少去公园，每天多是在居民区内的小花园散步。小花园的面积是不大，内容还算丰富，草也有，树也有；花也有，藤也有；蜂也有，蝶也有，称得上应有尽有。前两天连着下雨，小花园的花儿都不怎么开。它们的花苞已鼓得不能再鼓，但好像都使劲绷着，不愿意在雨中把花苞打开。它们仿佛在说："我不开，我不开，等太阳出来了我才开呢。"果真，当太阳的镜头打开，当阳光普照下来，那些高举脖颈的花苞，如同等待照相的人齐声喊了一声茄子，一下子都把花苞开成了花朵。月季、串儿红、木槿开了，合欢、金针、美人蕉也开了。老项认为空气质量不错，清新。郁金也说，下过雨后，空气就是好，她都闻见花儿的香味儿了。老项作了一个深呼吸，说他吸到的是草的香味儿，草的香味儿简直太浓郁了。

小花园的甬道是一个大圆圈，大圆圈由两个半圆组成，一个半圆是露天的，另一个半圆被藤萝架所笼罩。老项夫妇沿着甬道，慢慢转圈儿。他们不是并排走，是老项在前边走，郁金在后边跟。老两口儿不即也不离，保持着适当的距离。郁金说过，这两个半圆，一半像太阳，一半像月亮。按这样的说法，他们如同一会儿走在阳光下，一会儿又走在月光下。走在阳光下有点热，走到月光下就凉快了。郁金不是一直跟着老项转圈儿，藤萝架下两旁设有座位，转过几圈儿之后，她就坐在座位上休息。水泥做成的座位有些凉，不怕，她事先带下来的有一块自己缝制的棉垫子，把棉垫子垫在座位上，坐在上面挺舒适的。老项在继续转圈儿，每圈儿转到郁金面前，郁金便伸出一只手，像是要把老项拦下。其实她不是要阻拦老项，而是跟老项做游戏。老项做游戏的办法，是轻轻在郁金手上打一下，装作赶紧躲开，以免被郁金抓到。别看老项八十多岁了，郁金离八十也不远了，他们游戏起来还像两个孩子。

老项夫妇在楼下小花园里活动身体时，保姆王家慧在楼上收拾房间，打扫卫生。王家慧用带海绵擦子的拖把，把客厅、卧室，包括阳台、厨房、卫生间的地擦一遍，而后用一块洗得干干净净的毛巾，擦桌子、椅子、茶几、电视机、窗台等，无处不擦到。以毛巾代用的抹布是白的，她各处擦了一遍，抹布差不多还是白的。因为她天天擦，各种物件上就积不下灰尘。在农村老家，王家慧屋里的地从来不擦，顶多用苕帚扫一扫。地是土地，要是用浸了水的拖把擦，等于和泥，越擦泥就越多。她家的桌子、椅子也不常擦，什么时候来了客人，才临时擦一擦。她家仨月俩月都不来一个客人，没事擦桌子、椅子干什么呢！还有洗澡，项叔叔和郁阿姨天天都要洗澡，一天不洗澡，好像当天的事情就不算结束，就不能上床睡觉。叔叔和阿姨洗完了澡，每每让她也洗一洗。她才不洗呢，一个人关在卫生间里洗澡，费时费水不说，水龙头一开哗哗流，那得用多少清水啊！王家慧几乎总结出来了，城里人和乡下人之间的差别，并不在于城里人吃得好，穿得好，主要在于城里人费水，用水多。也可以说，用水多少是一个衡量的标准，哪个人用水多，就是城里人；哪个人用水少，就是乡下人，像她一样的乡下人。

项叔叔家有两台电视机，一台放在客厅里，一台放在郁阿姨的卧室里。王家慧听郁阿姨说过，项叔叔爱看新闻和体育类节目，而郁阿姨爱看电视剧和生活类节目，为了照顾到不同的口味，互不耽误对节目的选择，干脆每人抱定一台电视机。属于郁阿姨的那台电视机，放在三开门的大衣柜中间的那个格子里，郁阿姨看电视很方便，她往床头的枕头上一靠，拿起放在枕边的遥控器，想看哪个台都可以。她甚至不用半坐半躺着看电视，侧身全躺下也照看不误。她有时看着看着睡着了，醒来后再接着看。王家慧为郁阿姨擦电视擦得很仔细，除了电视机本身，她伸着胳膊，把抹布探到电视机后面，把放电视机的台板，和大衣柜的后壁，都擦得干干净净。放电视机的台板下面，还有一个抽斗,抽斗有暗锁,还有小小的拉手。拉手是一个黄色的金属条,不拉抽斗时,金属条卧在拉手的槽子里,需要拉开抽斗时,用指头一抠,金属条便弹出来。王家慧抠出了抽斗上的拉手,试着把抽斗往外拉了一下。她以为抽斗是锁着的,谁知竟没有锁,一拉就拉开了。抽斗比较大,也比较深,跟一口箱子差不多。抽斗上既然有锁,为什么不锁上呢,这让王家慧有些意外。她很快想到,抽斗里大概没有什么值钱的东西,至少主人家的钱不会放在这里。既然无意间把抽斗拉开了,她难免把里面的东西看一看。抽斗一侧放着一大摞红皮硬壳的东西,像是获奖证书之类。证书上面压着一把带鞘的小攮子。王家慧把小攮子从鞘子里抽出来看了看,小攮子闪着寒光,看上去非常锋利。郁阿姨说话慢声细语,好像连大声说话都不会,她要这么吓人的东西干什么!王家慧赶紧把小攮子插进鞘子,放回原处。

抽斗的另一侧放着一只长方形的盒子,盒子用宝石蓝的锦缎做封皮,上面绣着一些淡雅的花。盒子没有锁,盒子的开合处只有一个用同样的宝石蓝锦缎做成的扣鼻,还有一枚扣子。扣子的颜色是象牙白,像是骨质。扣子一头粗一些,一头细一些,把细的一头穿进扣鼻里,盒子就算扣上了。这样好看的盒子是盛什么东西用的呢?王家慧没见过类似的盒子,她想象不出。出于好奇,她把盒子从抽斗里取出来了,想看看盒子里盛的是什么。盒子一打开,王家慧的眼睛大了一下,也亮了一下。如果说抽斗没锁让她感到意外的话,盒子里的东西就不止是意外,而是让她大为惊奇。她不认为这是一个梦,就是任她可劲把梦往大里做,就是把大梦做上一百遍,恐怕也梦不到这些让人眼花缭乱的好东西。原来盒子里放的是郁阿姨的金银珠宝,是郁阿姨的首饰。那些首饰有金项链、金戒指、金耳环,有银锁、银手镯,还有珍珠项链、白玉挂件、等等。这些都是王家慧认识的,还有一些是她不认识的,叫不出名堂的。比如那闪着紫光的,闪着红光的,王家慧从来没

> 王家慧把戒指看过了，掂量过了，接下来应该把
> 戒指放回首饰盒了吧，然而没有，鬼使神差，她竟然
> 把戒指套到自己手指上去了。

见过，也从来没听说过，就不知是何宝物。郁阿姨的这些首饰，不是
一种有一件就完了，有的一种有好几件。拿金戒指来说，盒子里就放
有三只。一只是光面的，一只戒面上有錾花，还有一只上面镶嵌一颗
米粒大小、会闪八角光的东西。首饰盒里用包了海绵的锦缎做成一道
道夹缝，金戒指被立着放在夹缝里。真是人比人，气死人，王家慧都
四十多岁了，从来不曾拥有一只金戒指，也从来没戴过金戒指。看看
人家郁阿姨，竟有三只金戒指，每一只都不重样。她注意到了，郁阿
姨好像并不喜欢戴首饰，金戒指、金耳环、金项链不戴，什么首饰都
不戴。也许像人们常说的，物以稀为贵，不管什么宝贵的东西，一多
就不稀罕了。郁阿姨之所以不把抽斗锁起来，有可能是不把她的这些
首饰当回事，也有可能是人老忘性大，把她的这些首饰给忘记了。

　　王家慧探头往门口看了看，知道项叔叔和郁阿姨得一会儿才能回
来，便取出那只光面的戒指，拿在手上看。人们习惯把美好的东西比
作金子，其实金子的黄是别的所有的黄都不能比，大豆的黄有些发白，
玉米的黄有些发红，只有金子的黄才黄得这样厚实。她把金戒指放在
手上托了托，手心里顿时感到沉甸甸的。小小的戒指这般沉手，看来
金子的分量与别的东西的分量确实不一样。王家慧把戒指看过了，掂
量过了，接下来应该把戒指放回首饰盒了吧，然而没有，鬼使神差，
她竟然把戒指套到自己手指上去了。她先是套在左手的中指上，中指
有些粗，没有套进去，改套无名指，才套进去了。金戒指一旦戴上手，
她发现自己的指头大为改观，不但那根指头大为改观，整只手都大为
改观，那只手仿佛一下子从泥手变成了金手。她心里跳得通通的，天
爷地奶奶，怪不得有钱人往手上戴金戒指呢，戴不戴金戒指，手与手
是不一样，人与人也不一样。她要是也有这样一只金戒指就好了。

　　她把金戒指戴在了手上，想摘下来就不那么容易。她摘了一次，
又摘了一次，都没摘下来。她想，金戒指生来就是让人戴的，老是不

她想，金戒指生来就是让人戴的，老是不戴，金
戒指可能也会着急。一旦把它戴上了，它就巴在人手
上不愿下来。既然如此，就让可怜巴巴的金戒指在她
手上多待一会儿吧。

戴，金戒指可能也会着急。一旦把它戴上了，它就巴在人手不愿下
来。既然如此，就让可怜巴巴的金戒指在她手上多待一会儿吧。其结
果是，她把首饰盒的盒盖扣好，放回抽斗，然后把抽斗也关上了。而
那只戴在手上的金戒指，她却没有摘下来。待她把金戒指摘下来时，
金戒指被转移了地方，到她的裤子口袋里去了。她的心比刚才跳得还
厉害，接着擦柜子时，她的手也有些发抖。她在心里对自己说：没事
儿，我不要人家的金戒指，我不过是看看，玩两天，还会把金戒指原
样儿放回去。她还对自己发出了警告：出来当保姆，手脚一定要干净，
千万不敢拿人家的东西，拿了人家的东西，万一被主家发现就不好了。

到了上午十点多，项叔叔估计邮递员该把报纸送来了，就招呼老
伴儿回家，自己到楼下的报箱去取报纸。项叔叔一共订了三份报，一
份是《参考消息》，一份是《作家文摘》，还有一份是《健康时报》。北
京的报纸很多，称得上是五花八门，五光十色。但项叔叔觉得有他所
选订的三份报纸就够了，不管报纸再多，每天的信息就那么多，不过
是互相重复罢了。项叔叔所选订的报纸中，谈健康的那份主要是为老
伴儿订的。他跟老伴儿开玩笑："您的健康最重要，您的健康就是我的
健康。"项叔叔自己不怎么看健康类的报纸，不看，自己是健康的，看
多了，这也是毛病，那也是毛病，就不健康了。健康不健康，自己最
清楚，问别人不如问自己，求别人不如求自己。取回报纸，项叔叔沏
上一杯绿茶，戴上老花镜，坐在客厅的沙发上，开始看《参考消息》。
郁阿姨回到自己的卧室，躺在床上，用遥控器点开了电视机。电视机
是点开了，荧屏上却呼呼地闪着雪花儿，不出图像。这种情况以前也
出现过，那是因为保姆王家慧在擦拭放电视机的台板时碰到了电视天
线的插头，把插头碰松动了。她起身把天线插头往插孔里摁了摁，果
然清晰的图像立即显现。她曾对王家慧说过，打扫卫生时要小心一些，
不要碰到不该碰的地方，看来王家慧没把她的话当回事。事情有再一

再二，不可出现再三再四，她还要跟王家慧说一说。

插好了电视天线，郁阿姨无意中把电视机下面的抽斗拉了一下，这一拉不要紧，竟把抽斗拉开了。奇怪呀，她记得抽斗是锁着的，怎么没锁呢？她把抽斗合上又拉开，拉开又合上，见抽斗完好无损，没有任何被撬动的痕迹。抽斗不是别人撬开的，就有可能是自己忘记锁了。钥匙在她手上，她不开锁，就没人开，她不上锁，也没人锁。她不记得上次是何时开的锁，也不知道抽斗没上锁有多长时间了，亏得她今天把抽斗拉了一下，不然的话，她还不知道抽斗的锁是开放的状态呢。她把抽斗再次拉开，顺便检查了一下抽斗里面的东西。当她把首饰盒取出并打开时，一眼就发现，三枚金戒指少了一枚。别看郁阿姨的首饰不算少，她给所有首饰列了清单，每样首饰都心中有数。首饰盒是双层的，除了上面一层，下面还有一层。郁阿姨把两层都打开，把所有首饰都清点了一遍，没错，别的首饰都在，只有那件光面的金戒指不见了。最近家里没有别人来，除了她和老项，能够走进她卧室的，还有一个人，是保姆王家慧。老项从来不动她的东西，动她东西的人，很可能是王家慧。想到这一点，郁阿姨觉得这件事情不是小事情，得跟老项说一下。

郁金喊老项，让老项到她的卧室来一下。老项问她什么事。老项没摘花镜，也没从沙发上站起来。郁金说："叫你过来，你就过来嘛！"老项这才站起身子，摘下花镜在手里拿着，慢慢走进老伴儿的卧室。郁金对老项说："我的金戒指少了一枚，就是你最早给我买的那一枚。"老项说："不会吧，你确定吗？"郁金口气肯定地说："确定。"老项说："你的抽斗不是锁着嘛，只有你自己才能打开。"郁金说："我记得是锁着的，谁知道一拉就拉开了。"老项说："人的岁数越大，记忆的误差就越大，人上了岁数，对自己的记忆力就不要太自信。我劝你还是仔细想想，是不是把戒指放到别的地方去了。"郁金摇头说：

"不可能，我还没有糊涂到把戒指乱放的地步，戒指只能放到首饰盒里，不会放到别的地方。我怀疑——，"老项知道郁金是怀疑保姆王家慧拿走了戒指，他还没等郁金把怀疑对象说出来，就把郁金的话接了过去。尽管王家慧打扫完卫生就下楼买菜去了，这会儿并不在家，老项还是没让郁金把王家慧点出来，他说："在没有证据的情况下，千万不要怀疑别人，你一怀疑别人，就有可能对别人造成伤害。遇到问题，要先从自己身上找原因，自己把责任承担起来。"郁金说："我自己有什么责任？"老项说："不把抽斗锁好，这难道不是你的责任吗？"郁金说："这是在我自己家里，在我自己的卧室，我的抽斗想锁就锁，不想锁就不锁，难道因为我一次不锁抽斗，就可以把我的东西拿走，据为己有吗？"见老伴儿有些着急，急得脸都红了，老项笑了一下，说："冷静，不要着急。不以物喜，也不要以物悲。不就是一枚戒指嘛，反正你也不戴，有它不多，没它也不少，丢不丢的无所谓。"郁金说："那不行，好好的一枚戒指，不能这样不明不白的就不见了，我一定要弄个水落石出。"老项说："看看，又来劲了不是！这叫自己跟自己较劲，也是自己跟自己过不去，何苦呢？你以前说过，再也不会因身外之物寻烦恼。我以为你总算活明白了，终于成了达观之人。没想到一遇到具体事，你又不太明白。不过不要紧，俗话说当事者迷，等过了这段当事的时间，等你把这件事情放下了，还会重新明白过来。我郑重说给你两句话，希望你能记住。第一句，这件事你千万不要问王家慧，要继续保持对人家的信任。第二句，这件事你也不要对儿子和女儿说，他们都很忙，不能让他们再为咱们操心。凭咱们两个人的智慧，没有什么事情不可以化解。我让你记住这两句话，还有一层意思，遇事要把人往好里想，要留有余地，免得当戒指重新出现在你面前时，你因操之过急而后悔。"郁金说："收起你的这套说教吧，我看你就是个唯心主义者，事实已经把你碰得头破血流了，你还不愿意承认。"老项把脑袋摸了一下，突然问："你有胶布吗？"郁金一时没回过意来，问老项要胶布干什么？老项说："我都头破血流了，你还不替我包扎一下。"郁金说："你呀，你呀，你就和稀泥吧。"

王家慧买菜回来了，她买了茄子、芹菜、还买了半块西瓜。见项叔叔正坐在沙发上看报纸，她说："叔叔，我买了半块西瓜，您和阿姨吃西瓜吧。"项叔叔说："西瓜挺好，夏天吃西瓜祛火。"王家慧说："我没买整个儿的，只买了半个。我不会挑西瓜，买整个儿的怕买到生的。"项叔叔说："挺好，买半个就够吃了。"王家慧把菜和西瓜提到厨房，又出来问项叔叔："西瓜是切成牙子吃，还是用小勺儿挖着吃？"项叔叔说："你阿姨喜欢用小勺儿挖着吃。"王家慧说："那好吧。"她揭去蒙在西瓜切开处的一层透明塑料薄膜，取两把不锈钢小勺儿，贴皮插在西瓜瓤上，把西瓜端到项叔叔面前的茶几上，说吃西瓜得趁新鲜的时候吃，越新鲜就越好。项叔叔让王家慧一块儿吃。王家慧说：您和阿姨先吃吧。那么项叔叔就喊："老伴儿，出来吃西瓜！"郁金没有应声。此时的王家慧，对郁阿姨的情绪是敏感的，她拿了郁阿姨的金戒指，是不是被郁阿姨发现了呢？她的心往下一沉，又一提，便把心提了起来。她问项叔叔，郁阿姨怎么了？项叔叔说："没事儿，她可能想休息一会儿。"王家慧来到郁阿姨卧室门口，轻轻喊："阿姨，叔叔让你吃西瓜。"郁阿姨在床上侧身脸朝里躺着，王家慧喊她，她并没有把脸侧过来，只是说："我这会儿不想吃，你们先吃吧。"王家慧问："阿姨怎么了？您哪儿不舒服吗？"说着朝抽斗那儿瞥了一下。抽斗是合着的，她没看出抽斗有什么变化。郁阿姨说："不怎么，我就是心里有点儿发虚，躺一会儿就好了。"王家慧把郁阿姨的话转告给项叔叔："郁阿姨说，她心里有点儿发虚。"什么发虚不发虚，老项一听就明白，这是妻子拿话敲打王家慧，在探听王家慧的虚实。他说："今天外面天气比较热，阿姨可能有点儿上火。心静自然凉，让她静静吧。"

　　王家慧在厨房里择菜，做饭，心思还在金戒指的圈子里没有出来，她平生第一次看见金戒指，是他们村的一个从台湾回来的老兵带回来的。在此之前，村里很多人从来没见过金子，更不知金戒指是什么样。听说老兵带回了金戒指，村里很多人都跑去看，并要求把金戒指摸一摸。王家慧也把金戒指看到了，只是没好意思摸。还有人说，金子可以治病，如身上长了刺瘊，拿金戒指把刺瘊擦一擦，刺瘊便会消失。于是村里长有刺瘊的人，就去借用老兵的金戒指，摩擦身上的刺瘊。后来随着农村进城打工的人越来越多，村里戴金戒指、金耳环的妇女也逐渐多起来。有的妇女是自己挣钱，自己买。多数妇女是丈夫给买。那时王家慧还没有进城当保姆，她也曾要求丈夫给她买一只金戒指，丈夫的态度不积极，说金戒指不当吃，不当穿，戴那玩艺儿没啥好处，只会招贼。王家慧赌气，说她也要进城打工，自己挣钱，自己买。等王家慧挣到了钱，可以买金戒指了，她又舍不得买了。她到商场卖金首饰的柜台前看过，也把金戒指戴在手上试过，但哪样戒指花掉她一个月的工钱都不够，还是等等再说吧。她想到在老家驻校读书的女儿和儿子，他们每个人每月的伙食费才三百块钱，她要是买一只金戒指的话，等于花掉了女儿和儿子好几个月的伙食费啊！现在她的裤子口袋里有了一只金戒指，这只金戒指不是她花钱买来的，也不是她在路边捡来的。至于怎么来的，恐怕不大好说。有一个字眼儿她想到了，那个字眼儿很难听，她不想承认，不愿把那个字眼儿和自己联系起来。但是，金戒指在她裤子右侧的口袋里存在着，她觉得口袋有些沉。她的裤子口袋里装过豆子，装过青枣儿，也装过别的东西，可从来不觉得有这么沉。沉得她腿重脚重，好像整个身体也在向右侧倾斜。王家慧听人说过，过去的人有一种自杀方式，叫吞金。人把金子吞进肚子里，金子把人的肠子坠烂了，人就死了。金子既然能把人的肠子坠烂，会不会把她的裤子坠烂呢？若是金子把裤子坠烂，金戒指从她的裤子口袋里掉出来，那就不好了。

王家慧做的午饭，是米饭和四菜一汤。她把饭菜盛好，摆上饭桌，请项叔叔和郁阿姨上桌吃饭。郁阿姨没有吃西瓜，倒没有拒绝吃饭，王家慧一喊她，她就从自己的卧室出来了。项叔叔和郁阿姨在饭桌边坐定后，王家慧却在厨房里迟迟没有走出来。项叔叔一直主张让保姆跟他们夫妇一块儿吃饭，在保姆没上桌之前，他们夫妇都不动筷子。一开始，王家慧把自己说成是一个下人，说下人是不能和主人同桌吃饭的，等主人吃完了，下人才能吃。项叔叔纠正了王家慧的说法，说人与人是平等的，没有什么下人和上人之说。项叔叔口气严肃，把问题上升到原则的高度，坚持让王家慧跟他们同桌吃饭，一块儿吃饭。否则的话，他们家宁可不请保姆。说起来，儿子和女儿当初提出为他们请保姆时，项叔叔就不大同意。他参加革命那会儿，谁家若雇佣保姆，就被称为剥削阶级，划成分时就要往高里划。现在他们却要使用保姆，这话怎么说呢！但当着大学教授的儿子和当着公务员的女儿，极力要给他们请保姆。他们的意见是，父母都这么大岁数了，跟前没人照顾可不行。而他们的工作都很忙，只好请一个保姆，替他们照顾父母。雇佣保姆的工资由他们提供。儿子还把他的顾虑点了出来，儿子说：你不要以为使用保姆是对保姆的剥削，所谓剥削是革命时期的说法，现在的说法，是为农村剩余劳力提供就业机会。如果城里人都不使用保姆，农村那么多的剩余劳力怎么消化呢！从这个意义上说，你们使用保姆不但不是剥削，而是为社会做贡献。不管贡献不贡献吧，保姆既然请来了，老项一再对郁金说，要对作为劳动者的保姆保持足够的尊重，不能对保姆有半点儿歧视。

郁阿姨见王家慧老也不进客厅吃饭，就问她："小王，你干什么呢？我们一直等着你呢！"王家慧说："阿姨您和叔叔先吃吧，我把灶台擦一下。饭有点儿热，我不喜欢吃热饭，吃热饭光出汗。"项叔叔说:"小王还是先吃饭吧,灶台吃完饭再擦也不晚。"郁阿姨说:"你不过来,我们是不会吃的。这是你项叔叔的原则,谁都不敢违背这个原则。"王家慧说好好,我来了。等王家慧在椅子上坐下,项叔叔才说:"好了,吃吧。"三个人把饭吃了一会儿,郁阿姨慢悠悠地说:"小王,我感觉你今天有点不正常。"这话让王家慧吃了一惊,难道她拿走郁阿姨的戒指被郁阿姨发现了!她脸上白了一下,说没有,她跟天天一样,没什么不正常。郁阿姨在饭桌上说出这样的话,让老项也有些出乎意料,他说:"吃饭吃饭,在饭桌上不要说不正常的话。"他给郁金推荐了素炒芹菜,说这个菜味道不错。郁金没有听从老项的引导,没有去夹芹菜,嘴里嚼的还是刚才的话头,她对王家慧说:"你说你没什么不正常,你能抬起头来,让我看看你的眼睛吗?"

这个郁金,看来非要把事情闹得不愉快不可!老项赶紧截住郁金的话头,对王家慧说:"阿姨是个爱说笑话的人,她跟你说笑话呢!阿姨年轻的时候曾在话剧团当过演员,演戏演得好着呢,你看不出来吧!"王家慧承认自己没看出来,又说她比较傻,让叔叔阿姨见笑了。她没有抬头,也没让郁阿姨看她的眼睛,把碗里的一点米饭吃完,就又到厨房去了。郁金说:"这不是傻不傻的问题。"老项皱起眉头,无声地盯了郁金一下,不让郁金再把话说下去。

当天夜里,王家慧一夜都睡得不踏实。她做了一个梦,又做了一个梦,每个梦都离不开金戒指。梦做到最吓人的地方,人家把金戒指吊在她脖子里,让她游街。她觉得吊在脖子里的东西很沉,低头一瞅,原来吊在脖子里的并不是金戒指,而是一个生了锈的铁环。尽管如此,街上的人还是把她叫贼,都不拿好眼看她。

第二天上午,当项叔叔和郁阿姨按时下楼进行室外活动时,王家慧所做的第一件事情,就是去拉郁阿姨大衣柜里面的那个抽斗。她想好了,要把金戒指给郁阿姨放回去。她悄悄地把金戒指取出来了,再把金戒指悄悄地放回去。等于她由于一时冲动犯一个错误，清醒之后她要把错误改正过来。抽斗没有拉开，她心里格登了一下，完了，郁阿姨把抽斗锁上了。不用说，一定是郁阿姨发现了抽斗没有上锁，并发现她的金戒指少了一只，才把抽斗锁上了。金戒指放不回去了，等于郁阿姨把她改正错误的门口给关上了，这可如何是好！怪不得郁阿姨说她心里发虚，怪不得阿姨指出她有些不正常，并提出要看她的眼睛，这表明郁阿姨对她已经产生了怀疑。千不该，万不该，她不该动郁阿姨的戒指啊！她一时手凉脚凉，脊梁沟里出了一层冷汗，头也微微有些发晕。她以手捂脑休息了一会儿，才把身体支持住了。

在楼下小花园的藤萝架下，老项和郁金正为金戒指的问题进行讨论。他们说话的声音不大，比蜜蜂煽动翅膀发出的声音大不了多少。见有人走过来，他们的讨论就停止了。人一走过去，他们的讨论接着进行。老项批评了郁金，说郁金做得太过分了，那样会给人家小王造成严重的心理负担。郁金认为，如果小王有心理负担，那也是她自找的，不是别人给她造成的。她几乎可以断定，那枚戒指就是王家慧拿走的。第一，王家慧做贼心虚，不敢和她对视。第二，王家慧早上眼圈儿发黑，说明她内心纠结，夜里没有睡好。老项说："我看你的眼圈儿也有些发黑，你夜里是不是也没有睡好？"郁金承认，她也没有睡好。老项说："这样就不好了，为一件物质性的东西影响到我老伴儿休息，太不划算了。亲爱的老伴儿，你听我一句劝，把这件事情放下吧，拿起来是件事，放下去什么事都没有了。"郁金说："不行，我放不下，我不能容许一个贼在我屋里走来走去。"老项说："你说话太难听了，你怎么能说人家是一个贼呢！现在的社会已经从宗法社会变成了法制社会，法制社会对公民的要求是说话要讲证据，没有证据就乱讲，也是要负法律责任的。"郁金说，要找证据也不难，她可以向公安部门报案，让公安人员帮她把证据找出来。老项连连摆手，坚决不同意报案，不同意为这点儿鸡毛蒜皮的小事惊动公安机关。他说："老伴儿你想想看，你要是报了案，公安人员到咱们家又是拍照，又是询问，又是放大指纹，会打破我们平静的生活。我们都这么大岁数了，内心的平静是非常重要的，可以说是千金难买。平静一旦打破，恢复起来就难了。还有，公安人员在我们家出出进进，对整座楼上的居民影响也不好，人家还以为我们家犯了什么大事呢！我看这件事就交给我处理吧。"郁金说："别的事情我可以交给你处理，这个事情不能交给你。我还不知道你，交给你处理，就是不处理。在别的事情上，你的原则性挺强，在这个事情上，我觉得你放弃了原则。放弃原则就等于包庇和纵容坏人坏事，到头来，等于自己也站到坏人的立场上去了。"老项说："你这话我不爱听，你还是以阶级斗争为纲的观念，不斗争你就不舒服。反正我态度明确，你要报案我就走。"郁金问："你要到哪里去？你是要出走吗？"老项说："我的意见你一点儿都不听，夫妻情义你一点儿都不讲，我到哪里去，你就不用管了。"

在老项的干预下，郁金总算没有报警。但郁金也没有把金戒指的事放下来。有一天中午在饭桌上，郁金竟直接说出了金戒指。她问王家慧："小王，我问你一句话，你不要多心，你戴过金戒指吗？"王家慧的脸顿时白了，她摇头说："没有，我没戴过金戒指。"老项说："哎，我今天在报纸上看到一条消息，我讲给你们听听。"郁金说："我不听，我在跟小王说话，没跟你说话，我希望你不要别有用心地打断我的话。"老项说："嘿，连别有用心都出来了，看来我快成阶级敌人了。"郁金继续向王家慧发问："那，你是不是特别渴望拥有一枚金戒指呢？"王家慧说："阿姨的话我听不懂。"郁金说："我不认为你听不懂，其实你听懂了，只是在装作听不懂，这说明你不诚实，很不诚实。"王家慧不敢再说话。

又过了两天，这天下午，郁阿姨让王家慧到一家药房去给她买点儿药。趁王家慧去买药，郁金到王家慧住的小房间去了。停了一会儿，她在小房间里喊老项："老项，你过来一下。"老项问："什么事？"郁金说："让你过来，你就过来嘛！"老项的样子有些不情愿，说："去人家保姆的房间干什么！"郁金说："什么保姆的房间，这都是我的房间，只是让她临时住一下而已。"她手里正拿着王家慧冷天时穿的棉袄，手指捏着棉袄前襟子的下摆说："你来摸摸，这是什么？"老项问："什么？"郁金说："什么我不说，你一摸就知道了。"老项没有伸手摸，却说："人家小王不在房间，你乱翻人家的东西干什么！"郁金说："什么叫乱翻，我不亲自侦察，能找到证据吗！"老项伸手按郁金指定的地方捏了一下，果然觉出衣襟子下摆的棉花里面包藏着一件戒指形状的东西。老项说："小王真是个傻孩子，怎么能干这种事儿呢！"郁金说："我说过，这不是傻不傻的问题，是品质问题，是触犯法律的问题。"老项问郁金打算怎样处理这件事。郁金说："还是报警好一些。"老项说："如果报警，就把小王毁掉了。不但把小王一个人毁掉了，还有可能把她的整个家庭都连累了。得饶人处且饶人，与人为善也是与己为善，我看还是先不要报警吧。"郁金问："那你的意见呢？"老项说："以我的意见，这个戒指咱不要了，权当送给了小王。我再给你买一枚新的，你想要什么样的，我就给你买什么样的。"郁金说："那不行，不要忘了，这是我那年过生日时，你给我买的生日礼物，也是你给我买的第一枚戒指，它是有纪念意义的。"老项当然不会忘，他当初给郁金买这枚戒指时，金子才五十元一克。金戒指的正面虽然是光面，但背面錾着一个京字。郁金不愿失去这枚戒指，心情可以理解。他跟郁金商量说："你看这样好不好，这个事情就交给我来处理。"郁金问老项："打算怎样处理？"老项说："处理过程你就不用管了，只等着看结果就行了，结果保证让你满意。第一，我保证让小王把你的有纪念意义的戒指还给你；第二，我保证让小王向你承认错误。

别忘了，你老伴儿在部队做过几十年文化宣传工作，这点儿自信还是有的。"郁金有些疑惑，说："你不会无限期地拖延下去吧？"老项说："三天之内见结果。"

这天上午又该下楼遛弯儿时，老项让郁金先下去，他等一会儿再下去，二人在小花园里见。郁金会意，自己到小花园里转圈儿去了。郁金转了几圈儿，正坐在藤萝架下面的阴影里休息，老项就慢慢地向她走过来。老项刚在郁金面前站定，郁金就问："怎么样？"老项说："小王很懊悔，哭得很伤心，好可怜的孩子。"郁金又问："她把戒指还给你了吗？"老项把戒指从口袋里掏出来了，递给郁金说："你看看，是不是你的那枚？"郁金把戒指接过，翻转看了看，面露欣喜，说没错儿，失而复得，的确是老项给她买的第一枚戒指。郁金记起老项第一次为她戴戒指的情景，浪漫的情怀仿佛又回来了，她对老项说："你得给我戴上。"老项说："这老太太，还挺浪漫。"他坐在郁金身边，拉过郁金的左手，把戒指给郁金戴在无名指上了。郁金手指并拢，把戒指看了看，说："这次戴上，我就不取下来了。"老项说："好，你先歇会儿，我去走几圈儿。"郁金说："别着急走，你给我讲讲，你是怎样做通小王的工作的。"老项说："不瞒你说，我是另外买了一枚金戒指，把你这枚金戒指给替换回来的。"郁金把老项看了看，说："我还以为你有多高明的手段呢，原来不过如此嘛！"郁金不赞同老项的做法，她认为老项这样做，只会增长王家慧的贪欲。

老项和郁金做完室外活动回到家，发现客厅里沙发前的茶几上放着一张字条，字条上压着一枚金戒指，旁边还放着一些零钱。因郁金先进屋，她先把字条看到了。字条是王家慧留下的，上面写的是：

叔叔阿姨：

我错了，我恨我自己，恨得我连上吊的心都有。感谢你们对我的宽容，我一辈子都不会忘记你们对我的恩德。

金戒指

我没脸再见你们，我走了。

你们送给我的金戒指，我万万不能收。放在这里，请收回。你们给我的买菜没花完的钱，也放在这里。另外，这个月的工资我也不要了，就算是自罚吧！

请相信我，这样的错误我再也不会犯了。

2012 年 7 月 1 日至 17 日于北京和平里

地 软

温亚军

一

花菇子的弟弟莫米尔下山去学校的路上，大白天差点叫狼吃了。春天的山上缺少野味，饿狼很猖獗，接二连三拖走过好几只羊，现在竟然盯上了马背上的小孩。

莫米尔的坐骑跑得再快，狭窄的山路上也施展不开它的本事。狼不一样，体积小，腿脚有力，山路对它没什么障碍，何况又是极其饥饿的状态，扑上去的那一瞬，倾尽所有力气，咬住了老白马的一条后腿。如果不是一匹脾性好有教养的老马，莫米尔准给掀下马背，成为饿狼的口中之物。

老白马忍疼拖着饿狼跑了很长一段山路，最后还是恶狼撑持不住，被老白马甩脱。白马伤了一条后腿，一瘸一拐忠实地将小主人驮回了莫乎沟。趴在马背上的莫米尔回头望着被老白马甩开的饿狼趴在远处吐出腥红的舌头，眼神里的凶狠劲还在，只是力不从心了。

老白马救了莫米尔的命，但它因流血过多，后腿彻底残废了。

莫乎沟配种站的递递眼点上自己卷的莫合烟，绕着老白马转了三圈，猛抽了一大口烟，把烟屁股往地上一扔，跟脚上去狠劲踩灭烟头，才说，废了，没啥用，趁早宰了吃肉！

递递眼真名叫啥，人们记不住，只知道他养的种马给别人家母马配种时，种马使不上劲，他在一旁帮不上忙，奔前忙后发急，把眼睛挤成两只圆球，恨不得立马成事。有人就给他起了这个外号。

养蜂人老戴听递递眼这么说，不知深浅地说了句，不会吧，只是瘸条后腿……伤好后照样能骑人驮东西！

像配种的马成不了事，递递眼一下瞪圆双眼，伸一只手到老戴面前，说，拿钱来，这马卖给你骑好了。

我……老戴语塞了，他望望周围的人，大多像递递眼一样斜眼看着他。老戴闭紧嘴，低下头不再言语。

递递眼收回手，得理不饶人地说，别装慈悲啦，连你这样有钱的养蜂人都不要这个废物，留它没球用，听我的没错，喀嚓了它算球。

老白马扑闪着一双大眼睛，像听懂了递递眼的话，它的眼睛里慢慢汪出一滩湿意，无辜而悲凉地望着周围的人。

花菇子狠狠瞪着递递眼心想，你又不是兽医，只是配种的，还不是你能配，是你养的种马能，一点本事都没有，心咋这么狠，是你自己想吃肉了吧！

她不想老白马死，弟弟莫米尔说过，等他上完小学，就带花菇子骑着他的老白马下山，去见识见识外面的世界。花菇子没出过山，结婚时，她渴望到山外走一趟，可就这么个小小心愿，她男人也没满足

> 可是，莫米尔不愿用这种方式达到不上学目的，
> 他和老白马的感情还是很深厚的，没了老白马，他在
> 山里也无处可去。再说，这次是老白马救了他的命。

她。男人只会冲她眯眯笑，任她说什么，只会点头。他对谁都这样，眯眯笑着点头。花菇子的男人脑子坏了，结婚前到山上摘野核桃，从树上掉下来摔坏的。花菇子一直向往山外，但她没自己的坐骑，她甚至连马都不会骑。她知道凭自己的两条腿，恐怕这辈子也别想走到山外。

莫米尔已经十一岁了，还上小学三年级，离小学毕业还有三年哩，但花菇子一直耐心地等待着。这是埋在她心底的一个巨大梦想。可是现在，能驮她去山外的老白马残废了，花菇子的梦想似一个肥皂泡，被老白马的残腿戳破了。她看了眼一旁的公公，也就是莫米尔的父亲莫须有，黑着脸一言不发。从莫须有那儿，就别想看到希望。

花菇子越过公公，焦灼的目光落在莫米尔脸上。惊魂未定的莫米尔感觉到了小嫂子的目光，扭头看了她一眼，无奈地摊摊手。他的脸上似乎看不出多少悲伤来。

其实，莫米尔巴不得出点啥事，他不用去上学。他烦死了上学，他的学习成绩一直不好，老师常点他的名，弄得他在班里很没面子，而且在学校一住就是半个多月，老师不让出校门，唯一能撒野的地方是操场，可放了学，离家近的学生全回了家，操场像山里一样寂静，一点意思也没有。可是，莫米尔不愿用这种方式达到不上学目的，他和老白马的感情还是很深厚的，没了老白马，他在山里也无处可去。再说，这次是老白马救了他的命。

杀老白马时，老戴和小戴父子俩都没来现场，可能觉得太残忍，老戴不知躲到哪儿去了，是不是他有交待，小戴一人站在河对岸的窝棚跟着，远远地看这边的热闹。

花菇子和莫米尔挤在人堆里，看着莫须有、递递眼和几个男人把老白马牵到沟谷底的吉里格郎河里去洗。水很清，也很凉，是天山深处的雪水，虽然是中午时分，太阳明亮地挂在天空，可热量不足。男

人们蹲在河边，掬起冰凉的河水给老白马洗身上的尘垢。河水太凉，刚开始往老白马身上洒水，冰得它身上的肉一跳一跳的，它摇晃着身子抖动湿漉漉的白毛，水珠子溅到那些男人身上，他们很生气，也失去了耐心，狠狠地往白马身上泼水。老白马想躲，残腿不灵便，缰绳又被递递眼牢牢地攥着，它逃不脱，但很狂躁，不断地喷着响鼻。

水泼多了，老白马渐渐适应了凉水，认命了，慢慢安静下来，任凭他们把它洗得又白又亮。

递递眼把老白马牵上河岸。抽完一支莫合烟，马身上的水快淋干了，他们才牵着白马到一个土坎前，冷不防，轰地一声将白马推倒在坎上，扑上去手忙脚乱用绳子捆它的三条好腿。老白马喘着粗气挣扎，却一声都不叫唤，眼球暴凸，眼泪飞落在光秃秃的土坎上，洇出不少圆圆的湿印子。花菇子不忍看下去，她受不了老白马的沉默，可是，它的反抗却那么强烈。莫米尔不知从哪里来了勇气，挤出人缝，冲过去从后面狠狠踢了递递眼一脚。递递眼扭头想看是谁踢的，老白马挣扎得更厉害，他不敢松手，没看到袭击他的人。

花菇子给莫米尔投去赞许的一瞥，虽然他们无法挽救老白马的生命，踢一脚宰杀老白马的递递眼，多少也算解点恨。

闪着白光的长刀子捅进老白马脖子的瞬间，花菇子捂住了双眼，她不敢看。直到听不见老白马挣扎的声音和粗重的喘息声，她才轻轻挪开一根手指，从指缝里看到莫米尔的小身子一抽一抽无声地哭泣。他还算有点良心。老白马已经倒在地上一动不动，那长长的睫毛、汪着泪水的眼睛合上，再也不能温柔地看她花菇子了。花菇子的泪水喷涌而出，但她心里没刚才那么难受了，毕竟，已成事实，再难受老白马也不能站起来了。再说，看到莫米尔能为他的坐骑哭泣，她心里略微有了些安慰。

这样的安慰很快就变得动荡起来。花菇子在公公的逼视下，将马肉煮熟，捞出锅时，莫米尔脸上的泪迹还没擦干呢，他抽抽鼻子，竟然抓一块肉啃起来。花菇子想都没想，一把打掉莫米尔手中的肉，尖叫道，做死呀，这可是老白马的肉！

莫米尔惊奇地望着花菇子，又望望地上沾了尘土的肉，不高兴地说，老白马的肉就不能吃啊。

说着，伸手又抓过一块肉啃起来，一点伤感的意思都没了。

花菇子愣怔地看着莫米尔无所顾忌地啃着马肉，竟然啃出一脸的陶醉来，她的心竟比杀老白马时还要难受。随即，鼻子一酸，泪水模糊了她的双眼。

莫须有把老白马的皮钉在山墙上，进到屋子里，看着埋头对付马肉的小儿子，又看了眼默默流泪的儿媳妇，刚放晴的脸又黑下来，冲花菇子斥道，就你尿水多，去，把马鞭切碎给你男人端去吃！

花菇子抹把泪水，要走，莫须有又叫住道，记住，回头捡几块肉给养蜂的父子送过去，不是莫乎沟的人，有肉还是要一块吃的嘛！

二

过了荷苍隘，再往里走，就是莫乎沟。说是沟谷，其实很宽敞，平坦处零零散散地住着一些人家。谷底是条奔腾不息的河，叫吉里格郎河，水自南流向北，不宽不窄，是条小河流。宽阔平坦处水流缓慢，悄无声息，就像有人在这儿平铺了一大块锦缎，缎面光滑平整，唯有风吹来，缎面才微微滚动出浪波，给人视觉上的起伏，且无论有风无风，河面在阳光下永远都闪着细碎的光芒，如镶嵌了无数的钻石；至狭隘陡峭处，流水湍急，还发出轰隆隆的吼声，能传到远处的谷顶。吉里格郎河像个不甘寂寞的人，总要粗着嗓门引起注意，远远看过去，迅疾的水流还是有种蛊惑人的气势。往往是，早晨的阳光还没从东边山头露脸呢，吉里格郎河的水流声已经把山上树林里的小鸟闹醒了，

过后，货郎好久没上山来，也没带回地软是不是
能当山货卖的消息，老戴前些天还牵挂着，后来就不
往心里去了，能不能当山货，跟他有什么关系？

它们叽叽喳喳乱叫，像是相互控诉河水声扰乱了它们的美梦。

养蜂人老戴每天比小鸟起得还早，他赶在鸟叫之前，到山顶的树林里走一遭，查看果树的花苞是否绽开，顺便捡两把草地上夜露水喂出来的地软（一种菌类），回来给儿子拌疙瘩汤当早饭。疙瘩汤里搁些地软，煮熟后再放些野葱末，能把人香死。

前些天，货郎驮着货物到莫乎沟，中午时蹲在吉里格郎河跟前，边吃干馕边掬河水吞咽。老戴出门在外时间长，看着不忍心，唤货郎到自己的窝棚，盛一碗地软疙瘩汤。货郎喝了一口，连连叫道，香死了香死了，问汤里的黑片片是山木耳？老戴告诉他是地软，树林草地上长出来的，原来山下也有的，这些年喷洒农药，不见长了。

怪不得呢，货郎年轻，没见过地软，当时就要老戴领着他去找。他说这东西太香了，如果能采摘，他想带到山下去，看能不能当山货贩卖。

老戴想，地软又不是啥金贵东西，不会讨人喜欢的，谁能拿它当回事。但他不好把这种话说给货郎听，免得人家说他小家子气，就领着货郎到山上树林去捡，好在这个季节中午的太阳不毒，地软没有被晒死，东找西采捡了几把，货郎欢天喜地带走了。

过后，货郎好久没上山来，也没带回地软是不是能当山货卖的消息，老戴前些天还牵挂着，后来就不往心里去了，能不能当山货，跟他有什么关系？他倒是闲着就上山采几把，儿子小戴喜这口。每次看到儿子抱着大瓷盆喝地软疙瘩汤，像吉里格郎河的水一样欢畅响亮，老戴比喝了蜜还舒坦。儿子是个难得的好男孩，乖巧听话，叫他干啥就干啥，不叫他干的，他绝对不干。老戴的妻子死得早，为了儿子，他没再娶，一个人带着儿子，从小到大，儿子小学初中高中地上了十二年学，没和别的孩娃打过架吵过嘴，没给老戴惹过一丁点麻烦。只是这孩子乖是乖，学习成绩却一直不太好，高中毕业没考上大学，

　　人嘛，什么事都合适了，活着还有啥劲！所以，儿子没考上大学，并且心甘情愿跟他出来放蜂，老戴心里还是挺自足舒坦的。

　　老戴听惯了鸟儿的叫声，不嫌它们吵闹，其实吵不吵的，全在人的心里，心里开阔，什么样的声音都能容纳进去。

不愿复读却要跟他天南地北放蜂。老戴觉得这样其实也好，养蜂也是个艺业，发不了大财，但谋个温饱没问题，并且一辈子不愁喝不到蜜。蜜多甜啊，一辈子都在蜜里生活，不也是个活法！对老戴来说，这已经够好了。儿子要是考取了哪个大学，他还真拿不出学费，供儿子去城里上呢，再说，大学毕业了又能怎样，还不得自己想办法谋生。老戴从电视上看到过，有好多大学生毕业了照样寻不到合适的工作，其实，也不是真没工作可干，还是他们眼高手低，看不上这，看不上那，不是嫌这工资低，就是嫌那管得太严，挑三拣四。人嘛，什么事都合适了，活着还有啥劲！所以，儿子没考上大学，并且心甘情愿跟他出来放蜂，老戴心里还是挺自足舒坦的。

　　鸟儿叽叽喳喳喧闹起来，把露水浑成一片的空气吵得碎成无数块，有些被鸟儿吞进嗓子，那叽喳声里，就像清晨的空气一样湿漉漉、清冽冽的，极其动听。老戴听惯了鸟儿的叫声，不嫌它们吵闹，其实吵不吵的，全在人的心里，心里开阔，什么样的声音都能容纳进去。老戴担心的，是鸟们醒来后吵闹，它们飞来跳去会啄烂地软。吃惯了肉虫的鸟雀儿，其实不食素地软，但它们的嘴不闲着，像孩子似的，只要没事干就难受，搞点破坏找乐子。春季地气凉，地软长不大，还很稀少，而且这时候的地软也跟刚长出的庄稼似的，最鲜嫩了，叫鸟儿糟蹋了可惜。上年纪的人，睡不了懒觉。其实，老戴并不老，五十才挂个零头，但他的一头白发把人衬老了，他身体强壮着呢，扛起蜂箱比儿子能干，饭量也不小，就是瞌睡不如以前，晚上睡得不沉，有点小动静就能惊醒，尤其半夜，一旦睁开眼，睡意全没了，瞪着眼盼天亮。对老戴来说，现在的睡觉就像完成一项任务似的，没了年轻时的香味。

　　天已大亮，树梢上挂满了太阳的金辉，各色鸟雀儿在枝头欢叫、跳跃，它们闹得疯狂，把一些不牢靠的花苞都踩碎了。老戴心疼那些未开的花蕾，没能叫蜜蜂采过夭折了可惜，像是个羞答答的小女孩，还在遮遮掩掩中，以为待到绽放便是惊世的美丽，结果却在含苞的时候就毁了，实在心疼。老戴是养蜂人，他喜欢花蕾清秀澹定的样子，但他更喜欢花蕾绽放的样子，这时候的花粉最丰富，蜜汁最纯香，能叫蜜蜂采到这样的花蜜是他最大的快乐。他不能眼看自己的快乐被鸟们轻易破坏掉。老戴捡起去年落下的干瘪果子打鸟雀，扔了几个干果没投中，鸟雀受了惊，飞起又落下去。在这个大林子里，鸟们野蛮惯了，一点都不怕人，落到另一棵树上继续吵闹。山里的树不似城里的一年四季有人精心打理，修枝剪杈，谁也不会给老山林里的树修剪的。偶尔有砍柴的人，砍倒一些树棵子，劈出条条小道来，但大多地方枝蔓缠绕，灌木丛生，跟灌木相得益彰的是干枯的蒿草和正在发青的野花野草，把林子里的空隙几乎塞满，根本没处下脚。当初，听人说莫乎沟野果树多，稠李子、山杏、毛桃，最多的还是野苹果，离莫乎沟最近的几个山头，满山遍野全是野苹果树，当地人叫野果子。也就是这些漫山遍野的野果子，吸引来外商，他们到山里转悠了一回，满脸兴奋，说山林里的果子是一笔巨大的财富，他们要开发野果，把它们制成天然饮料。如今做饮料的水果蔬菜大多都是化肥农药催出来的，现在人们讲究天然和营养，把这些野生的果子制成饮料正符合现代人对绿色饮品的需求。所以，他们出资往山上修了条能走拖拉机的山石道，以前，山上只有一条能容人马通过的山路，什么东西全靠马驮人背。这下好了，老戴雇拖拉机把蜂箱运到了山上。

在山上放蜂，比山下好得多，老戴早就打听过，山上各种野果子的花期刚过，满山遍野的杞子红、一串黄、马香兰、白槐花、酸枣花、山菊花、马刺芥、酥油花等等，开起来一层一层的，没完没了，一直能开到第一场雪落下来。这样，养蜂人的蜜月就能延长到深秋。老戴老戴有这个耐心，多年的放蜂生涯使他的性子一点都急不起来。养蜂像钓鱼一样，磨人的性子哩。再说了，老戴喜欢手摸地软的感觉，非常喜欢。

和儿子就是奔着花期长，才雇拖拉机把蜂箱运上来的，他想多采点好蜜，换下钱给儿子将来娶一房媳妇。儿子从没开口问他要过媳妇，但他听到儿子每夜在床上翻来滚去睡不着，不是想女人能是啥？做老子的心里明白，儿子到想女人的时候了，可娶谁家的丫头，不得两三万块钱？就是把他的这些蜂箱家底全卖了，也抵不上这个价，何况卖了，父子俩今后喝西北风啊！

一想到这，老戴自足的心态就淡了，像霜打过的桃花，耷拉下了头。阳光从树缝里漏下来许多细碎的光斑，落在老戴身上温温柔柔的，很舒服，但老戴无心这样的舒服，他的心里有了一丝飘过的乌云。他奈何不了鸟雀，也懒得跟它们较劲，由它们闹去好了。老戴到树林间的宽敞处踩着露水在草窝里捡地软。这个时节地软懒，长得不多，夜里地气又凉，地软也长不大，指甲盖大小，黑乎乎的，像草地上开放的狼毒花，贴着地皮藏在草根下，如果不耐着性子寻找，是捡不到多少的。

老戴有这个耐心，多年的放蜂生涯使他的性子一点都急不起来。养蜂像钓鱼一样，磨人的性子哩。再说了，老戴喜欢手摸地软的感觉，非常喜欢。黑乎乎的地软又软又滑溜，像丫头的皮肤。所以，他捡地软不爱用筐子之类的器物装，喜欢用手攥着，充分享受女人皮肤的美妙感觉。这是老戴对地软手感的评价。当然，这只在他心里，老戴没给别人讲过，他从没摸过别的女人，自己的女人活着时皮肤是不是像地软一样，老戴已经记不清了。

不一会儿，老戴攥着两把地软，从林子里钻出来，沿着缓坡慢慢往山下走。这时，庄子醒了，人咳嗽，羊叫，牛哞，马嘶声在炊烟里此起彼伏。说是庄子，其实没多少人家，还像羊拉的粪球，在坡谷里稍平坦点的地方，这里拉一颗，那儿一颗，全是分散的石板屋。较集中点的，属河边的大谷底，那儿是老户人家，房子虽然也是石板屋，但高大结实，历经祖辈好几代人创下的基业，屋后都有树枝搭就的大牲畜棚，里面能容纳上百头牛马羊，离很远就能闻到一股浓烈的牲畜味。

老戴披着一身阳光，踏着烟火气息下到谷底。他的蜂箱排列在沟谷的西坡上，蜜蜂喜阳，需要温暖。那里是一片平坦的阶地，他的窝棚搭在最宽敞的阶台上，蜂箱围着窝棚向四边延伸开，很有层次感。

儿子还在窝棚里熟睡，老戴轻手轻脚取出菜盆，端着小半盆地软到谷底河边去洗。早晨的河水很凉，往骨缝里钻，老戴硬撑着把地软洗净，又掬些河水抹把脸，两手交叉夹在腋窝下暖着，眼睛却盯着河对面出神。

慢慢地，老戴看到一个小人儿沿对面缓坡的小道走下来，到河边来提水。这个人是花菇子。老戴早就注意到这个小丫头，她穿一身黑色衣裳，在泛着青和白的板房映衬下，格外显眼，而她那张小小的脸蛋几乎被淹没在黑色的衣服里，远远地，根本看不出她脸的轮廓。

刚到莫乎沟那天，蜂箱还没摆放好，大人孩子围了一大堆看稀奇，唯有花菇子默默地提个大铁桶，从河里灌满水，一边慢慢地往坡上走，一边回头望河这边的稀奇。她个子小，桶又高又大，碰到坡地上，水溢出来，她没注意到，脚下一滑，差点摔倒，铁桶趁机脱手，发出很大的响声滚到谷底的河里。

要不是老戴反应得快，冲过去抓住桶，肯定叫水冲走了。

花菇子显然吓坏了，一身黑衣衬得她脸上的红斑更红，她瞪大眼惊恐地尖叫一声，一直看着桶被老戴抓住，眼睛还没恢复正常。

老戴心里嘀咕，谁家大人真狠心，叫这么小的丫头提个大桶打水。他从河里重新灌满水，爬上坡顶到花菇子跟前说，告诉我，你家在哪儿，我把水送过去。

花菇子呆呆地望着老戴，不吭声，突然伸手抓自己的桶。

老戴晃身闪开，说，谁家的小丫头，大人这么忍心，万一连人摔下沟谷咋办？

围观的人听到老戴这么说，轰地一声笑了。

有人笑着叫道，养蜂的一头白发，真是老眼昏花，她花菇子是啥小丫头，早就是莫家过门一年的老媳妇了。

怪不得呢，如果是没结婚的丫头，父母怎么忍心叫她穿身黑衣裳！就是小媳妇，也不能穿这么黑呀，像个乌鸦似的，把女人味全穿没了。

老戴这样想着，在众人的哄笑声中很难为情，面红耳赤，但他记住了花菇子这个小媳妇的名字。花菇子也是满脸通红，两只手绞在一起不知所措。老戴的心里怜惜花菇子一脸的孩子气，他还是帮她把水送上缓坡顶，才将桶还给她。花菇子低声说了声谢谢，声音弱得跟空气中的风似的，老戴凭着感觉听到这两个字，他笑了笑。

后来几次，老戴看到花菇子来河边提水，如果他闲着，会跑过木桥去帮花菇子把水提到缓坡上。刚开始，花菇子死活不让，把桶紧紧抱在怀里。老戴笑笑说，你这丫头真是的，怕我抢了你的桶啊。花菇子一声不吭，一双大眼睛静静地望着人高马大的老戴。老戴又笑笑，在花菇子迟疑间，一把抓过桶，提上就走。花菇子在后面紧追几步，追不上，便站住不动。老戴把水提到坡坎上停下，回头等着花菇子，见她不上来，知道她的心思，便放下水桶说，剩下的是平路，你自己提回家吧。说完，自顾跑下，经过花菇子身边时没有停步，直接过河回他的窝棚准备早饭。

三

莫须有给别人分马肉时，提出大家联合起来对付恶狼。各家都有牛马羊，或多或少都受过恶狼的袭击，这些年公家管得紧，没收了打狼的土铳，只能下套子，可莫尔沟的狼都成精了，几年来没套住过一只狼。有人怪递递眼打制的套夹子不中用，递递眼急了，抓过一个套夹子硬要在说话的人腿上试试。那人怎肯试，与递递眼撕扯起来。

莫须有拉开两人，站在他们中间说，行啦，别闹了，有这闲劲还是想想法子吧。

递递眼丢开那人，卷上一支莫合烟抽了一大口，嘴和鼻子像着了火冒出一大股烟后，才慢腾腾地说，法子倒是有一个，就是不知大家伙愿意不？

说说看。

递递眼卖起关子道，就怕有些人家不愿意。

人们你望望我，我望望你，用期待的目光看定递递眼。

递递眼这才一脸满足地说道，很简单，每家出一个壮劳力，每天晚上轮换着去野狼出没的树林子里守夜！

原来就这个呀，算啥法子！去一伙人，狼不傻，早跑了，还有你抓的。

这倒不见得。递递眼瞪着他的小眯缝眼不满地说，我的话还没说完呢，谁叫人去了？当然是得去人，可不是一般的人，咱们披上羊皮，装扮成羊，埋伏在林子里，引狼上钩……

这法子好！莫须有拍掌赞成道，狼每次都是到圈里来偷袭，防不胜防。咱们装成羊送到林子里去，主动出击，肯定能抓到狼。

都吃了莫须有的马肉，不好反对，没人吭声了。

递递眼却说，有句话得说在前头，打狼是为大家伙，可不能亏了每天守夜的大老爷们，春寒要人命哩，别坏了咱们的身子骨。

莫须有说，那就每家轮流出壶烧酒，给守夜的人驱寒。记住，得是货郎从山下驮来的粮食烧酒，不能拿自家酿的果子酒顶数。

货郎每个月头上莫乎沟一趟，骑着驮有针头线脑的黑马，身后还牵一匹驮酒、盐、茶的骆驼。他知道山上人需要什么，骆驼背上更多的是塑料桶装的粮食烧酒。

当然得是粮食烧酒了，果子酒哪儿能算酒，喝上一大缸，肚子里也热不起来。递递眼显然把什么都打算好了，他说，舍不得孩子打不住狼，都知道羊肉性热，能驱寒，那么每家得轮流出只羊，我负责宰杀，搭上自家盐巴，煮熟侍候各位爷们。

得了吧，递递眼，你说的比唱的好听，谁不知道在自家宰羊，能落下一大堆羊下水。有人反对。

大家在心里盘算着，你看看我，我看看你，最后把目光落到莫须有脸上，看他是什么打算。

莫须有知道大家目光里的意思，这事是他挑的头，该他拍板。可是，递递眼也太会算计了，到时，他会不会拿积攒的羊下水顶只羊，自己家不出羊呢？莫须有挠挠头，吭哧道，这个法子行是行，可到时轮到谁家，不出羊咋办？

递递眼一听，明白莫须有话里的意思，便说道，大家伙放心，我只负责宰杀、煮熟。至于羊下水，如果能吃完就吃，吃不了的，是谁的就带回去给老婆孩子吃，我绝不贪这小便宜。还有，轮到我出羊时，你们到我家羊圈里去捞，捞到哪只算哪只，我绝不挑瘦小的老羊顶数。也不看看这是啥事情，养羊为啥来，不就是给人吃的么，留下总比喂狼强啊！

这就好。大家心里这下踏实了，只要递递眼不糊弄人，其他人都好说。事情就这么定下，当天晚上实施行动。

半下午时，莫须有率先从自家圈里抓了一只大肥羊，作为第一个出羊户，用绳子拴着羊脖子牵到递递眼家前面。

递递眼在西斜的阳光下，眯着眼迎上来，翻起肥羊的尾巴瞧瞧，点点头，说，须有哥可真舍得，这只公羊身架大，留下能做种羊呢。

莫须有说，留下给狼叼跑了，啥都没啦！

一帮看热闹的孩娃围过来，揭开羊尾巴要看羊是怎么分公母的。他们看来看去，也看不出所以然，便问递递眼。

递递眼把眼眯成一条缝，没好气地说，回家看你娘的裤裆去，一看就知道了。

孩娃们一脸茫然。

莫须有瞪递递眼，嫌他说话不分大人孩娃。递递眼要回应，发现孩娃堆里多了个莫米尔，才记起这个崽娃子被狼惊吓后，就再没去上学。递递眼望着莫须有嘿嘿干笑了两声，却对莫米尔说，崽娃子，刚才叔说漏了嘴，其实分清公母很简单，去看看你的小嫂子就成……

递递眼！莫须有恼了，大声喝住递递眼，并且叫的是他外号。递递眼听着刺耳，但还是住嘴了。

莫须有很不高兴地说，你越说越不着调了，一群崽娃子，干啥呢，对崽娃子就不能教好一点的！真是！

递递眼嫌莫须有没在孩娃们跟前给他面子，叫了他的外号，心里有气，回应了一句，好，我不说了还不行么，你就好好跟崽娃们说吧。说完，赌气地抱起肥羊，蹬蹬蹬几步冲到谷底河边，扑嗵一声将羊扔进吉里格郎河里。水花溅湿了河岸，同时，也溅了递递眼一身，他也不管身上的湿水，只看着水中的羊尖细地叫唤着，扑腾开了。

莫乎沟的人有个讲究，要把羊洗干净才宰杀，这是对牲畜尊重，送它们洁净地上路。

莫须有看出递递眼闹情绪，但他又不好说什么。

这段河流较为平缓，水不深，羊在水里挣扎着往岸上爬。递递眼上前去，也不打羊。莫乎沟的人从不动手打牲畜的，递递眼也不例外，他挥动双臂虚张声势地又把羊赶回河里。羊见这面上不去，便要涉水到对岸。看热闹的孩娃们见莫须有和递递眼都看着不管，担心羊逃跑，大喊大叫起来。

正在给蜂箱喷洒糖水的老戴父子俩，端着糖水盆子跑到河边，帮着将羊赶回河里。整天在河边看，他们对莫乎沟宰杀牲畜的风俗已经弄得一清二楚。小戴放下糖水盆，挽起袖子抓住羊帮着洗起来。午后的阳光有了热度，河水不像早晨那么冰凉，可还有些许寒意，小戴感觉不到，手指像梳子似的，细细地给羊梳洗。

老戴在一旁看小戴洗羊，突然，他发现伸向河中的树梢上有一挂蜘蛛网，上面粘着一只正在挣扎的小蜜蜂，他伸手去够，却够不着，左右也找不到树枝，便脱鞋下河，涉水走到蜘蛛网跟前，轻轻摘下那只蜜蜂，放在一枝硬朗的树杆上。蜜蜂扇动几下翅膀，呼地一声飞走了。

小戴看到父亲的举动，心里涌满了暖流，竟然忘记手中的活，正在洗的羊在他手中突然挣脱，向岸上冲来。

孩娃们从不远处的木桥跑到河这边，大呼小叫地帮小戴把羊轰进河，继续洗起来。

对面缓坡顶上出现了一个黑影子，远远地看着河这边的热闹。

老戴注意到了花菇子，便扯着喉咙，对河那边的莫须有和递递眼大声说道，守夜抓狼也算上我老戴一个。

莫须有说，你又没养羊，还怕狼叼走蜂箱！

递递眼跟上说，他是眼馋大锅里的羊肉呢。

老戴一点也不介意，又说道，我没羊，可以出份力啊。

递递眼说，你又不是莫乎沟的人！

老戴说，这不就是了嘛，说不定，我留在这不走了呢！

洗羊的小戴听着父亲的话心里明白，父亲其实是和莫乎沟的人套近乎呢，他们来到人家的地盘放蜂，不与当地人搞好关系不行，虽然这山、这野果树、这花儿不归谁家所有，谁都可以在这里生存，可他

107

们总归是山外面来的，心里不踏实。跟着父亲走过几个地方，小戴明白这个道理。小戴还记得，他们刚到莫乎沟时，蜂箱还没摆放好，父亲就带着他到对面的坡坎上挨家挨户送去年的陈蜜，对人家微笑着，请多关照。你说蜜蜂采蜜，人关照得上吗？小戴认为父亲多此一举，可老戴自有他这样做的道理：蜜蜂采蜜人是关照不上，可咱得在人家的地盘上摆蜂箱，人家哪天不高兴了，叫你把蜂箱搬走，这花季刚开始，蜂都放出去了，采不采蜜不重要，重要的是连蜜蜂都收不回来，老本就搭进去了。

四

阳光很好，亮晃晃地照在绿油油的草坡上，叫不上名字的小野花开了，黄的、红的、蓝的、紫的，把草坡装点得像块色彩斑斓的碎花布，使人不忍踩上去。

蜜蜂们开始忙碌了，在花丛间飞来飞去地劳作着。

小戴头戴纱帽，在飞进飞出的蜜蜂群里清理蜂巢，也就是清理死去的蜜蜂，每个蜂箱能清理出一小堆。要知道，一只蜜蜂大约得采集一千朵花，才能装满自己的嗉囊，飞回蜂箱卸下花粉，再去采集，每天要飞来飞去十几个来回，大多数蜜蜂的寿命只有三五个月，就活活累死了。小戴把死蜜蜂往一起归拢时，心情很沉重。周围除了蜜蜂的嗡嗡声，小戴听不到别的声音。父亲和一帮男人晚上又去山上的树林子蹲守抓狼，凌晨才回来躺下，此刻睡得正香，小戴不愿扰了父亲的瞌睡，一个人默默地清理蜂箱。一般情况下，蜂箱十天半月清理一次。其实，离上次清理还不到十天，父亲没叫小戴清理，他只是不想什么事都要父亲说了才干，那多没劲，他一个大小伙子，总不会什么事都不能独立完成！还有，他觉得很无聊，找点活打发时间，要不，漫长的上午很难熬过去。

可那黑色又总是那么安静，一团乌云似的，不动
声色地移过来，又悄没声息地飘过去，像是刻意要用
这种凝滞的颜色掩盖自己，却在这青山绿水中，偏偏
与众不同地吸引着他人的目光。

春天的暖阳下容易犯困。小戴还没清理完几个蜂箱，就接连打了
十几个哈欠。他的脑子已经有些犯晕，手里的活干得机械，一点也不
像刚开始清理时那么有劲。小戴一直硬撑着，因为他刚才抬头，看到
那个叫花菇子的，蹲在河边安静地洗衣服。她把已经洗好的衣服摊在
身后的草坡上晾晒，其中就有她经常穿的那身深黑色衣裤，在绿油油
的草地上灼人眼目。她身上穿的依然是一身黑衣黑裤，透过帽纱，小
戴看不清花菇子的脸。小戴不明白花菇子一个丫头，怎么总穿一身黑
衣服。一个人的穿着老是一成不变，就跟冬天一个颜色一样，晦暗，
沉重，让人难以接受，也不适应。可那黑色又总是那么安静，一团乌
云似的，不动声色地移过来，又悄没声息地飘过去，像是刻意要用这
种凝滞的颜色掩盖自己，却在这青山绿水中，偏偏与众不同地吸引着
他人的目光。小戴不时往河那边瞅，花菇子身边那堆要洗的脏衣服很
显眼，估计不到晌午，她根本洗不完。小戴不好意思早早收工，人家
一个丫头，不，小媳妇，都不歇息，在干着活呢，自己一个大小伙子，
还没清理出几个蜂箱就收工，有点说不过去。小戴努力使自己强打起
精神。

沟谷里安静极了，晚上到林子里蹲守的男人们都在睡眠之中，也
许是怕吵着这些男人吧，女人们说话的声音不似往日那么大，孩娃们
也不知跑到哪儿玩去了，那些吵吵嚷嚷的声音全没了。偶尔会听到一
两声狗吠，蓄意要制造出一点动静似的，却使得庄子越发显得空荡。
并不是多么空旷的谷地，不宽的河水如同一条白练抖着微微的浪波，
在阳光下，闪着一层一层的银光。不知谁家这么早就生火做午饭了，
庄子的上空被升起的炊烟软软地缠绕着，有一搭没一搭，一副无精打
采的样子。

小戴没能使自己坚持多久，瞌睡使他心不在焉，有一刻他差点合
上眼站着睡过去。他努力睁开眼瞅瞅河对岸，花菇子还在埋头洗着，

草坡上晾的衣服越摊越多，她身边的那堆衣服似乎没少下去。小戴长长地打了个呵欠，准备清理完手头这箱就收工，他不想迷迷糊糊干下去，清理蜂箱是个细活，不能有丁点马虎，父亲说过，稍一疏忽，就清理不出蜡螟，这可是蜜蜂的克星，不治死它，会坏掉不少蜜蜂的性命。

小戴回头看一眼窝棚那边，门帘还好好地吊着呢。看来父亲今天不睡到中午又起不了床。中午吃点啥饭呢，原来都是父亲做什么，小戴吃什么，他没有自己做饭的经历，这几天父亲蹲夜回来倒头就睡，不到中午起不来，他就没现成饭吃了。有时候，实在等不到父亲起床，他饿得慌，就自己动手煮挂面吃。煮挂面简单，煮熟捞出来拌点盐醋就可以吃。但他煮的面没有父亲煮的好吃，不知道是啥原因，他想问父亲，每次话到嘴边，又咽了回去，问也是白问。他知道父亲一下两下也给他说不清楚的。

现在，小戴的肚子不是太饿，但胃一直不舒服，早晨吃了父亲给他带回来的羊肠，懒得生火加热，凉吃了，一上午肚子都难受。他想吃点热乎的暖暖胃。春天的阳光是热乎的，能把人的瞌睡晒出来，够厉害吧，他却吃不到嘴里。他停下手里的活儿，想不出一时半会儿自己还能干点什么，只好眯着眼望河水里闪闪的阳光发呆。

河边的花菇子突然发出一声惊叫，接着像被蜜蜂蜇了一般大喊大叫。她尖锐的声调把小戴吓了一跳，他抬头看到花菇子像踩了弹簧似的，人一下子蹿出去好远。蜂蜇了也不会这样呀！

阳光下的草坡、河边，一时不见人影，小戴本不想过去，看花菇子的样子不像被蜂蜇，那就跟他没啥关系。可这河岸两边，只有他和花菇子两人，他不去看看就显得不是男人。小戴双手捏着沾满小蜜蜂的蜜脾，不敢随手扔下，只能小心地插回原处，脱了纱帽才能过去。这就耽搁了丁点时间，待小戴往河边跑时，老戴已经被花菇子的惊叫声惊醒，从床上一跃而起，冲出窝棚，跑到了小戴前边，边跑边往身上套衣服。

小戴跟着父亲跑到河对岸，看到惊恐不安的花菇子并没受到伤害，看着跑过来的戴家父子，惊恐地指着摊在草坡的黑衣服，紧张得一句话都说不出来。小戴和父亲随花菇子的手指望过去，黑衣服上盘着一条菜花蛇，有锄把粗。这蛇真会找地方，如果不仔细看，还以为黑色的衣服上，绣着一大朵色彩纷呈的花呢。

蛇显然被花菇子的惊叫吓着了，但它贪恋阳光下衣服上的舒适，不想就此离开，非常傲慢地仰起头，盘起来的身子正在散开，慢慢蠕动着与花菇子对峙。小戴看清这条在阳光下显得异常美丽的蛇，胃里的凉气顿时涌遍全身。他畏缩不敢往前，心想这莫乎沟到底是个什么样的地方啊，连蛇都这么大胆，见了人居然这么傲慢，不赶紧溜走。

还是老戴老成，他挡在花菇子前面，把她置于保护之中，双眼紧张地盯着那条慢慢蠕动的蛇，却不知所措。老戴摊开手，作出一副要飞翔的姿势，两手左右一抓一放，除过温暖的阳光和空气，他啥也抓不着。他想找个打蛇的工具，可草坡上除了草，连根树枝都没有。不远处的河边倒有柳树，可远水解不了近渴，他不能丢下吓呆的花菇子去河边折柳枝。小戴看出父亲的意图，蜇身就往河边柳树那儿跑。

正在这时，递递眼举着一根树棍从斜坡跑下来，边跑边喊道，别赶走蛇，留给我对付它！

还是莫乎沟的人有经验，听到动静就知道发生了什么事。递递眼有备而来。

老戴明显舒出一口气。他的额头涌满了细密的汗珠。

递递眼没有将蛇打死，他伸出棍子拦腰轻轻挑起菜花蛇，小心翼翼地往坡上走。几次，蛇从棍子上滑落，它大概已经明白自己的处境，放下了傲慢的架子，迅速游动着作逃跑状，却被递递眼一次又一次地挑起来。

闻迅赶来的几个大人小孩，咋咋呼呼，和老戴父子、花菇子一起跟着递递眼，上到他家屋前的坡坎，来到他家畜圈前。

小戴不知道递递眼要干啥，他问旁边的人，人家顾不上跟他解释，急急地说，自己看，自己看，马上就会看到。竟然一脸的诡谲。小戴想问父亲，老戴像个忠实的保镖，一直陪伴在花菇子左右，他脸上除了对花菇子的关切，好像对递递眼的行为不太在意，估计他也不知道递递眼抓蛇做啥。小戴跟在大家身后，想看个究竟。

早有一个男人拔来一捧青草，一个孩娃钻进递递眼家畜圈，牵出他家的大种马来。

递递眼在几个大人的帮助下，用青草将菜花蛇裹紧，小心地送到种马嘴边。种马瞪着一双无辜的大眼睛，信任地看了看主人，伸出大舌头一卷，就把那捧草和蛇卷进了嘴里。菜花蛇的尾巴穿透青草的包裹，露在马嘴外边，使劲摇摆着。种马浑然不觉，急不可待地大嚼起来。

突然，种马停止咀嚼，怔了一下。它可能咬到蛇了，颇感意外。但是，只停了七八秒钟，它又恢复咀嚼。这次，种马嚼得有滋有味。

小戴眼看着露在马嘴外边的蛇尾越来越短，到最后完全进入马嘴里。他的心一直颤颤的在嗓子眼跳呢。直到马吃完蛇，用大大的眸子温情而满足地看着递递眼。递递眼也温情地望着他的种马，竟然一脸的陶醉。

见马吃完了菜花蛇，周围看热闹的大人小孩发出一片惊呼，递递眼冲着孩娃们挥挥手，去去去，看完了一边玩去。孩娃们一哄而散。

小戴的惊悚这时慢慢缓过劲来，他按着胸口问身旁一个男人，为啥把蛇喂给马吃。他知道马是素食动物。

男人看了一眼小戴，说，小孩子家别多问，等你娶了媳妇就知道为啥了。

递递眼却得意地说，蛇壮阳，能帮种马给母马配种。

有个男人对递递眼说，刚才的青草可是我拔来的，咱说好了，今年得先给我家母马配头一茬。

递递眼嘿嘿一笑道，就先给你配！

五

莫须有带几个青壮男人，傍晚在递递眼家吃完一只羊，喝完三塑料壶烧酒后，每人披一张羊皮，上山钻进夜色笼罩下的树林，像羊似的蹲守着，等狼上钩。

却没看到狼的影子。

他们心里纳闷，难道狼真的成精了，知道是披着羊皮的人，来算计它们的。山林里的夜静得有些吓人，晚风吹来，凉飕飕的，清洌洌的月光下，他们顶着寒气蹲守了十几个漫长的夜晚，连个狼毛都没瞅见。

其实，他们忽略了一个问题：狼是具有灵性的。狼比狗更有生存的本能，除了凶残，还有机敏，不然，在荒郊野外它们又怎能作为强者生存。狼的嗅觉远远超过莫乎沟人的想象，人披羊皮装的羊散发不出特有的浓烈膻味，他们吃羊肉又喝了烧酒，酒的味道穿透力极强，远远压过了羊皮本身的膻味，狼远远就能闻到。再饥饿的狼也明白，哪有喝烧酒的羊！

它们可没这么傻。

春天的夜晚地气寒，再热的羊肉和再好的烧酒，也驱不走大地的寒气，蹲守的男人们装的是羊，却不能像羊那样四处乱跑，靠活动来御寒，他们在羊皮下冻得瑟瑟发抖。十几天下来，好几个人冻病了，傍晚吃羊肉喝烧酒时，人员不见少，但去山上蹲守的人却见天减少。

到最后，只剩下莫须有和养蜂的老戴两人了。其实，老戴这些天感冒
了，身体也不舒服，可他却是蹲守的这些人中最不好退却的，他没有
羊提供给大家，每天却吃着别人家的羊肉，若是不去，有点说不过去。
再说，当初是自己主动提出参加，只要还有人上山，他就不能退下来，
不然，就应了递递眼当初说的，他老戴是奔着羊肉去的。这可不是他
愿意承受的。他是外来的，像其他人吃完羊肉抹抹嘴就回家，老戴做
不出来，身体不适的话他也说不出口。老戴只好硬撑着，熬过一晚算
一晚。

这晚吃过羊肉临上山前，递递眼对莫须有说，须有哥，蹲完今晚
就算了吧。

莫须有心生奇怪，问道，为啥？狼毛都没抓着呢。

递递眼瞅了一眼老戴，心说还要问为什么，人都没了，捉啥狼呀。
说出来的话临时却变了，狼可能知道信了，这都半月过去了，咋就连
根狼毛都不见一根呢。

再蹲蹲吧，说不定狼这几天就来，它们饿得够狠了。

这下，递递眼生硬地说，还是算了吧，莫乎沟十来户人家，除过
养蜂的老戴，每家都轮流出过一回羊啦，再出一只羊，难了。须有
哥，你是真没听到吧，大家伙都有意见了，说你是为自己的儿子报仇，
吃掉了十五六只羊，却没见抓根狼毛回来，可不能再出羊了，这几年
被恶狼叼走糟蹋的羊，也就七八只，可抓狼的人半个来月却吃掉了
十五六只羊，这损失可比狼……

别说啦！莫须有把披在身的羊皮扯下，往地上一扔，怒道，今晚
就不去了！我是为自己儿子来，这狼就不用抓了！

说完，莫须有径自走了，留下一张羊皮躺在地上，松松垮垮的，
在月光下越发惨白。

老戴有些尴尬，看着递递眼，不知怎么办才好。

狼没打住，老白马被杀掉吃肉了，莫米尔不用到
山下上学，他也不像其他孩娃，得去远处的山坡放
羊，他家的羊由花菇子放着。有花菇子在，莫米尔很
清闲，他啥心都不用操。

递递眼生气地冲老戴道，看我做啥，那些话又不是我说的，我只
不过替大伙做回传声筒。老戴你也是，不好好养你的蜂，跟上瞎搅和
啥？大家伙对你也有意见呢，说你跟着白吃羊肉白喝烧酒，不能便宜
了你，等摇下第一茬蜂蜜，你得送大家伙尝个新鲜。

他还记着刚上山时，老戴送给他们的那罐陈蜜呢。

六

狼没打住，老白马被杀掉吃肉了，莫米尔不用到山下上学，他也
不像其他孩娃，得去远处的山坡放羊，他家的羊由花菇子放着。有花
菇子在，莫米尔很清闲，他啥心都不用操。这个季节野果子树才开花，
还没果子摘，那次受恶狼惊吓，他一个人也不敢往山里去了。面前的
吉里格郎河水太凉，不能跳下去摸虾，莫米尔很无聊，每天睡到日上
三竿，爬起来吃点花菇子留的早饭，就走出家门，四处转悠，没找见
能和他一起玩耍的孩娃，他一个人站在坡坎上往上看一会，又往下看
一会。山上坡下不是果树花就是各种颜色的野草野花，满山遍野都被
花填满了，连明亮的太阳光都染上了花的色彩，散发着花的芬芳。

花丛中飞来飞去的金黄色蜜蜂，吸引了莫米尔的好奇心。以前，
莫乎沟的花丛中也有蜜蜂飞来飞去，可那都是野蜂，不知采不采蜜。
现在的这些，肯定是河对岸戴家养的蜂，忙忙碌碌专门采蜜的。不知
蜜蜂是怎样把花粉变成蜜汁的。莫米尔跑下缓坡，越过吉里格郎河上
的木桥，到蜂箱跟前要看蜂蜜是咋采出来的。

老戴到山上树林里采地软去了。前几天，那个年轻货郎来送货时，
带来一个大喜讯：地软在山下城里大受欢迎。货郎托人找专家问过，
说地软的营养比木耳更丰富，现在的木耳大都是人工培育出来的，自
然失去了野生木耳的新鲜，其营养价值也大打折扣。地软则不同了，

味道鲜美，源自山野，本色纯正自然，是真正的绿色食品。货郎动了贩卖的心思，他叫莫乎沟人去山上采，既然地软像木耳，那就采回来晒干，他上山来收，有多少要多少。并且价格不菲。

莫乎沟又多了一条挣钱的路子，大多数人利用放牧时，到山上林子里去采地软。这事是老戴最先干的，他当然不甘人后，除过照料蜜蜂，其他时间全去山上采地软。养蜂比较清闲，蜜要蜂去采，忙碌的是蜜蜂，不是人。只要按时给蜜蜂喷洒糖水，十天半月清理一次蜂箱，防止一些小爬虫钻进蜂箱祸害蜜蜂，剩下的就等着摇蜜了。春天的蜜蜂幼虫多，采蜜量不大，所以，十天半月才摇一次蜜，有的是闲时间，老戴刚好去采地软。

采地软是磨人的活，浪费时间，还采不了多少，但积少成多，额外能挣几个钱算几个吧。这样一来，采地软竟成了老戴的主要工作，蜂箱基本由儿子照看。

小戴每天早晨照样睡懒觉，老戴上山前已经打开蜂箱的门，蜜蜂们该进的进，该出的出，有秩有序，不用小戴操心。更不用担心有人来捣乱，谁不怕蜂蜇！

偏偏这天上午，莫米尔叫蜜蜂给蜇了。莫米尔其实很怕蜂蜇，可上学时老师说，蜜蜂一般轻易不蜇人，它屁股上的刺连接着肠子，蜇人会把肠子带出来。也就是说，蜜蜂蜇人会搭上它的性命。莫米尔想，他只不过想看看蜜蜂是怎么酿蜜的，不想伤害它们，蜜蜂那么聪明，不能看不出他没歹意吧，更不会轻意牺牲自己的性命来蜇他，互相伤害，没必要嘛。

莫米尔很坦然地来到蜂箱跟前，蹲在那儿，盯着窄窄的蜂箱口密密一层爬进爬出的蜜蜂。采蜜的全是生殖器官发育不全的雌性工蜂，它们忙忙碌碌，根本顾不上搭理莫米尔这个闲人。莫米尔看了一会儿，没看出啥名堂，像一个站在屋外的人，怎么也看不清屋内的情形。想到老师说的蜜蜂不主动攻击人，他的胆子增加了一分。前些日子，莫米尔远远看见小戴打开蜂箱清理蜂巢，那些蜜蜂都兀自忙着，根本不理会小戴。莫米尔的胆子又大了一些，毫不犹豫地打开一个蜂箱盖子，他要看看蜂蜜究竟是怎么叫这些小蜜蜂酿造出来的。

轰地一声，莫米尔刚把蜂箱揭开一半，没来得及看清蜂巢是啥样子，一群工蜂黑压压地冲出来把他包围住。紧接着，他的脸、手，凡是没被衣服遮挡的地方，全被蜜蜂袭击了。

莫米尔发出尖锐的惨叫声。

窝棚里的小戴听到惊叫声，跳起来光着脚跳到门口往外一看，心说糟糕，赶紧趿上鞋子，几步冲到莫米尔跟前，将他扑倒在草地上，把自己的外衣脱下来在头顶挥动，赶开蜜蜂。

正像老师说的，蜜蜂不会轻易蜇人，莫米尔脸上手上只蜇了七八个蜂刺，不算多，要是一箱蜂全刺一下，他早就没命了。

就这，莫米尔的脸和手像发起的面，迅速肿胀起来，他疼得大哭大叫。闻讯赶来的人们七嘴八舌，出各种主意的都有，说在肿胀处找到蜂刺，挑刺挤出毒液；还有人建议拧点青鼻涕抹上，说可以止疼。以前，莫乎沟也有人被野蜂蜇过，但具体是咋止疼消肿的，没人说得清楚。

小戴刚养蜂不久，还没经历过被蜂蜇成这样的，慌了手脚，取来清凉油给莫米尔涂抹。清凉油刺激性大，一时没止住疼，却将莫米尔的眼睛熏得睁不开，他哭得更厉害，挨了刀子似的。

莫须有跑来了，他差点没认出宝贝儿子来，要不是莫米尔边哭边喊他爹，他真不敢相信，儿子被蜜蜂蜇得这么惨。

有了爹这个支撑，莫米尔底气更足，哭得越发凶。

莫须有束手无策，儿子身上哪儿都不能碰，一碰就锐利地尖叫，他只好把气撒在小戴身上，怪他没看好蜂，蜇了莫家的命根子。这怎

老戴没想到莫须有会这么过分，他愣怔了，也
不问问蜜蜂蜇莫米尔的原因，就将蜂箱踢翻，太过
分了。

么得了，莫米尔可是他莫家唯一的全乎人了，全靠他给莫家传宗接代
呢。莫须有大发雷霆。

小戴有口难辩，气得呼哧呼哧喘粗气，还想与莫须有理论，他哪儿
是莫须有的对手。幸亏老戴采地软回来，把儿子扯到一边，忙给莫须
有陪不是。

老戴话越软，莫须有心越硬，他不好当面对陪不是的老戴下手，
气没处撒，竟然一脚踢翻了跟前的蜂箱，差点把蜂箱摔破。真要是蜂
箱破了，蜜蜂不是好惹的，周围的人都得挨蜇。

老戴没想到莫须有会这么过分，他愣怔了，也不问问蜜蜂蜇莫米
尔的原因，就将蜂箱踢翻，太过分了。老戴瞪圆双眼，看着怒气冲冲
的莫须有，心想自己从到莫乎沟的那天起，说话做事小心翼翼，你莫
须有要打狼，我陪你去受罪，并且陪到最后只剩下一人，难道你一点
脸面都不给？老戴气得胸部一鼓一鼓地。可是，他咬紧牙还是把火气
压住了。说啥也是自己的蜂把人家的孩娃蜇成这样，再有理由，也是
人家孩娃受了疼痛，真要吵起来，他恐怕占不了上风，反而会把莫乎
沟的人都得罪尽。

老戴尽量装作语气平和地说，看这事弄的，没想到么。别的事咱
先不追究，还是赶快想法弄点尿泥给孩娃涂上，尿能解毒……

莫须有吼叫道，扯蛋，尿泥多腌脏，能涂在脸上！

老戴说，那就……弄点奶给孩娃涂上，奶也能止疼消肿，只是没
尿泥来得快，牛奶、羊奶都成，当然，人奶最好……

花菇子放牧归来，闻迅赶来，从人缝钻进去，一把扯住哭叫的莫
米尔就走。莫米尔跺着脚不愿走。花菇子说，快走，带你去涂羊奶！

莫米尔这才哭哭啼啼地被花菇子扯走。莫须有嘴里骂骂咧咧地
也跟着走了。大家一看，没戏看了，三三两两地散去。

老戴望着走远的莫须有背影，听着他越来越微小的骂声，一个人

在蜂箱前站了很久。

对面坡坎人家的屋顶上，中午的炊烟升起、落下。慢慢地，有人骑马赶着羊牛从山坡上放牧回来了。

老戴感觉腿脚麻木，头顶的日头不是春天的，倒像是夏天，烫得他头皮灼疼。他这才转身，走向窝棚。

小戴一直愣怔地望着父亲，等待着一场斥责。他发现父亲的眼里起了大雾，像一层苍老的浮云，将父亲慢慢地淹没了。

突然，父亲打了个冷颤，猛然转身，没瞅儿子一眼，也没丢下一句责怪的话，径自走进窝棚。小戴抬头看看天，太阳的光芒白晃晃地刺他的眼目，他觉得眼前白花花一片，一瞬间，变成一片闪耀着星星的黑幕。

七

花菇子一直想买些花布，给自己做身花衣裳存放着，一旦哪天莫米尔带她下山，她就把身上这该死的黑衣服脱掉，换上花衣服。公公莫须有把她装扮成一个黑寡妇样，还说她男人的病不能穿别的颜色，会冲掉治愈的念想。她还年轻，路还很长，不想一辈子都裹在黑衣服里，没有一点鲜艳的色彩。

花菇子恨死了这身黑衣服，它像桎梏，紧紧地锁住了她的欢笑和梦想。看着自己的男人在家像道鬼影似的晃动，花菇子心里忍不住悲哀，自己的命怎么就这么苦呢，嫁了个死人一样的男人！男人两年前踩断树枝摔下来时，看着没受啥大伤，笑起来眼睛还眯眯、甜甜的，不说话不做事一点都看不出有问题。可他却是个活死人。花菇子嫁到莫家是为给她哥哥换亲，她的婚姻完全掌控在父母手里。相亲时，花菇子觉得这个男人长得端庄，心里当时还是很满意的。她娘家在莫乎沟更深的山里，从来不知道山外是什么样子的花菇子从有了心事开始，

> 花菇子在早晨和傍晚投下的影子，都超出了她每日走动的范围，这是她的命，她受着，在她内心里，却时时刻刻都想着改变这个命呢。可她抗不过命，一次又一次地被父母送回婆家，甚至不让她回娘家。

唯一的心愿就是走出大山，看看外面的世界，想知道山外到底是什么样子的。她们那里有人到山外去过，花菇子没有，父母不让她出去，说一个姑娘家，懂得做家务就行了，别的，不需要知道太多。她的很多信息都是靠货郎传递的，再有，就是到山外去过的人回来说的，他们说山外的人长得好光鲜，穿的衣服漂亮极了。花菇子跟父母闹过，她要跟别人出去长见识，可是父母坚决不同意，她只能想，以后结婚了，她一定要让自己的男人带她下山见识外面的世界。莫米尔的哥哥来相亲时，一句话都没说，只是笑，笑得花菇子的心乱了，更重要的其实还是当时媒人说的一句话，说莫乎沟离山下近，日子不苦。离山下近，这对花菇子太有诱惑力了，所以她没有推却就出嫁了。谁知嫁过来才知道，男人不光脑子摔坏了，还是个废物。花菇子这才知道上当，她哭过闹过，跑回娘家，母亲流着泪对她说，这就是你的命，谁也代替不了，只有你自己去受。

花菇子在早晨和傍晚投下的影子，都超出了她每日走动的范围，这是她的命，她受着，在她内心里，却时时刻刻都想着改变这个命呢。可她抗不过命，一次又一次地被父母送回婆家，甚至不让她回娘家。花菇子流过的泪水差点把她淹死，要不是弟弟莫米尔的一句话，使她看到希望，她连死的心都有了。花菇子一直被莫米尔答应她的话支撑着，不然，漫长得没有色彩的日子，怎么熬得过来呢。后来，莫米尔的老白马受伤被宰杀叫大家伙分吃，莫米尔因为没有马骑，连学暂时都不去上，花菇子觉得自己的希望要熄灭了，没了老白马，她这辈子岂不是无法看到山外的世界了？她正在绝望时，莫须有又给小儿子驯一匹新座骑。这次是匹枣红色的儿马，年轻气盛，可年富力强，恶狼绝对追不上它，但是，怕莫米尔驾驭不了，得驯服一阵子才能骑。所以，花菇子的心里又重燃起了希望，莫米尔给她许下的诺言还是会实现的。花菇子心里埋下的种子又重新发芽。

　　可是，花菇子没钱买花衣服，在公公家，她没有挣钱的机会。但她从来没抛弃自己的梦想。

　　货郎收购地软的消息，给了花菇子一个实现梦想的机会。莫乎沟最高兴的就是花菇子了，她觉得天大了，沟谷开阔了，吉里格郎河的水流得欢了，山上林子里的野果子花也开得艳了。

　　花菇子趁放羊时，到林子里去捡地软。她不用担心羊跑丢，羊是最温顺最听话，也最软弱的动物，像她花菇子一样，是命中注定任人宰割的，并且，它们不会因为自己的命运抗争什么。

　　捡地软需要极大的耐心。地软是水分很大的菌类，喜欢潮湿阴暗，没有了露水的滋养，强烈的太阳一照，会收缩起来躲进草丛里，不好寻找。

　　花菇子对自己的婚姻认命，可捡地软时，花菇子却没有认命的澹定，显得很急躁，一伸手就想捡一大堆，一捡就是一大筐。然后，拿到只有她一人知道的深山里，找个人难爬上去的大崖石摊开凉晒。她知道崖石上没有地软，不会有人上去。等地软晒干后，再用花呀草呀盖上偷偷弄回家藏起来，等货郎来收。

　　可是，一切都没花菇子期望的那样。地软很不好捡。有时一上午只能捡到一小把。快到中午时，找不到地软，花菇子坐在开满鲜花的野果子树下，花香浓郁，有很多蜜蜂飞来飞去，在花的香气中急匆匆地采蜜，它们顾不上树下常常发呆的小女人。羊们散落在花菇子周围安静地吃草，偶尔抬头望着主人，咩咩地叫几声，另一处同伴回应几声，然后又埋下头满足地啃鲜嫩的青草，根本不能为主人分担一点点忧郁。

　　花菇子坐上一阵，叹口气，仍然去捡地软。

小戴好些天没喝到父亲做的地软疙瘩汤了。他不知道父亲最近怎么了，每天早早起床就上山，却捡不回一把地软。看来，地软是越来越不好捡了。

八

春天是牲畜发情的季节。递递眼养的那匹大种马这阵子就没闲过，它干的绝对是体力活。看上去，递递眼比他的种马更辛苦，那对眯缝眼更细小，还有了明显的黑眼圈。种马配种又不要他递递眼上，纯粹是瞎操心，他担心种马配多了质量不高，人家的母马怀不上驹。能不能怀上驹，只能怪马，关他啥事！

小戴这阵子起得早些，站在河边装做洗脸，眼睛却斜对面的坡坎，那里是递递眼的家。在他家屋前两个竖起的横杆前，每天早晨，种马都要给别人家母马配种。

往往，看着种马举起两只前蹄，搭到母马身后时，小戴就不敢看了。他怕别人看到他在远处窥视配种，会难为情。其实，没人会注意到他。就像没人注意到，在高高的山上树林子里，老戴顶着晨雾去捡地软，却常常空手而归。

小戴好些天没喝到父亲做的地软疙瘩汤了。他不知道父亲最近怎么了，每天早早起床就上山，却捡不回一把地软。看来，地软是越来越不好捡了。小戴现在知道为什么父亲做的饭那么香了，不仅仅是父亲的手艺，更重要的是汤里掺了地软。父亲是在莫乎沟人都开始到山里找地软时才告诉他这个秘诀的。可现在小戴喝不上地软疙瘩汤，想起那味道，馋得他流口水。

这天早晨醒来后，看时间尚早，小戴独自一人上山，他想去捡些地软，做疙瘩汤喝。他想父亲大概是真的老了，眼神不好看不清地软，他年轻，眼睛尖，会找些地软回来。

小戴不怎么上山，冷不丁上来一次，发觉地气热了，山上的雾很大。被露水燃起的雾在林子里弥漫开，人一走动，带动云雾在周围飘荡。雪白色的雾汽中，粉的、桃红，还有白色的花儿在枝头若隐若显，更有动听的鸟鸣声，好像在身边，又好像离得远了，飘忽得很，感觉进入天上仙境一般。

太阳从东边的山头探出来，被雾隔离开，只能像个稀黄的玉米面馕饼一样，有气无力地蹲在山顶，像被粘住似的，半天起不来身。可是，太阳透过浓雾，把热量洒向天上人间，能使在地上行走的人感受到晚春的温暖。

小戴在浓雾中的草地上翻找了好久，才找到一两片地软。他不甘心，一直往林子深处走。

冷不丁，小戴看到前面雾汽里有摇动的影子，他以为是前阵父亲他们要逮的狼，惊得差点叫出声来。透过浓雾再看，却是两个人影。小戴躲到一棵树后仔细看了许久，看到了类似于递递眼家屋前的情景，不过，他没看清那两个人是谁，就悄悄地逃走了。他怕人家看到他，这种隐秘的事，他感到难为情。

小戴在这个春天的梢头，再没喝上一顿地软疙瘩汤。

夏天到了。

山里的夏天不是太热，但有点闷。如果早晨去吉里格郎河舀上一碗凉水，冲上老戴家刚摇出来的蜂蜜，如果赶上的是槐花蜜，一口气喝下去，这一天全身都喷涌着一股清香味，清爽，一点都不会觉得闷热。

这个季节，荆梢花开得满山遍野全是紫色，冷不丁看上去，沟沟坡坡紫得惊人。荆梢花虽然没别的花那么香，但它有股药材的味道，有人着凉咽喉疼痛，掳把荆梢花回家烧水煮了，喝上三五次就能见好。

莫乎沟最香的花，当属槐花。虽说槐花期已过去半个多月，但现在摇出来的却是槐花蜜，香气全在蜜里，不用尝，闻着香味就能泌入肺腑里，更别说喝上一口了。

这是养蜂人最兴奋的时节，可这阵子老戴的情绪却不大稳定，他在缓坡上守着一个半人高的洋铁桶，无精打采地摇蜜。小戴头戴纱帽，默默地打开蜂箱盖，轻轻拎起一块蜂板，忽然间迅速一抖，把蜜蜂抖落在蜂箱里，抽出蜂板，到早就准备好的空箱前，用柔软的毛刷轻轻地刷下残留在蜂板上的几只蜜蜂，送到父亲手里。老戴用刀尖小心地剥去蜜蜂用蜂蜡封住的蜡盖，将蜂板插进洋铁桶中的摇蜜机里，有一搭没一搭地摇着手柄。几次，小戴拿来了好几块蜂板等在旁边，父亲还是一点都不急，他好像打不起精神，有时摇着蜜会望着一个地方发呆，脸上的表情就像抹了一层薄薄的蜜，有点甜的意思。有时，看上去心神不定，不断把蜜摇洒出来。老戴的这种心不在焉使小戴心里不悦，以前，小戴摇蜜时要是洒丁点蜜，老戴忍不住会心疼地说，看，洒出好几滴，蜜蜂采蜜多不容易，一只蜜蜂每天来回飞上十趟，也采不上一滴蜜，你洒的，顶上百十只蜜蜂一天的劳动了，说过多少遍，劲要均匀，桶放正喽。现在，老戴对自己洒出来的蜂蜜看不到眼里，倒是小戴，偷偷地把桶调整放平稳过几次。

老戴却没把儿子的举动看在眼里。可是，这阵子老戴却空前的大方，天热后，他专门备下一只大老碗，谁来都可以冲上一老碗槐花蜜，免费给大家解暑。

大人来喝过一次两次，就不好意思再来，孩娃们不同，见天就在河边和蜂箱周围打闹，动不动拿碗从河里舀来清凉的水冲蜂蜜喝。这里面少不了莫米尔，上次被蜂蜇后，有一阵他不敢靠近蜂箱，见蜂就躲，一次和孩娃们玩时，被老戴看到，他没有因为那次被莫须有踢翻蜂箱心里一直不痛快，给莫米尔脸色看。相反，他叫住莫米尔，给他冲了一杯浓浓的槐花蜜。莫米尔尝到了甜头，很快忘记了被蜜蜂蜇过的疼痛，他喝得最多，老戴也不计较，对莫米尔还很照顾，给他的水里加的蜂蜜比其他孩娃多。可是每次见到他，老戴都要问他今年多大，不知都问过多少遍了，每次记不住似的，一看见他就问年龄，不问像失了职。莫米尔不在乎老戴问多少遍，反正他问他的，能喝上蜜水就行。

趁莫米尔喝蜜水时，老戴爱和他拉呱几句，又问他的坐骑驯得咋样，开秋后就能到山下去上学了等等。莫米尔最烦人问他上学的事，这个春天、夏天没去上学，他不受任何约束，更不用背书写字，自由自在，他想一直过这种日子，可他爹莫须有不让，说这个学期赶不上趟，开秋后继续下山去，还从三年级读起，非要小儿子读书读出息不可。

读书不一定就能出息，哪有这么简单啊。老戴望一眼摇蜜的小戴，叹息起来。

莫米尔喝完一大碗甘甜的蜂蜜水，抹抹嘴说，那你当我爹吧，我就不用上学受罪了。

老戴吭哧笑了，这话要叫你爹听到，不打烂你崽娃的嘴才怪呢，爹哪能随便给人当的！

莫米尔垂头丧气，不吭声了。

老戴摸摸莫米尔的头，问他，你嫂子——花菇子，她最近做些啥呢？

没做啥！

没做啥做啥呢？

莫米尔看着老戴，说，没做啥就是没做啥！

老戴笑了，噢，她不用去山上放羊呀——你家羊吃啥呢？

莫米尔说，羊吃草啊。这几天我爹放羊哩。

那花菇子咋不去放羊？

她不舒服，天太热，吃不下去饭，她老说没胃口。我爹还说她害懒病，找借口想歇歇。

老戴拿过一个塑料瓶，灌满一瓶槐花蜜递给莫米尔，说，拿回去叫你嫂子冲水喝。喝了，就有胃口了。

过了几天，河边又出现了花菇子的身影，还是那团黑色，安安静静静的。她又来河里提水了。

这天早晨，老戴给小戴交待，今天要把剩下的那几箱蜜摇完，他得去山上转转，看沙枣花开了没有，顺便捡些地软回来，好久没喝地软疙瘩汤了。

一听地软疙瘩汤，小戴来了精神，他想象那一锅地软疙瘩汤的香味，胃里已蠕动开了。他爬起来才摇完一个蜂箱，父亲就急急地回来了，他手里竟然提着一条锄把粗的活菜花蛇，却没见他手里有地软。

老戴兴冲冲地叫儿子看蛇。小戴害怕不敢往跟前凑，老戴说别怕，我抓着蛇七寸哩，它已经不能动了。小戴还是不敢靠近，他以为父亲会把蛇送给递递眼喂种马，可父亲却将菜花蛇剖开，掏出肠肚，在河里洗净炖上了。

小戴这才明白，好长时间没吃肉，父亲要把蛇当肉吃。可他心里发憷，根本不敢动吃蛇的念头。

菜花蛇炖熟后，老戴根本没叫儿子吃，说蛇毒有危险，他反正老了，吃死算球。老戴一人将蛇吃光了。过后，也没见他中毒。老戴很高兴，地软也不捡了，过几天就去山上抓蛇回来炖了吃，只是他一直不叫小戴吃。蛇的毒性很复杂，万一哪天中了毒，谁也搞不准啊。

小戴胆小不敢吃，他连一点蛇汤都没喝过。

偶尔，小戴想起父亲只顾抓蛇，不再捡地软给他做疙瘩汤，心里便有种酸酸地说不出来的感觉。不过，这种感觉不会停留时间太长，因为小戴正一门心思采集蜂王浆。初夏是采蜂王浆的最佳时节，要知道，一公斤蜂王浆能抵百十公斤蜂蜜的价钱，可是老戴不知是咋想的，小戴催过父亲几次，见父亲没有一点采集的意思，他已经从父亲那里

地　软

学会了采集方法，不想错过这个季节，翻出往年采集的蜂巢板，给每个蜂箱里安装。采蜂王浆是个危险的活，因为蜂王浆是蜜蜂采来专门喂养蜂王和幼蜂王的，所以人工采集等于从蜂王嘴里抢食，必须备加小心。小戴将特制的蜂巢板用蜂蜡封好，轻轻插入蜂箱，用移虫针移入一些工蜂幼虫，只等蜜蜂往里面吐蜂王浆了。蜜蜂只知辛勤劳作，它们分不清哪些幼虫会成为新蜂王，只要是大蜂巢，以为是在培养幼蜂王，只管往里喂王浆。过上五六天，小戴等蜜蜂们出去采花蜜时，便打开蜂箱取出特制的蜂巢板，割开蜡盖，用小镊子夹出肥白的伪蜂王，再用毛笔小心翼翼地刷它的身体，伪蜂王会慢慢地吐出蜂王浆。当然，每只伪蜂王只能吐出一丁点。就是说，采集一公斤蜂王浆，不知要放入几千只伪蜂王，耗多少时间和精力呢。小戴有这个耐心和时间，反正，除正常清理蜂箱和摇蜜外，其余时间，小戴都用来采集蜂王浆了。

这天中午，老戴又吃完一条蛇后，去后坡的荆梢丛撒泡尿，拍着圆鼓鼓的肚皮打着饱嗝从蜂箱前经过，突然心血来潮掀开身边的一个蜂箱，想看看这箱蜂是不是该分窝了。分窝就是一窝蜂繁殖得太多，一个蜂箱装不下，得分成两箱养，这很正常。

可是，这天不知怎么回事，蜂群见到老戴像受到什么惊吓，突然间炸窝了，蜂王领着守在蜂箱里的所有蜜蜂，轰地一声，像太阳爆炸成金黄色的碎片，密密麻麻地冲出蜂箱，在老戴头顶盘旋，不是去寻花采蜜的忙碌样，乱糟糟地嗡嗡叫着，似一条金黄色的布带，在空中飘来飘去。最后，它们在河边的一棵柳树杈上落下，挤成一疙瘩，并且越聚越大。

老戴这才反应过来，蜂王受了刺激，它要造反了。

在老戴的养蜂生涯中，曾碰到过类似情况，有时产生了新的蜂王，与老蜂王争权位，会分成两派，也就是分窝，这很正常。可眼下的情形很见少呀，老戴再三观察那个蜂箱，里面是空的，连一只幼蜂都没有，根本不可能有新蜂王。看来不是分窝，而是炸窝，它们不再回这个蜂箱了。

不能白白损失一箱蜂。老戴急了，唤儿子拿来一个萝筐，里面洒上糖水，他抱着萝筐爬到树上去收蜂。

如果老戴当时明白一个道理，就不会那么惨了。蜜蜂灵性得很，它们最怕蛇和狐狸之类有腥骚味的动物。老戴吃了蛇肉，满嘴喷着蛇腥气，已经刺激了蜜蜂。起初蜂王以为蜂箱里进了蛇之类的异物，为保护自己的子民，自然是不再回那个蜂箱了。但老戴不知道是自己吃了蛇肉大脑处于兴奋状态，一时转不过弯来还是咋回事，嘴里竟然喘着蛇腥味爬到树上去收蜂。结果，他刚上去，那一大疙瘩蜂没被萝筐里的糖水所打动，又炸了，有些飞奔而去，有些继续留在树杈上，还有一些突然扑向老戴，有他的脸、手、胳膊，凡是没被衣服遮掩的地方狠劲蜇了一番。一时间，柳树下落了一层为此付出生命的蜜蜂，同时落下的还有惨叫的老戴。他的叫声像极了挨刀的牲畜。

小戴吓坏了，扑上去抱住老戴，想把他扶起来。老戴像条抛在岸上的大鱼，挣脱开儿子，凄声叫着在地上打滚。

闻讯赶来的几个人，全都束手无策，眼看着老戴像发起的面团，突然间就胖了。他的脸像个挂满霜的大面瓜，慢慢地连眼睛都找不见了。

小戴大哭起来，求人们给他挤些牛奶或者羊奶，救救他父亲。

有人抬头看着天上火红的太阳说，这个时候牛羊都在远处的山上放着哩，一时半会回不来。远水解不了近渴。

老戴忍住惨叫，对小戴吼叫道，快——弄尿——尿泥，再慢——就等着收尸——

蜜蜂的毒液要是散发到鼻孔，肿胀起来堵住进出气的地方，还不把人给憋死了！

小戴略微犹豫了一下，在地上用手刨出一堆虚土，浇上自己的尿，用手抓着尿泥，先是往父亲的手上涂。

老戴破口大骂，先涂嘴和鼻孔。

小戴哆嗦着，把热乎乎的尿泥涂到父亲嘴、鼻子、眼睛上。

几个人帮小戴把依然惨叫的老戴抬回窝棚。大家安慰瑟瑟发抖的小戴，只要人还在嚎叫，就没事。

小戴在父亲的叫声里，渡过了一个非常难熬的下午。

天快黑时，老戴渐渐不叫了，叫了一下午，他也累了，该睡会了。小戴怕出意外，不敢掉以轻心，正不知咋办时，花菇子突然来了。她听说老戴被蜂蜇了，送来大半桶刚挤下的羊奶。上次，莫米尔被蜂蜇了，是她给涂的羊奶，好得还算利索，所以，这次她放羊回来听说后，立即挤羊奶送来。

老戴睡着了。花菇子简直不敢相信自己的眼睛，这个面目全非，被尿泥涂得脏兮兮的人，就是老戴。她胆子小，没等老戴醒来，把羊奶交给小戴，急急地走了。

小戴抱着半桶还冒着热气的羊奶，望着花菇子匆匆离去的背影，回想刚才花菇子看他的目光躲躲闪闪竟然空洞无神，他第一次感觉花菇子的目光是小孩子的，只有小孩才有这样的目光，仿佛什么都包含其中，却又像被掏空了一切，也许是成为小孩之前的目光，空荡荡的什么也没有。小戴的心像被谁用手拨动了一下，慌乱地跳动起来，他痴痴地一直望着花菇子黑色的身影，消失在对面缓坡的尽头，半天没回过神来。

小戴抱着花菇子送来的羊奶，围着肿胀的父亲转来转去，不敢往父亲身上涂奶，焦躁地不知该怎么办才好。

天刚黑下不久，老戴突然醒来，又喊又叫，疼得他又抓又挠。小

花菇子没对老戴说一个字，她黑色的身影在屋里
进进出出，忙着自己手头的事情。倒是莫须有说了不
少不着边际的话，老戴听着心烦，赶紧走了。

戴怕父亲抓烂脸，又不能控制父亲的手，就找根绳子，把他的手绑在床头。老戴清楚儿子这样做的道理，可人在疼痛中，心里急躁，没有理智，他一边挣脱绳索，一边破口大骂儿子不孝。

小戴忍了好久，对父亲说，天快黑时花菇子送来半桶羊奶，说上次莫米尔涂上很灵，要不给你涂点奶试试。

老戴嘎地一声停住叫骂，让儿子赶紧给他涂羊奶。涂完后，老戴再没叫唤。可他也睡不着，他的身体像冬天枝头的树叶，一直在轻轻地抖动。

三天后，老戴的眼睛从肉里钻了出来，接着，他的鼻子、嘴相继回到原位。

这期间，花菇子又来过两次，每次都送来一些热乎乎的羊奶给老戴消肿。

戴家父子深受感动。

随着脸上消肿，老戴也慢慢平静下来，他不再骂小戴，看着不会做饭的儿子已经学会给他做疙瘩汤了，虽然没他做的地道，可他吃得很香。老戴吃着，想起好久没给儿子做地软疙瘩汤了，心里忽然泛起一丝酸楚和愧疚。

老戴能下床走动后，从蜜桶里舀了满满一塑料桶槐花蜜，亲自送到花菇子家，说了不少感谢的话。

可是，花菇子没对老戴说一个字，她黑色的身影在屋里进进出出，忙着自己手头的事情。倒是莫须有说了不少不着边际的话，老戴听着心烦，赶紧走了。

九

夏末，山上的野杏黄了，大人孩娃边放羊边爬到树上摘野杏吃。林子里还有别的野果子，像山桃、稠李子、刺梨之类也能吃了。这时

的山里像个大果园，随便爬上一棵树，就能采摘下一堆好吃的。在这些野果子里，只有野苹果还没成熟，才鸡蛋一般大小，青青涩涩的。前两年就因为山里有好多野果子，外商才看中这些果子的绿色天然，要开发，路也修了，结果，这些野果子最终还是没能被弄出去加工成果汁，因为这些野果子皮薄核大汁少，经济价值不高，另外就是量少，不能适应大规模商业生产，所以，修完路那年，山里的野果子被大规模采摘过一回后，就再也无人问津了。这倒便宜了莫乎沟人，路修好了，野果子还是留给他们自己吃。

这时候，因天气干躁，基本没有下雨，没了露水，草丛间很少能找到地软。货郎上山来收过两次干地软，说山下要货的人多，催大家多捡点。可地上不生，哪怕你放着一大堆钱，也只能干瞪眼，谁拿大地都没法子。

没地软捡，老戴老大不高兴，整天吊着个脸，见谁都不说话。庄子里的人很奇怪，都说老戴上次叫蜜蜂蜇坏了脑子，原来多随和的一个人，见谁都乐呵呵的，怎么变成像谁欠他一屁股账赖着不还似的。小戴也纳闷，父亲好像对什么都失去了兴趣，不照管蜜蜂，也不见他捡地软回来，唯一叫他还能有兴致的，就是抓蛇。隔三岔五，就到山上抓条蛇回来炖了吃。老戴还说，上次那么多蜜蜂没把他蜇死，不光是他命大，其实是沾了吃蛇的光，以毒攻毒，如果不是他体内存有蛇毒，蜂毒早要了他的老命。

老戴的命最终坏在蛇上。他抓蛇时被一条乌梢蛇咬了，还没抬到山下，就咽了气。

小戴失去了支撑，他疯了似的，哭得死去活来，惹得莫乎沟的人陪他流了不少泪水。可是，谁也没法还给小戴一个父亲。他们帮小戴把死去的父亲埋在莫乎沟山头坟场里。正应了老戴那句话，他留在莫乎沟不走了。

埋藏老戴后不久，老天突然降了一场秋雨，连绵下了几天，山上林子里有了浓浓的湿气，草丛中又生出了地软。莫乎沟的人尝到了地软能够换钱的甜头，停下手头其他活路，顶风冒雨钻进山林里去捡地软。

小戴坐在窝棚门内，望着外面天空中的雨丝发呆。

父亲死后，一向沉默寡言的小戴更加沉默，他一人待在吉里格郎河西岸，与任何人不相往来，如果不是几十个蜂箱和那个窝棚矗在缓坡，人们都快忘记河对岸还有一个人存在。

秋雨使一切能发霉的东西全发霉了。小戴不想连他自己都发霉，他跟着莫乎沟的人也上山去捡地软。这个时节，山上虽然开满了大片的野菊花和荞麦花，但因为气候变凉，蜂王为保存自己，繁殖量大大减少了，专门司事采蜜的工蜂只有三四个月寿命，大多寿终正寝，采蜜量急剧下降，小戴没必要整天守着蜂箱。当然，小戴捡地软不是交给货郎换钱的，他只想煮地软疙瘩汤喝，夏天之后，父亲到死再没给他煮过地软疙瘩汤，待在这小小的山谷里，他除了看蜂，就只能想父亲，而父亲留在他心里的，还有地软疙瘩汤的味道。

转遍山上的树林子，小戴连地软的毛都没捡到，他空手往回返时，顺手摘了个野苹果啃。野苹果个头已经不算小了，吃到嘴里却是苦涩味，小戴越嚼越觉得不对味，怎么野苹果里有山梨的酸涩味，难道，野苹果窜味了？他抬头望着野苹果树，树是一色的绿，浅绿浓绿，看不出有什么异样。他想着下山后找人问一下，难道野苹果一直就是这种苹果不苹果、梨不梨的味道？

还没容小戴找人问野苹果的事，莫乎沟出了件大事：花菇子怀孕了。

花菇子咋会怀孕？她男人是个废物，原来大家不知道，只知他脑这下，花菇子怀孕的消息传开，大家都很惊愕。

有人私下猜测，难道是莫须有强行下的种？

子有问题，从外表看和正常人一样，他又从不做伤害他人的事，大家只知道他有点傻而已，不知道别的。花菇子嫁过来后，慢慢地有闲话传出，大家才知道花菇子的男人摔坏的不仅是脑子，更要命的是摔坏了男人的命根子。要不，都一年多了，怎么不见花菇子的肚子大起来。

这下，花菇子怀孕的消息传开，大家都很惊愕。有人私下猜测，难道是莫须有强行下的种？

不可能啊，要是他扒灰，早就扒了，花菇子嫁过来这么久，他不下手，等大家都知道他大儿子是个废物，他才扒灰，不是打自己老脸嘛。

不可能！莫须有没这么傻。可是，花菇子的肚子大了，这是谁干的呢？

没有不透风的墙。莫须有听到别人对他的议论，气急败坏，逼花菇子说出是谁下的种，他告诉花菇子，只要她说出是谁的种，他能原谅那个做下坏事的男人，毕竟是自己儿子不行，苦了花菇子，但得还他这个公公一个清白。不然，他可冤屈死了，以后没脸做人呐。

山里人把名声看得比命还重。

可是，花菇子的嘴就跟她身上的黑衣服一样死沉，任莫须有怎么问，她就是不说，从她嘴里撬不出一个字来。莫须有气急败坏，想出个恶毒的招来，这天一大早，他将花菇子绑了，推到吉里格郎河水流急喘处，用绳子系在岸边的柳树上。

秋天了，天气凉，吉里格郎河的水依旧来自高山雪水，冰凉刺骨。

莫须有要那个给花菇子下种的男人自己站出来承认，不然，他就让怀有身孕的花菇子在刺骨的河水里浸泡着。

莫米尔跑到河边，哭叫着要救花菇子，被他爹一把推开。莫米尔不知从哪儿来的勇气，对他爹又踢又打，嚎叫着要他爹放花菇子上来。

莫须有一巴掌将叛逆的小儿子打翻在地。

莫米尔哭着爬起来又往家里跑，去找他哥哥，叫他承认花菇子肚里的孩子是他的。他哥冲莫米尔眯眯笑着，任他说什么都点头。莫米尔哭得一塌糊涂，他知道，没用的哥哥是没法帮这个忙了。

递递眼见莫米尔奔来跑去，哭得嗓子都哑了，还说风凉话，看这小屁孩良心叫狼吃了，不帮他爹，倒帮起丢人显脸的小嫂子呢。

莫米尔朝递递眼冲过去，拳打脚踢。递递眼不好跟小孩娃闹，只得躲开。

好多人看着可怜的花菇子在河水里瑟瑟发抖。一些妇女劝花菇子说出那个男人，还她公公一个清白，可花菇子目光茫然地望着天空，上下牙冻得打架，她咬着牙就是不开口。

妇女们又劝说莫须有，别叫花菇子遭这个罪，老天爷看着呢。她还是个孩子！

莫须有颤声道，我不这样，谁还给我清白！

大家都说，我们都信你，还不成吗？

莫须有摇头，泪水在他的老脸上纵横。

快到中午时，花菇子已经冻得撑不住了，她跌倒，又爬起来，要不是拴在树上的那根绳子，她早叫河水冲走了。

那帮妇女挤在河边不走，看着河里可怜的人儿，哭哭啼啼地求那个男人快点站出来承认，不然，要出人命了。莫米尔的嗓子都哭哑了，几次要冲进河里去救花菇子，都被莫须有给抱住了。

小戴在自己的窝棚里走来走去，心里替花菇子焦急，他是山下来的外人，别说劝莫须有，连到河边去看的资格都没有。说不定他去了河边，还会挨莫乎沟人的骂，认为他是在看莫乎沟人的笑话呢。

可花菇子很无辜，为啥要她遭受这个罪？秋天的河水冰一样凉。小戴不由自主地打起冷战。他不停地掀开门帘看河那边的情景，缩回头又狠砸自己的脑袋。从早晨花菇子被推进河里，一直到中午，小戴没吃一口东西，也没喝一口水，他满眼都是花菇子在河水里瑟瑟发抖的样子，他也跟着全身发抖，心里乱糟糟的。

河那边莫米尔的哭闹声，一阵紧似一阵地传来，把小戴的耳朵塞得满满当当，使他痛苦不堪。他蹲在窝棚地上，抱着脑袋，一会砸，一会往床架上碰。

猛然间，小戴站起身来，他不砸自个脑袋也不碰床了。他从靠墙根的蜜桶里舀了满满一大碗槐花蜜，掀开窝棚门帘，急迫地向河边跑去。

他的心里突然间打定主意，他要把这碗槐花蜜当着众人的面，喂花菇子喝下去。

失败者之歌

霍 艳

张小雯接到母亲电话时，刚结束了一场不成功的活塞运动。

她枕在男人的手臂上，用舌尖舔着他身上渗出的细密汗珠，像动物般讨好，回想起以前那些年轻男友每次完事后都立刻抽出手臂，不耐烦地说："多咯啊"，她一阵厌恶，他们为了一时快活，或者说是一刹的颤栗，承诺给天给地，然后将身体的重负全压在她身上，等到一切归于平静，他们最先抽回的是手臂，一个倚靠都吝啬。

她想，男人才是最自私的动物，以争斗、求欢、享受为目的而生存。

身边的男人同样自私，他不许诺任何天长地久，却对枕臂这种小女生才会提出的把戏从不拒绝，他懂得对女人施予小恩小惠就能换来她们表面不屑却暗自发誓的死心塌地。在情人和妻子间的来去自如，

焦虑是这个城市的流行病，谁没点焦虑就仿佛与滚滚前进的
时代车轮脱了节。两半都在拉扯她的头发，要将她劈开，她感到
自己的偏头疼又要发作了，头顶上一块巴掌大的头皮针扎般刺
痛，紧接着就是坏脾气的爆发，为了克制，她拂去男人贴在她胸
口不安分的手，摘掉胸前的掉发，从床上一跃而下，用最后一吻
在男人额头上轻轻定格。

得益于他成功的人生历练，毕竟他已年近五十。

"你回不回来吃饭？这都几点了也没个电话。"沈蓉蓉电话里一副
质问的语气，自从她退休在家，就全面掌控了张小雯的生活。

"回来，我买点熟食带回去给我爸喝酒，你就拍点黄瓜吧。"

"不用管他，张功利离家出走了，你回来就行。"沈蓉蓉即将挂断
电话前，又补了一句："还有，现在黄瓜都四块钱一斤了，跟鸡蛋一个
价，你家吃不起拍黄瓜，我也养不起你们。等你爸回来以后他伙食归
你管，你们爱吃黄瓜爱吃西瓜都随便，以后别惦记跟我这白吃白喝。"
通话时长完美定格在五十二秒，把每月的通话时长严格控制在神州行
优惠套餐的额度内，是沈蓉蓉生活的一门绝佳艺术，但她总是无缘无
故地发脾气，像一个"嘶"被点燃的煤气罐，随时都有爆炸的可能。

张小雯的心有一半沉浸在对这场性爱失败的不满里，另一半则被
父亲的离家出走引发了焦虑，焦虑是这个城市的流行病，谁没点焦虑
就仿佛与滚滚前进的时代车轮脱了节。两半都在拉扯她的头发，要将
她劈开，她感到自己的偏头疼又要发作了，头顶上一块巴掌大的头皮
针扎般刺痛，紧接着就是坏脾气的爆发，为了克制，她拂去男人贴在
她胸口不安分的手，摘掉胸前的掉发，从床上一跃而下，用最后一吻
在男人额头上轻轻定格。

"我先走了，家里有事。"

"我送你？"

"不用，你再休息会儿，把房退了吧。"

张小雯对着镜子整理衣服时，男人从后面一把钳住了她的腰，用
胡茬在她耳边蹭了蹭，试探性的口吻："这次对不起，要不下次我试试
吃药？"

整整三秒钟的时间，她的脑子在高速运算着答案，她不知道这算
不算对她的一次考验。

失败者之歌

"不用了，下次会好起来的。"她转过身，头贴在他的肩膀上摩挲着，像只乖巧的猫。她吐出答案，用腰部的受力感受对方对这个答案的满意度，果然，男人把她搂得更紧了一点，她在两个人狭窄的缝隙里松了一口气。

迈出快捷酒店大门，正是北京最拥堵的时段，张小雯开始后悔自己的懂事，为给男人省钱她只去快捷酒店的钟点房，为给男人省力，她拒绝接送，结果连一辆出租车也拦不到。踏着为了约会才穿的九厘米细高跟鞋，她跳上了一辆拥挤的300路，她想父亲离家出走应该也选择公共汽车这种交通工具吧，他从不舍得打车，坐地铁也是晕头转向，连对公共汽车的印象都停留在二十元月票全市通行的年代。张功利与外面的世界像两条并行不悖的平行线，所发生的联系越来越稀薄，除了从新闻联播里知晓领导很忙外国很乱，他所有的资讯就都来自于为了给沈蓉蓉换购赠品食用油才订阅的《北京晚报》。他每天的生活是以下午四点钟为分界线，四点之前期盼报纸，四点准时拿报纸，四点之后认真看报纸，他贪婪地阅读报纸上每一个字，像要把它们吸进眼睛里，这些年有了老花眼的征兆后，他拿了个断柄的放大镜看，连寻人启事也不错过，张功利后来变得对寻人启事的写作手法颇有研究，他指给张小雯看："你看，这个写得一点特色没有，老北京的黑布鞋几十万人在穿，其中穿白衬衫的又有几万人，其他什么特征也没有，连个老人照片都没登出来，这找起来岂不大海捞针？以后我要走丢了，你就写身高一米七，平头，肚子和身高不成比例，右侧下巴有一块缝合痕，记得不要写'必有重谢'，到时人给找到了，你给人一千自己觉得挺重，人家觉得瞎耽误功夫，还不如一毛钱没有，突然冒出一千，有个意外惊喜呢。"

张小雯感到自己站在这拥挤的车厢里快要窒息了，急着去上夜校的白领咀嚼着韭菜盒子，齿缝里冒出一抹翠绿，修筑地铁的民工身上有惨白的泥点，指甲的形状因重物击打扭曲变形，穿着校服的短发女孩的手从长发女孩的腹部向上延伸，仿佛不经意碰到她馒头大小的胸部，她们还含苞待放的胸部让张小雯想起一种零食——旺仔小馒头。青春期初始她对这种女生羡慕不已，不用穿勒紧的胸衣，含蓄驼背做人，接受男生的指指点点。她的胸部发育简直可用"急促爆发"来形容，连续几晚那个地方都涨得厉害，一寸寸地耸高，沸腾的血液在体内奔涌，厚重的校服都掩盖不了她的与众不同，她穿着母亲从百货商店买来的白色纯棉束胸衣，低着头一个人沿着路边的盲道孤独地前行。

张小雯遭遇了前后夹击，前面一位大妈弥漫着生肉味道的环保袋顶住了她的胸口，后面穿着白衬衣的男人，用右手握着 IPHONE4 刷微博，左手在她身后蹭着，一会儿是后背，一会是腰，还一度蔓延到了臀部，张小雯几次用眼神示意，无论是瞪是瞥，都起不到震慑作用，无意中她瞥见他微博的名字——五十米深男，三千多条微博，七万多个粉丝，认证信息是一家早教机构的负责人。

一个急刹车，所有乘客身体前倾，司机咒骂见缝插针的红色 POLO 是二奶车，乘客纷纷纠正二奶早开 MINI COOPER 了，混乱中，男人趁机在张小雯的屁股上捏了一把，她那条丝质的短裙将臀部曲线包裹得浑圆而敏感，她感到男人五个手指受力不均，所有的力量都集中在大拇指上，而小拇指上的指甲却深深扎入她的肌肤，是这种刺痛感激怒了她。

深深地吸了一口气，张小雯转过身来，一巴掌，五个手指受力均匀，狠狠地拍到了男人的脸上。

"你这个加 V 的臭流氓！"

成功集中了所有人的视线，男人的目光怒不可赦，用眼神撕裂她的身体，张小雯开始感觉到自己身体不断在坠，腹部有一个铅块在向下拉扯她，胸口处、两腿间都因紧缩而滚烫，眼泪和血液同时渗出，

失败者之歌

本该在酒店大床上释放的压抑，直到此刻才找到了迸发的管道，倾泻而下。

　　张小雯第一次例假也是伴着眼泪开始的。

　　小学四年级，她是班上第二个来例假的女孩，沈蓉蓉说那是张小雯贪吃太多炸鸡腿的缘故，街心公园一到周末就有游医坐诊，沈蓉蓉拉着女儿的手，坐在了一个面容祥和的老太太面前，说我们孩子怎么这么早就来月经了？医生问了问她的饮食习惯，找到了原因："现在鸡都是激素催长的，激素促使女孩性早熟，以后管着点你女儿的嘴，你看她都超重了。"将身体努力塞进一件 L 码校服的张小雯觉得医生嘴里的"真相"一点不如她的面相般祥和，相反残忍地剥夺了她吃鸡腿的权利。

　　鸡腿是张功利对她学琴刻苦的唯一褒奖，每天练琴赶上父亲回家，她都嗅一嗅空气里有没有炸鸡的香味，张功利把炸鸡腿包裹在一个蓝紫色的尼龙袋里，随手放在桌子上，那股味道能支撑张小雯拉完一整只奏鸣曲，到技术最难的段落，她就使劲多嗅两下，一鼓作气拉到尾音。尾音往往仓促收场，她甩下弓子，把琴扔在床上，从尼龙袋里翻出鸡腿，用手撕开焦黄的鸡皮放在嘴里咀嚼，鸡皮因为时间久的缘故不再松脆了，露出了淀粉的本质，她毫不介意，继续把肉上的油汁吸到嘴里，来来回回，她才舍得用牙齿咬上一口肉，有时咬得太过用力就能看见骨头上那斑驳的红血丝，她连鸡腿的骨节也不放过，放在嘴里用后槽牙嘎吱嘎吱地嚼着，骨头和她的牙齿相撞击，她甚至发动一场歼击战，一鼓作气消灭里面的骨髓。直到最后她举着完整却光秃秃的鸡骨头来到张功利面前，像是在炫耀自己精心雕琢的艺术品，张功利却说："洗洗手，继续把协奏曲练了。"

　　贪食，让她不得不提早经历女人的煎熬。后来上了高中，班上有

半个月后，女孩真的迎来了人生具里程碑意义的
时刻，她们光明磊落地一起体育课请假一起交换卫生
巾试用，走向了女人最为灼烧的年华。

一个瘦小的女孩从不在体育课请假，不与她们结伴上厕所，女孩们叽叽喳喳揣测她不是她们的同类，只有张小雯固执地相信她是因为贫穷而没钱吃炸鸡腿的缘故，就用一个月的零花钱请她吃了一次肯德基外卖全家桶，半个月后，女孩真的迎来了人生具里程碑意义的时刻，她们光明磊落地一起体育课请假一起交换卫生巾试用，走向了女人最为灼烧的年华。

第一次看见小便池里有血，张小雯觉得自己快要死了，她天生悲观，又记得女孩们在议论班上第一个来例假的女孩时，用了"尿毒症"这个词，不止一个人亲眼看见相连的小便池里，一串鲜红的液体从第一个坑位流向第四个，很快几乎所有女孩都知道了这个秘密，她们对疾病有天生的好奇，不知道从哪里听来了"尿毒症"这种病，像模像样地相互普及尿血是最主要的症状。这个在成长道路上打头阵的女孩原本并不招人喜欢，参差不齐的短发，面色惨白的像一张数学作业纸，学习差到连抄卷子都能抄串了答案，老师每次提问都结结巴巴地拧着衣角，身上的衣服一周不替换，散发出一股酸臭味，她没有母亲，只有一个在钢铁厂上班，满脸横肉用巴掌代替道理的父亲。但自从尿毒症的秘密在班里流传开后，每个女孩都抢着对她好，帮她打饭，送她发卡，连作业都替她写好，她们天真地想她真可怜啊，就要死了啊，学校让学习雷锋做好事啊，会发电光纸做的小红花啊！

可过了一个月，她们发现女孩非但没有死的迹象，脸色还愈发红润后，又开始疏远了她，尤其是看见小便池里依然有血，女孩们都感觉受到了愚弄，只有张小雯固执相信女孩会死的，只不过是尿毒症发作没那么快，但总有一天，她流光身体里的血，就会死掉的。

所以，张小雯最先害怕自己会死，而后是被同学疏远，但这一切的恐惧又抵不上她对母亲责骂的恐惧来得迫在眉睫，每次她弄脏了校服，沈蓉蓉就会狠狠把衣服砸在铝盆里，把水花、泡沫溅在她脚上，

失败者之歌

边洗边骂："小败家子，我欠了你俩的啊，管吃管住还得伺候你们！"

张小雯哆嗦着用脖子上的钥匙开了屋门后，就瘫坐在沙发上，望着破旧的挂钟，等待死亡的降临，钟表的声音一下下敲击在她胸口，这静默世界里的末日倒数感，对一个十岁的孩子来讲，已是最严厉的惩罚。直到日后成人，她也不允许在自己的范围之内，听见钟表指针走动的声音，滴答，滴答，一切要结束了吧。

先回来的是父亲张功利，他的车铃在院子里作响，这个个头矮小却有力的汽车厂工人一下抱起了凤凰二八自行车，支在了家门口，然后推门而入，这个时间，张小雯本应该在练琴。

当他看见琴丝毫没有移动的痕迹，女儿傻坐着时，不高兴立刻写在脸上，他从来不会掩饰自己的心情。

"你干嘛呢？"

沉默。

"你练琴了么？"

还是沉默。

"作业写了么？"

张小雯的沉默终于让张功利从不高兴到不耐烦，她把手放在嘴里，用唾液浸湿手指，因为练琴而必须短而坚硬的指甲被她咬得支离破碎，甲皮已经血肉模糊，她还在努力地尝试从湿润的一个肉刺撕破一道血淋淋的口子。

"起来起来，别坐在这儿，赶快练琴去，你妈回来好吃饭。"

他是把张小雯从沙发上拽到琴凳上的，然后才发现，用旧毛巾织成的沙发布上，有一块殷红的血迹。

"怎么弄得？"他指了指。

张小雯狠狠咬着发白的嘴唇，还是没绷住，一下子哭了出来，用难听的鼻腔共鸣说："爸爸，她们不跟我玩了，我得尿毒症了，我要死了。"

这是张功利在女儿懂事后，第一次把手掌压到她的肚子上，那粗
糙手掌的开裂处贴着蔫卷的胶布，他以肚脐为中心旋转、按压，那聚
集在女儿腹腔的一团凝固的淤血，渐渐地消散开来，流到身体的各个
脏器，张小雯空洞的身体又重新充盈起来，嘴唇也恢复了血色，从抽
泣归复平静。张功利打开窗户，窗子透进来北京城的余晖，温暖、舒
服地洒在她身上，张小雯渐渐睡着了。

沈蓉蓉下班回来时，一如往昔，张小雯在用拉锯的声音演奏着大
提琴，张功利一边焖饭一边坐在板凳上赤裸着上身看《北京晚报》，唯
一不同的是门口枣树的晾衣绳上悬挂着滴水的校服、内裤和沙发布。
她用鼻子哼了一声："哟，太阳打西边出来了！"

那天起，张小雯觉得和父亲之间有了一个秘密。

对于张功利的离家出走，张小雯并不意外，甚至还有几分庆幸。
沈蓉蓉的语言暴力，就像一锅沸水，张功利年轻时还扑腾往外跳，跳
出来抖抖身上的水开始反击，步入中年便明白这是无谓的挣扎，到如
今干脆做一只濒死的青蛙，等着活活被淹没。

在55岁生日前的三个月，张功利选择了辞职，这是他自作主张且
极端秘密的行为，直到他上交了工服，昏天暗地补了三天觉后，两个
女人才明白过来，家里唯一的男人失业了，根本没给她们苦口婆心、
晓之以情动之以理的机会。

张小雯本来赞成父亲辞职，那份工作，在私企打工，正应了《资
本论》所揭示的，资本家以赤裸裸的剥削，占有全部剩余价值为目的。
不光将工厂建在郊区，而且对上班时间也进行了严密的计算，早上八
点到晚上八点算作白班，晚上八点到早上八点算作夜班，一周有一天
休息，其余时间，全花在堵车和补觉上。那几年家里的重中之重就是

让张功利睡个好觉，不许收发快递，不许接打固定电话，不许看电视不许亲戚串门，因为房子狭小，连吃饭上厕所都要小心翼翼，赶上人口普查，沈蓉蓉愣是把老太太拒之门外，他们家成了一个名符其实的孤岛。张功利过着吃了睡，睡了上班，再吃再睡的生活，被珍稀动物一样圈养着，他有了三尺二的腰围和血脂高血糖高血压高的诊断。他没有休闲活动，没有业余爱好，1995 年他开始看足球，那还是甲 A联赛，他一杯茶一根烟看得不亦乐乎，对球员如数家珍，尽管他一个现场都没看过但谁都不否认他是一个忠贞的球迷，但后来为了张小雯中考，家里封存了电视，张功利就连这点爱好也丢了。他没有狐朋狗友，没有婚外情，就像一台高速运转的机器，从十六岁到五十五岁，三十九年持续不断地开动，终于他决定停下来，但不是给轴承上油，而是彻底地歇了。

作为社会主义国家的工人，张功利向资本主义工厂做出过无畏的反抗，财经杂志上报道了公司效益下滑的新闻，并将这归功于大老板盲目扩张的错误战略，这份杂志张功利如获至宝，认真地在老板愁眉苦脸的照片旁写了几个字："血汗工厂，无良老板，望广大工友认清真相，共同反抗"，打算第二天带到工厂传阅。

张小雯半夜爬起来用涂改液把那行话擦掉了，一早又给父亲发了一条语重心长的短信："爸，这个社会就这个德行，我们单位的老板做得比这个还要过分，资本家没有不剥削劳动力的，全世界范围都如此。但人在屋檐下不能不低头，咱要不甩手不干，要不就得顺应游戏规则，没有人是例外的。我希望你不要把杂志传给别人看，大家一看就能认出你的笔迹，只会让你遭遇更多的麻烦，回来吃饭吧，给你买瓶好酒。"也不知是短信起了作用，还是好酒收买了人心，这唯一一次反抗无疾而终，张功利把杂志带回来就跟废报纸扔在了一起，再也没有看过。

忙碌一辈子的张功利突然变得无事可做，不需要
送女儿上课学琴，不需要提前两小时出门上夜班，不
需要换煤气罐交水电费，他变得不再被社会需要，于
是口口声声称自己也不需要这个社会。

　　刚开始，张小雯乐意父亲清闲，睡觉、读报、看电视。

　　但接下来她发现这三件事成了张功利生活的全部，这是一个可怕
的发现，他除了这三件事，外带抽烟喝酒上厕所这些零碎以外，其余
什么也不做，什么也不肯做，不洗衣服不做饭不负担任何家务，不逛
公园不养宠物不迈出北京一步，甚至连下楼都尽量避免，电梯间里碰
见老邻居，问他今天休息？他不自然地笑笑说是啊，刚下夜班，撒谎
的技艺日渐娴熟。连他必读的报纸都是两个女人出门时一并带回来，
整齐码放在床头，他才肯动动手指漫不经心地翻一翻，其余的时间，
他只做两个动作——发呆和睡觉，既是完成时 ed 又是进行时 ing。

　　沈蓉蓉不许张功利在屋里抽烟，说自己是长期二手烟受害者，于
是他发呆时，就斜卧在床上，眼睛朝着天花板转来转去，或者死死盯
着木地板的一点，目光茫然而僵硬。

　　更多的时候，张功利生活在黑暗里，无论在任何时刻，他都可以
轻易地垂下眼皮，阻挡光线的入侵，如果光线太过刺眼，他就干脆翻
身把脑袋埋在枕头下面，脖颈上的汗渍粘在枕头上，他后背的线条不
够流畅，曲线在腰部突然拐出一个弧度，背部的毛孔随着他沉重的呼
吸扩张得厉害，黑色的污垢藏在小洞里若隐若现。他用入睡来拒绝与
世界对话，很多时候他并没有真的睡着，沈蓉蓉把电视声开得很大，
尤其是突发了新闻，他总是扭动一下身体想爬起来一看究竟，可他忍
住了，把头向枕头底下又埋了埋，强迫着自己真的沉入黑暗。

　　忙碌一辈子的张功利突然变得无事可做，不需要送女儿上课学琴，
不需要提前两小时出门上夜班，不需要换煤气罐交水电费，他变得不
再被社会需要，于是口口声声称自己也不需要这个社会。

　　张功利对于找新工作只进行了短暂尝试，就宣布放弃，他把电话
打给了开公司的二哥，几番虚情假意的关心后，对方明确表示自己公
司没有适合他的职位，张功利明白这无关学历无关薪水，他被自己的

146

亲哥哥认为是一个没用的废人。于是愤怒地挂断电话，严肃地向家里两个女人宣布："以后亲戚聚会，谁也不许去！"

亲戚聚会，一年到头只有春节一次，每当电视上演兄弟几个为拆迁房大打出手，张功利除了觉得好笑，也有几分羡慕。他们兄妹五人，关系淡漠，母亲在他十六岁时去世，父亲立刻与一个寡妇结合，当起了倒插门女婿，迅速和五个子女撇清关系。几个兄长各自成家立业，只留下张功利和二姐相依为命，很快二姐也做了人妻，他就不再去打扰，一个人窝在六平米的小平房里学会了抽烟喝酒，最难熬的日子是春节，他不想却不得不跑到二姐家里吃一顿饺子，然后又迅速撤退回自己的天地，在鞭炮的轰响中，把头埋在枕头下面沉沉地睡去。第二年，在文革接近尾声，已无需响应知识青年上山下乡的口号的时候，张功利报名参加了插队。

他将孤独，以及与社会的疏离感遗传给了张小雯。

她孤独，不喜热闹，怕生人，用一个无形的气场笼罩自己，每年的春节聚会，无论亲戚用糖衣炮弹如何引诱她，她也摆出一副刘胡兰似的凛然嘴脸不为所动。

"小雯，跳个舞吧，不跳可就没有压岁钱了。"亲戚们举着花花绿绿的钱在她面前挥舞着。

"背首诗也行，你小哥哥现在都会背十首诗了。"

她说我不会也不想，就孤零零地坐在角落里，看着兄弟姐妹们各自表演乖巧，她从不附和，也颇不以为然，只是觉得他们傻得可怜。

张小雯有些恨自己的亲戚，拆迁时，一间被张功利从六平米扩建到九平米由他们三人居住的潮湿低矮的平房，却第一次把亲戚们从京城各个角落在非春节时段聚齐。他们商讨着如何把户口迁过来，如何编一个完满又催人泪下的谎言为自己争取一份利益，那天，张小雯破例被允许不用练琴，沈蓉蓉被差去端茶倒水，张功利作为一家之主在角落里闷头抽烟，仿佛他们讨论的与他无关，他看着哥哥姐姐们为了拆迁补偿吐沫横飞，各怀心事，他黯淡的眼神像是一个等待着猎物被瓜分完毕的弱者，乞求着一点残羹冷炙。

最后协商的结果，因为户口都在，张小雯一家分得了一间地理位置偏远的独居，张功利以此为代价为二姐争取了一套市内的两居，由二姐拿出十几万来补偿其他兄弟，二姐是唯一在春节给他端来一盘热饺子的人，这份现在看来很轻薄的恩情，张功利在1999年涌泉相报。

张小雯继承了父亲的沉默、坏脾气，却没继承他感恩的心，对于人际关系，她字典里就四个字：互相相欠，随着北京房价的疯涨，这愈发昂贵的回报代价让张小雯长了记性：欠了得还，不如不欠。

成长过程中，她没有什么朋友，也无需帮助，唯一一次，她没带课堂作业，学习委员帮她向老师撒了一个小小的谎。为了报答，期末考试时，张小雯给正在啃铅笔的学习委员扔了一张纸条："你哪道题不会，我告诉你答案。"

纸条即刻被老师查获，虽然作弊未遂，她的成绩也被降分处理。

拿到成绩单，鲜红的"60"和无意中瞥见学习委员的"90"，让张小雯第一次感到了耻辱，她把卷子团成一团恶狠狠地塞到了书包里，还不解气，她的手不由自主地伸向书包，来回撕扭着那张薄纸，在勇敢地撕开第一个口子后，她就大胆地把卷子撕成了碎片。回家的路上，她把一书包的碎纸片分几次倒进了不同垃圾桶里，完美地毁灭了证据。

张小雯不是沈蓉蓉口中的"狼心狗肺"的孩子，她觉得自己欠父亲的这辈子也还不上。

沈蓉蓉总是把张功利喂张小雯吃奶，喂到吐的段子挂在嘴边，张小雯反驳说："那是怕我饿着。"她想起在她二年级的时候，她哭着回家说在学校没吃饱，老师只肯给她两个包子，第二天课间操，她在伸展运动里，透过腋窝看见父亲正在跟班主任据理力争，张功利和穿着高跟鞋的班主任看起来差不多高，他涨红了脸来回地比划着包子的大小，还威胁再不给女儿吃饱，他就去找校长找教育局。下了课间操，老师把张小雯单独留了下来，她说："你没吃饱么？你可以好好说，你让你父亲来闹是什么意思？再说一个女孩吃三个包子像什么样子。"

张小雯每当拿出这个事情举例，沈蓉蓉鼻腔发出"哼"的一声不屑："那你长大别嚷嚷减肥啊，每一块肉都是你爸给你喂起来的，对得起他你就再胖点，嫁不出去你就让他养你一辈子，你爸不是说了么，你要嫁不出去他砸锅卖铁也养活你。"

张小雯坚信张功利不会骗人，他在小学时承诺如果她肯学琴，他就包办全部家庭作业。但这个诺言无法兑现是因为小学生的作业已经让高中被文革中断的父亲无从下笔。他只能像头勤劳的黄牛背着琴带她上课、排练，这辈子张小雯唯一见到父亲卑躬屈膝是他面对琴课老师，他赔笑着帮忙搬老师家里的蜂窝煤还义务充当观众，他变着法从沈蓉蓉工作的大酒店里搞来进口的果汁孝敬老师，那些液体里漂浮着饱满的果粒，张小雯能想象它们在她舌尖跳舞的优雅姿态，脚尖敲击她的味蕾，她拉拉父亲的衣角："爸爸，我也要喝。"

"没有了，这玩意十几块钱一瓶，回家我给你买罐酸奶。"

尽管十多年后，张小雯跟沈蓉蓉对当年家里的全部收入除了维持温饱以外都用来花在这名不副实的上层建筑上，而没有用来买房颇为后悔，但学琴为她辞职以后的生活提供了一份保障，她变成了一名兼职的大提琴老师。

男人就是在教琴的过程中认识的，是公司以前业务往来的客户介绍，他带孩子在咖啡馆见面聊了两次，给她点了一杯芒果星冰乐，而自己坚持喝美式咖啡，简单几个问题，就开着别克商务把她接到家里。

男人的别墅在四环边上，是北京最早一批富人的投资，张小雯后

> 张小雯认出孩子身上的 T 恤是 baby dior，裤子
> 是 gucci，连一双雨靴都是 burberry 的，她捏了捏自
> 己皱巴巴的裙角，想起小时候最幸福的就是每学期末
> 可以捡姐姐穿剩的衣服，那些衣服不再是幼稚的卡通
> 图案，而是胸口点缀着蕾丝花边领口做出巧妙设计的
> 半成人款服装。

来从两人的交往中总结，财富集中在少数人手里，不无道理。

每次琴课，他都坐在旁边听，不时给孩子鼓励，琴凳上的女孩，才十岁，有异于常人的洞察力，而他，已经年近五十，晚来得子才倍加珍惜，所给予的是一切物质享受，张小雯认出孩子身上的 T 恤是 baby dior，裤子是 gucci，连一双雨靴都是 burberry 的，她捏了捏自己皱巴巴的裙角，想起小时候最幸福的就是每学期末可以捡姐姐穿剩的衣服，那些衣服不再是幼稚的卡通图案，而是胸口点缀着蕾丝花边领口做出巧妙设计的半成人款服装。还有和衣服配套的红色尖头皮鞋，鞋头因为穿旧的缘故有些掉漆，但这已足够让她耳边回响着高年级男生的口哨。

男人保养得很好，根本看不出年纪，要不是回家的路上，他们无意间聊到她的父亲，他说我跟你父亲差不多是同一拨人，只不过我赶上了高考，又趁热出国改变了命运，我要是早点结婚，孩子都跟你一样大了。

后来他们都认为这并不是一个好的开场白，尤其是对情人关系来说，年龄的差距让他们彼此应该敬而远之。

但二十多年的鸿沟阻止不了两人身体的靠近，在相识的第五个礼拜，他送她回去，车上他突然抓住她的手，她犹豫了一下没有抽离，然后他把车停在路边，两只手一起握，掌心渗出细密的汗珠温热且潮湿，她闪电般地抽搐了一下身子，他们用眼神交换了一种信息：要用青春交换沉稳，就迅速抱在了一起，他故意用胡茬蹭她的耳朵，痒痒的，随着他动作的深入，她像吃了迷药一样扭动着身体，他紧紧地抱住的是她挣脱不开的他的灵魂。

如果有最佳情人的评比，张小雯当之无愧，对于物质，她不主动索取，不贪婪，对于生活，她不轻易打扰，不介入，她连短信都发得客客气气，称呼一声"李先生"，在周末干脆断了联系，坚决不给对方

家庭制造涟漪。她甚至考虑辞掉那份报酬丰厚的音乐教师工作，她可以在见不到他的时候相敬如宾，却做不到单独相处时还守身如玉，她怕在戴着无辜面具的孩子面前被一个眼神就出卖了秘密，那个眼睛眯成一条线永远一副没睡醒模样的小女孩，分明对世界洞若明镜，她是她母亲派来监视他们的，一定是，每次琴课结束，她都扑向父亲的怀抱冲她狡黠地眨眨眼睛，像是在说这个男人是我的，你抢不走。

但那股成熟的扑面而来的男性气息，那宽大臂膀的坚实拥抱，让张小雯又控制不住在这段感情里沉沦。

每次男人抱她，都有一瞬张小雯灵魂出窍。

记忆中父亲从来没抱过她，连肌肤相触的机会都少有，唯一就是她发烧时，张功利那双布满老茧的手才肯在她额头上短暂停留一下感受温度，所以张小雯并不是因为可以请假而盼着发烧，她甚至愿意顶着40度的高温，去学校坐上一整天，这样她会得到父亲最多的关怀。

她喜欢男人从来不讲甜言蜜语，那无非是为了给性激素释放铺垫的一腔废话，更重要的是，张功利就是这样对她始终保持沉默，没有鼓励没有责骂没有褒奖，除了上学前的"注意安全"放学后的"写完作业练琴"，他吝惜嘴里每一个字。

张小雯为了引起父亲的注意，总是将事情做得极端，她一会儿极端用功，轻而易举考到第一，一会儿极端放纵，趁大家体育课潜回教室，把每个人铅笔盒里的东西乾坤挪移。她十岁时自告奋勇独自背琴去排练，结果琴被磕了一个口子，张功利气得操起角落里的扫把就打她，她却产生了一种快感，受虐待却被重视的快感。她有一次在床上提出让男人打她的屁股，像父亲的责打一样，带着恨铁不成钢的快意。

男人对这个要求措手不及，下手的力道分不清轻重。那也是张小雯唯一一次在男人面前流泪，男人手足无措，以为自己下手太重，在家里他从不舍得打孩子一下。只有张小雯知道，在这种欲罢不能却不清不楚的关系里，她真的是让父亲丢脸了。

她哭够了以后就让男人平趴在床上，腿跨坐在男人腰上，眼睛贴在他的皮肤上，仔细地寻找宝藏。

"你找什么呢？"

"黑头。"

"呵，我每天要洗两遍澡，哪来的黑头？"

张小雯颓然地从男人身上跌了下来，是啊，男人爱干净，身上总是散发着古龙香水的味道，哪里容得下黑头藏身？张功利就不同了，他是工人，用积攒的肥皂头洗澡就是爱干净的表现，他因大量出汗出油而被撑开的毛孔里，总藏着黑色的颗粒，被张小雯发现后，挤黑头就成了父女之间最好的互动。张功利坐在床边看报纸，张小雯就跪在他身后，一寸寸肌肤掠过，寻找下手点，当她如获至宝发现一个黑头时，先提醒父亲忍住，然后两手指甲不停变换位置挤压，有时候黑头埋得太深，她不得狠狠下手，指甲印深深镌刻在他的后背上，张功利就发出"嘶"地一声，变换一个姿势，却不抗拒。

沈蓉蓉在这个家里扮演一个奇怪的角色，她比任何人都尽心尽力，却进不去父女的攻守同盟，这个同盟的意义在于张小雯要保护父亲不受母亲的伤害。张小雯总是选择性记忆，她记得张功利大冬天给她洗校服满手老茧裂开，用白色胶布裹了一圈又一圈，却遗忘每当弄脏内衣裤，都是沈蓉蓉用冰冷的水一遍一遍淘洗干净，她为家庭做出所有的努力都因那张刻薄、犀利的嘴而被抵消。

她不知这是否算是家庭暴力的一种变形，但沈蓉蓉那张释放着毒刺的嘴，在张小雯看来深深刺痛了父亲，这张嘴在父亲辞职后变得更加肆无忌惮。她以前不是这样，在大酒店上班时她负责整理客房，进入脏乱的房间，她第一件事情就是找放在枕头上的小费，如果是美元她一天的心情都会明媚。有些客人会故意把大面额的钱放在奇怪的位置，比如床底下，果盘里，抽水马桶盖上，她碰也不敢碰，哪怕觉得遭到了愚弄，还是得沉默地打扫房间里的每一个角落，临走前她把那张应得的美钞在洗脸池边铺平对折，在鼻子上嗅了嗅美国的味道，塞在上衣的口袋里，这些钱在家里最需要钱买房的时候她都没拿出来过，藏在一个废弃的饼干盒里，她打算给女儿去美国读书时用。

等高考结束以后，沈蓉蓉就认清女儿并不是读书的材料，她只考上一所二类大学的中文专业，张功利大张旗鼓地开了一瓶红星二锅头说要庆祝女儿考上大学，沈蓉蓉安慰自己说四年好好学，毕业以后还是可以申请去美国读研究生。她就这样把美元又攒了四年，从 10 的汇率攒到 8 最后跌到 6.8 时张小雯毕业了，女儿平庸的成绩让她彻底绝望了，她排队在中国银行把那些美元统统换成了港币，带着全家去了一趟香港，终于呼吸上了资本主义的空气，她嗅了嗅香港的空气，有着和美元一样的清香味。

沈蓉蓉在五十岁的时候就过上了退休生活，本来她拎着两盒燕窝去跟领导申请能再继续多干几年，但领导还是坚决用自己老家的亲戚顶替了她的职位。

"蓉蓉啊，你五十岁了，享享福吧，不要一辈子的劳碌命。"

"我还干得动，而且我干得也不错，从来没有投诉。"她低头看自己的脚，大脚趾的丝袜破了，露出一小块紫色的淤痕，那是她有一次在客房被突然打开的门掩到了脚趾的痕迹，掉了半片指甲，淤血在剩下的半片指甲里化不开，逐渐长成了一朵紫色的小花。

"你知道现在涉外饭店那么多，入住率都不高，咱对面就新开了四季酒店，你退休了国家就能养你一辈子了，不要给饭店多增添负担嘛，你们虽然工资不高，但福利、医疗保险总归还是一笔花销。"领导瞥了瞥墙角的燕窝，超市货色，"我就不瞒你了，单位的政策是，能雇佣临时工的绝不留正式工。"

话已至此，她不再争取，临走的时候拿走了那两盒燕窝，她要拿回去给女儿补补身体。

那天是十五号，沈蓉蓉领到了最后一个月的工资，1785 元 4 角，她用 5 元的零头给自己买了一包进口的卫生巾，等待着像之前三十几年一样，女人最受罪的那天降临，她要从这天开始对自己好一点。等过了 24 点，她最后一次上厕所，发现卫生巾上还是洁白如雪，沈蓉蓉拼命祈祷着有些事情不要发生，有些事情却发生得猝不及防。

绝经以后的沈蓉蓉像许多更年期妇女一样一刻也容不得家里安静，仿佛对安静天生恐惧，她必须靠两张嘴皮上下翻动，制造出喧闹的动静才安心，这局面在张功利辞职后愈演愈烈。

"你就知道睡，你怎么不睡死过去啊！"

"你吃完饭连个碗都不刷，活着还有什么意义！"

"你神经抽了吧，每天发呆能发出财来？"

"张功利，这三十年我算看清你了，你就是个没用的废物，不赚钱还想着从我这坑钱，我告诉你，你现在没工作，还想抽烟喝酒，门都没有！"

这一连串的祈使句，让张小雯想不明白是爱是恨，才能让沈蓉蓉的话里句句带刺，明箭伤人，她有次听不下去推了沈蓉蓉一把，让她闭嘴，让她给父亲留下做男人的尊严，沈蓉蓉反过来给了她一脚，塑料拖鞋踢在她的小腿肚上，张小雯还击，她又给了她一巴掌，打在女儿的胳膊上，她的手掌已经被岁月划满了伤痕，粗糙而坚硬，像个男人，肿大的指关节刮在人皮肤上像硌着的一枚石子，她已经有十几年戴不进去那枚蓝宝石戒指。

战斗不分胜负，沈蓉蓉使出杀手锏，宣布离家出走："你们一头是吧，好，我走，我饿死你们！"

张功利不是不会做饭，他能把菜炒得有滋有味，他也不是对吃毫
无要求，他能分辨出糖醋排骨的甜味足不足，他就是懒，沈蓉蓉离家
后他就让张小雯自己买盒饭，他有办法解决，而解决的方式就是用张
小雯吃剩的米饭，倒开水冲泡为稀饭，就着咸菜咀嚼，他将自己的生
活维持在生存下来的边缘。为了能让父亲吃饱，张小雯把饭量自觉缩
小了一半，她开始在聚餐的时候主动提出打包剩饭菜，放在微波炉里
加热杀菌，端在父亲面前，他们像沈蓉蓉在时一样吃得津津有味。

沈蓉蓉返家后，安静了几天，又开始了新一轮的咒骂，没有及时
清洗的盘子，抽油烟机上的污渍，地板上的头发都能成为她的导火索。
这次离家出走的是张小雯，她径直来到了男人家，那是他们确立关系
以后唯一一次在家里会面。

她倒在男人的床上，头顶就是他们的结婚照，那天起她把他太太
的脸印在自己心里，幻想着她们有天邂逅的场景。她有小麦色的皮肤，
高颧骨，宽额头，脸颊点缀着几枚雀斑，嘴唇薄如纸翼。照片里，在
美国的标志性建筑物前，他揽着她的腰，脸上的表情平静，看不出爱
或不爱。

张小雯像是跟这张照片赌气，那天要得肆无忌惮，像童年时吃鸡
腿时的贪婪，她用双膝箍住他的身体，不许他离开，逼着他重复地吻
在她胸上、锁骨上、唇上。她能感觉到男人生气了，他已不再使用唇
和舌尖，而是用牙齿磕在她的锁骨上，尖锐的疼痛。

最后她放开他，趁他去卫生间的时候，躲进了男人的衣橱里流泪，
满满一柜的名牌西服，许多连包装都没打开的衬衫，她想起家里的阳
台上还晾着父亲那几件洗不掉汗渍的衬衣。

疲惫回家，给男人留下狼狈的战场，发现父母终于在看电视的问
题上达成一致，他们共同迷上了家庭纠纷的调解栏目，而几乎所有的

争执都是由房子引起，这让父亲颇为得意："你看，当年没跟他们争，现在落了个宁静吧？"

张小雯总是嘲笑他们在看电视这件事上比上不足比下有余的心理，世界太怪，总有家庭前仆后继地在电视上将家庭矛盾公之于众，换取免费的调解和法律咨询，这为父母乏味的生活提供了乐趣，他们惊喜地发现这世界过得不如自己的人大有人在，有一家五口蜗居在八平方米的，有为争房产，哥哥用牙咬掉妹妹耳朵的，有赌博妻离子散砍掉手指的，父亲笑咪咪地看着，脸上露出知足者的表情。

这是他辞职的第三个月，他的腰围膨胀到三尺二，肚子犹如六月怀胎的妇女，皮带扣到最后一个扣眼还需要缩紧腹部，他已经很难再把头埋在枕头里，因为肚子顶在床上，难以安然入睡。他换了种姿势，把头侧卧在枕头里，抱着被子，盖住自己的肚子，像一块遮羞布。

在插播广告的时候，他起身从厨房倒了一杯茶，罐头瓶做成的茶水杯，铺着一层黑褐色的茶渍，暖水壶里已经没有水了，他使劲摇晃了一下，不漏掉一滴液体，几片白色的碎屑顺着壶壁滑下来，在杯子里漂浮打转，慢慢地沉入杯底，点缀着被反复冲泡的颜色变淡的茶叶，他习惯喝浓茶，劣质的茶叶第一次冲泡的颜色深不见底，直到那茶水的颜色淡到清澈，他才恋恋不舍地把它们泼到抽水马桶里，反复冲了几次，还有几粒泡得发胀的茶叶沾在白色的陶瓷上，他不再去管。

"我跟你说过多少次，不要把水碱倒进来，电视节目都说了，喝水碱会致癌的。"沈蓉蓉用脚趾杵了杵张功利的背。

张功利扭了扭身体，当作回应。

"跟你说话呢，听见没有啊，以后剩的水都倒了，你想得病，我可不想伺候你。"

他吐了一口茶叶在杯子里，调大了电视音量，想要盖住她的声音。

沈蓉蓉往前蹭了一下张功利的后背，接着回力从床上一跃而起，

失败者之歌

抢先一步关掉了电视开关。

"我跟你说话你要不听，就别看电视。"

张功利扒拉开沈蓉蓉的手，要重新夺回电视的控制权，却遭到了巨大的阻力，她的双手牢牢抱着电视的两头，三十二寸的液晶电视，她因为吃素而变瘦的身体勉强能环抱住，这个动作让张小雯想起《动物世界》里的澳洲考拉，也是靠张开怀抱占据着自己的地盘，它警觉四下张望，一旦有人入侵它的地盘，它就怒目而视，撕掉自己憨态可掬的嘴脸。

张小雯在两个人的争夺中，拿到了床上的遥控器，红外线指示灯从沈蓉蓉的腋下穿过，电视唰的一下又亮了，默认的电视节目正直播着非洲动物的大迁徙，三只狮子落后于整个狮群，其中一只公狮明显是受了伤，蹒跚地挪着脚步，母狮和小狮不时地回头张望他，在大草原里他们组成了一个奇怪的攻击系数降低的组合，向南迁移。

张小雯唯一一次在床上对男人提出要求："跟你商量个事，我爸这样下去也不是办法，你给他找个工作吧，看看有什么合适的，别太苦太累，钱少点都无所谓，关键是有个事儿做。"

男人在最亢奋的状态支支吾吾地答应，冲顶的一刻，张小雯倍感沮丧，她觉得刚才的索要，像是一场肮脏的交易。

男人帮张功利找的工作是包车司机，在租赁公司开一辆奥迪接送住在别墅区的老板，见工那天，他特地嘱咐张小雯让他父亲穿得好点。张功利皱着眉头，"什么才算好？穿那么好干嘛，我是开车又不是坐车的"，他翻箱倒柜，只找到一件汗渍不那么明显的短袖衬衫，洗了多次，已变成淡黄色，鼓起来的肚皮支着翘起来的衣角，像一个快胀破的西瓜上蒙着的布。

张功利开车十年，一分没扣，唯一一次罚款还是因为开错了车道，他小心谨慎的性格，在这次见工却发挥了相反的作用。男人把电话打给张小雯，第一个电话她没接到，等再回过去，他不耐烦地说："你父亲怎么回事啊，我朋友让他试试车，他死活就是不开，我这边所有招呼都打好了，钱也谈好了，每月起码四千，早晚接送一下，中午还能回去睡个觉，但他不碰车怎么行啊，你自己劝劝你爸吧！"接着，他又补了一句："真不靠谱"。

这是他第一次对她这个态度，像是给彼此都添了一桩无尽的麻烦。

她挂了电话，补发了一个短信给男人：对不起，给你添麻烦了，我回去再跟他谈谈。她让自己的语气尽量谦卑、懂事。

半小时过去，没有回复。

她开始添了患得患失的毛病，她想他真的是生气了，可他为什么要跟自己生气？她跟张功利是两个独立的个体啊，她只是麻烦的传递者，而不是制造者，他大可从一开始就拒绝这个请求，何必现在摆出一副不堪忍受的嘴脸？想到这里，她反倒开始生男人的气了，但随着等候回复的时间又过去了十五分钟，她的气愤被不安所代替，他会觉得有其父必有其女么？会把她也放在不靠谱的范畴里么？他会借此就渐渐跟她断了联络么？仔细想想，最近他花在她身上的时间确实越来越少。

张小雯用三分钟的时间，在手机摁出七个字：你生气了？对不起。她堵了他的退路，她已经先道歉了，他没有理由不原谅她。

又过去五分钟，期间她倒了一次水，上了一次厕所，叫了一个外卖，努力让时间过得快些，让等待不再是一件难熬的事情。

终于，她收到他的回复，只有一个字：忙。

晚上，面对张小雯的审问，张功利依然把头埋在报纸里，轻描淡写地说："他们让我开奥迪，那车太贵了，我怕给碰了，赔不起。"

失败者之歌

正在做饭的沈蓉蓉举着炒菜勺冲进来，勺上还冒着热气："你不开，当时答应什么？成心没事找事啊？"

这答案并不出张小雯所料，"爸，有保险的啊，保险公司会理赔的啊，你先上手试试不行啊？"

"我看他不是开不了，他就是懒，他连给老板开车都懒，他当时骗咱们给他买车，说周末带咱俩出去玩，十年了，他带过一次么？他这个自私的人，除了考虑自己以外，咱俩算什么？"沈蓉蓉难得把张小雯划归自己阵营。

"我那车是手动档，别人现在都是自动挡，再说北京这交通，每天堵车，这接送人得提前两小时出门。"张功利负隅顽抗。

"你看看我说什么来的，狐狸尾巴露出来了吧，什么怕给碰坏了，他就是懒得出门！你就继续睡，睡死得了，你看看谁家大老爷们跟你似的，一杯茶一张报纸过一天，谁家不去赚钱，就算下岗了也帮着家里做点事，就你，每天跟个大爷似的躺着，让你做什么都亏了你了，所有活就该我做，我命贱怎么？我就该他妈伺候你啊！"沈蓉蓉的声音跟被挑染过得眉毛一起向上挑高。

"你有完没完，该干嘛干嘛去，我他妈上了一辈子班了，我休息休息挨着你事了！"张功利狠狠地把报纸摔在了床上，直视着这个女人，眼里有火在燃烧。

"你他妈休了半年了，还没歇够怎么着，歇得跟只蛆似的，踢一脚嚼蹦一下。"沈蓉蓉咽了一口吐沫，声音尖锐地说："你还瞪我？你有资格瞪我么？你跟粪坑里又臭又硬的石头有什么两样？你扪心自问，这些年你为这个家做出什么贡献了？"一向以勤俭持家著称的沈蓉蓉在骂人的词汇方面毫不吝啬，扭曲的表情和发抖的声音相得益彰。

张小雯的脑袋感觉要炸了一般，她只想着怎么和男人交代，难道说我父亲不会不敢也不学开自动档，他好面子觉得给老板开车丢人，

159

　　"行了，都别吵了，他不上班我养着，我去上班！""失败"这个字眼深深刺痛了张小雯，心底涌起难言的悲凉，她被失败者所生，为失败者所养，做着苟且偷情的勾当，到头来自己也是个 loser。

他觉得每天穿着干净白衬衫出门是种负累？这些理由只会让他瞧不起自己，一个把大提琴拉得宛转悠扬的女孩不应该生在这种不停为鸡毛蒜皮争吵的家里。他会识破她的淡然都是伪装的，她每天活在嘈杂里，有一个聒噪的母亲和一个沉默的父亲，她比谁都要混乱。

　　"张功利我告诉你，前几次找工作不爱搭理你，让你开小区的摆渡车，你怕遇见熟人，让你去当园丁，你嫌中午没饭，让你去传达室值班，你嫌要上夜班，你一工人大老粗除了会操纵个铁疙瘩，你在这社会上还有什么能耐生存？要不是我每天给你饭吃，你早饿死了，你看看你那些亲戚朋友，有一个辞职后管过你搭理过你的么？你不觉得自己活得失败啊，要钱没钱要房没房，当年要不是我把你叫出去，你连这个独居都落不下来。我肯管你因为你是小雯的爹，但你别太得寸进尺了，真以为躺家里我就养你一辈子了，我告诉你该出去找工作找工作去，我家不养吃白饭的人！"所有的愤怒涌到了沈蓉蓉舌尖，根本绷不住，连珠炮似的往外发射。

　　"行了，都别吵了，他不上班我养着，我去上班！""失败"这个字眼深深刺痛了张小雯，心底涌起难言的悲凉，她被失败者所生，为失败者所养，做着苟且偷情的勾当，到头来自己也是个 loser。

　　"哼，你也不是个好东西，上班没几天说辞职就辞职，夹着尾巴做人会死啊？你妈我夹了一辈子了！你跟你爸真是一个模子刻出来的，本事没多少，脾气倒不小，你们要一个战壕，就都给我搬出去住，别让我看着你们来气！"沈蓉蓉的声音像是在咆哮，她的语言像一把尖利的刀子，在房间上飞来飞去，她狠狠地将它插入女儿的胸口，旋转着刀柄，在张小雯将要适应这种疼痛时，她突然调整刀子的角度，把伤口狠狠地撕裂，再捅进去，来回旋转，"现在都给我滚！"

　　水在炉子上沸腾，三个人的心却一点点凉下去，"嘭"张功利把罐头瓶做成的水杯狠狠地砸在了桌面上，杯子里的水碱挣脱茶叶的缠绕，

失败者之歌

漂浮上来，他声音带着怒意和沮丧："雯雯，吃饭！"

"吃个屁，没饭！以后你女儿管你饭！"

张小雯清楚记得自己辞职那天的情景。

那天她复印合同时，发现有一项付款的数字被点错了一位小数点，她在脑子里算了算，大概为公司造成了上百万的损失，她意识到事情的严重性，直接跨级给公司的总经理写了信，她没有得到应有的表扬，而是被叫进了部门经理的办公室。

"怎么回事？"上级指了指电脑上的抄送邮件。

"我只是如实汇报情况，如果这个数字不立刻更正，公司损失会很大。"

"所有的问题，你汇报给我，我会处理，你这叫越级汇报，知不知道？"

"时间太紧了，合同下午就要签了。"

"我不管你有什么理由，总之，你这样是抹黑了整个部门的形象，你想用你的聪明来反衬我们的愚蠢么？张小雯，你这样做得太不高明了。"

对面的女人喋喋不休地重复着职场守则，她像一只被侵占了地盘的母兽，用咆哮恐吓着入侵者，公司里流传着她家庭遭到第三者破坏的流言，没人受得了她的强势。

张小雯舔了舔干涩的嘴唇，一个下午，她打了无数个电话，没顾得上喝一杯水，嘴角翘起了一层白色的皮，她用牙齿够了够，咬到一个角，然后狠狠地把它们撕扯下来，连带着一大块角质层，模糊着血肉，她的唇立刻鲜红一片，舌尖有鲜血的腥味，这刺激了她身体里的兽的一面。

"别废话了，我不干了还不行，在你们看来，所有人的利益都大于

161

公司的利益，你们可以从里面分一杯羹，却不愿为它出一份力。"她虎视眈眈地看着对面的女人，身体里充盈着莫明的勇气"我写辞职信的同时，还会给总部抄送一份你今天的话，我没那么聪明，但你不用衬托就能自证自己的愚蠢。"临推门出去，张小雯还不过瘾，她像一只胜利的孔雀，展开七彩的羽毛，"还有，家里出了问题，自己要多反省一下，男人出轨多半是女人的原因。"

张小雯是带着快意离开了公司，后来她问过男人，如果是你的员工这么做，你会怎么处理，她挑战了你的权威，却替你挽回了损失。

男人的答案出乎张小雯的意外意料，"如果公司是我的，我可以容忍，如果公司是别人的，而我作为上级的权威受到了挑战，那么我会毫不留情的惩罚，效益只对小部分人有效，而大部分人最看重的是规矩，坏了规矩的人才是对公司最具威胁的人。"

丢掉这份工作以后一周，快意消失殆尽，张小雯惊讶地发现她开始掉头发了。

刚开始只是一根两根，落在后背上，时不时地要把它们拾起，到后来她开始害怕洗澡，每次洗澡，从身上捡起的头发就能对下水道造成威胁，她的头皮总是跳跃式的疼痛，分成一片片区域，疼的时候就像有人死命在拉扯这片区域的头发，剥夺它们生长的权力。不到一个月，她原本乌黑浓密的长发就开始变得稀疏，她不得不剪了一个中发，但也阻止不住她掉发的频率，头疼和掉发总是结伴出现，她试了各种偏方，都无济于事。

每次洗完澡，张功利都会蹲在浴室里替女儿把头发捡起来，团成一个团扔进垃圾桶里，他渐渐学会由每天发量的多少来判断女儿的心情。

因为一档中老年电视相亲节目，父母晚上就恢复了平静，这节目

失败者之歌

本是沈蓉蓉先发掘的，接着张功利也看得欲罢不能，每期有三位男女嘉宾，离异丧偶，每个人都有一段悲凉的情史，在专家的帮忙撮合下，彼此选择。

这些中年人，在电视上互相挑剔着，毫不掩饰着对房子和金钱的欲望，户口和独立住房是必要条件，车子和子女独立是充分条件，选择成功需要必要和充分条件相结合。他们每每提到自己失败婚姻时流泪，又把责任全部归于另一方，将"伟大"二字镌刻在自己脑门上。

张功利和沈蓉蓉每次都自作主张给他们配对，他们以五十多年的人生经验来判断谁是真爱谁是逢场作戏，在自己的生活过得一团乱麻时，他们依然乐意对别人的生活指手画脚。

一条短信，打破了因为看节目而恢复的和谐。

张功利不会发短信，准确的说他不会汉语拼音，也不学习笔画法，连触屏手写输入都嫌麻烦，屈指可数的几次发短信都要依靠张小雯。这是张功利的第二个手机，手写触屏智能机，在他单调的生活完全是浪费，他只有在电话铃猝然响起的一刻才充满了人生的盼头，但很快又被保险推销钱币升值的广告所浇灭。他的手机里没有秘密，不像男人那样设置了层层密码，开机都采用掌纹识别。除了几条卖房卖车推销男性保健的垃圾短信，就是逢年过节的群发祝福信息，每每收到，他都要求张小雯替他回一句：祝您也快乐、幸福，张功利。

张小雯享有父亲短信的优先阅读权，这条晚上十点发来的短信内容是：我已住进海军总医院，目前情况良好，明天准备接受化疗，请各位亲友勿念。发件人是董雅雯，张功利的初恋情人。

这段情史也是沈蓉蓉念兹在兹的，过去的版本是董雅雯因为家里反对，没跟父亲结合成，多年后两人在胡同口碰见，人家孩子会打酱油了，心灰意冷的张功利这才经人介绍认识了从外地来京的沈蓉蓉，后者捡了个漏。现在的版本是，张功利被抛弃了，沈蓉蓉无奈接手，从此开始了悲苦的人生。

　　张功利找了张小纸条，划拉了几个字递给女儿，"按上面的回吧"

　　纸条上歪歪扭扭地写着：你若安好，便是晴天。

　　这是在网络被用烂了的签名档，所有恋爱不顺利的女子都用这句话自欺欺人，张功利不知道从哪看见这句话，读了几遍觉得挺顺耳，记了下来，终于派上用场。

　　张小雯还没输入完，纸条就被沈蓉蓉抢了过去，像抓住了偷腥的鱼。"哟，张功利，被我抓住了吧，春心荡漾了吧，觉得人家病了你就有机会了吧，我告诉你，你别发劳什子短信，你直接扑过去，打个包每天跟床前守着，端屎端尿，人家就给你重归于好的机会了，她不是婚姻不顺么，你们还能借机重温初恋记忆，你快点走吧，我求求你了，我没有一天看见你不烦的，你若安好便是晴天，找你的晴天去吧！"

　　没曾想，张功利真去了。

　　一大早，他收拾了几件衣服，趁着沈蓉蓉买菜的功夫，离开了这个家，没拿车钥匙拿了公交卡，像是一次蓄谋已久的离家出走。

　　他先是去了海军医院，没有想象中孤苦伶仃的场景，病房里很热闹，董雅雯的家人和朋友都在，她像女主人一样招呼着大家，病房跟客厅没有区别，除了墙面的颜色惨白和飘着一股刺鼻的消毒水的味道，她很用心地削着苹果，拇指用力，像是要卡在果肉里，苹果皮形成一条完整的曲线，她削完一个就分给大家一个。

　　"老张，你来了，吃个苹果吧。"在削张功利的苹果时，她顿了一下，果皮断了，她有些不好意思。

　　张功利摆摆手，却还是接了过来，他无法拒绝一个病人的请求。

　　他抽烟而熏黄的牙齿咬在上面，留下一个鲜红的印迹，他的牙齿开始有了出血的毛病，不敢吃一切坚硬的物体，但他还是把苹果咬得

> 他抽烟而熏黄的牙齿咬在上面，留下一个鲜红的
> 印迹，他的牙齿开始有了出血的毛病，不敢吃一切坚
> 硬的物体，但他还是把苹果咬得很用力，把牙龈嵌在
> 果肉里，又努力拔出来。

很用力，把牙龈嵌在果肉里，又努力拔出来。

董雅雯把周围的人给他一一介绍，她的老公，她的儿子，她的同事，她的朋友，她显得一点也不孤单，她开玩笑地说生病也没那么难过，大家都凑齐了，连几十年不见的老朋友也突然出现了。

大家簇拥着她进化疗室，张功利站在队伍的末端，他看见被病痛折磨得面目全非的董雅雯努力起身冲他挥了挥手，他嘴角抽动了一下，插在裤兜里的手绞着公交卡，不知怎么回应。

进了化疗室以后，大家像完成了一件任务似的四下散去，电梯里，他们说着这个女人的可怜，在最艰难的时刻还要演出一幕家庭和谐的喜剧，谁不知道，她的老公早在外面有人了，她的儿子因为出国留学欠下一屁股债，她前两年伺候患病的婆婆累得吐了血，才查出癌症的毛病，查出来就是晚期。

张功利想冲出去，重新守在病床前，但狭长的电梯里前面排满了人，电梯门在推进一个截肢的病人后重重地关上了，缓慢的下坠。密闭的空间里，他的眼神只能集中在那空荡荡的裤腿里，病人死死抓住床两边的扶手，侧着脑袋，咬着牙，牙缝里传出哼唧哼唧呻吟的声音，五官因疼痛而扭结在一起，他的病号服上还沾着血迹，像一朵颓然绽放的生命之花。

张功利无处可去。

他变成了这个城市的游荡者。

他提着那个蓝紫色的尼龙口袋，口袋里装着从衣架上扯下来的衣服，张功利发现不小心把沈蓉蓉那条内裤也扯了进来，那条内裤的蕾丝边已经脱丝了，腰围的松紧被沈蓉蓉逐渐变胖的身材撑得失去了弹力，反复的清洗让棉质的内衬起了一层毛球，上面沾染着一点洗不掉的血迹。

他本想把沈蓉蓉的内裤直接扔到垃圾桶里，但最后还是塞到尼龙袋的最下面，他要遮蔽掉这个女人在他生活里的印迹。

张功利太久没坐过公共汽车了，自从有那辆便宜的小汽车代步，他就自诩脱离了无产阶级的队伍。如今，他重返这个阵营，站在这辆拥挤的环城公车里，嗅着别人身上的汗味、狐臭味，汗水滴答滴答地往下掉，浸湿了他的衣服，黏在他身上，他一动不敢动，四周都站着虎视眈眈的人，他只能保持着向上直立的姿势，他感到自己的腿负担不了上身的重量，脊柱一寸寸地被压迫着，他从肚子往下望，望不到自己的脚。

他本不想与人靠得太近，但售票员不断催促着："往里面走，里面空着呢，别堵门口"，他是被后面的人推到车厢中部的，这个位置没有风，只有一群年轻人埋头摆弄着手机，表情时而严肃时而开怀，这长方盒子像带着魔力，操控着他们的神经。

他瞥见前面那个年轻人手里牢牢攥着带脚印的传单：北方置业，帮你安居乐业，帮你创造就业机会。他看了眼地图，公司的地址就在这趟车的下一站，一幢高级大厦的二层。

他跟着年轻人一起下了车，在年轻人举着传单走错路的时候，他甚至想快步走上前去拍拍他的肩膀说：哥们，错了，走这边，我以前上班的工厂就在这里，可惜拆了，盖了这栋大厦，所以没有人比我更熟悉这里。

太阳毒辣，已经习惯了蜷缩在家里的张功利觉得自己的心跳正在加快，他边走边踢着还没铺好的柏油路上的小石子，鞋底却渐渐有了被灼烧的感觉，他前所未有的疲惫，深入骨髓的倦意让他好几次打算停步不前，但眼看他与年轻人差距越来越大，他不得不快步追上他，他告诫自己必须要走下去，错过这一次，他就什么也追不上了。

跟着年轻人走了很多冤枉路，他们才找到了这幢大厦的正门，保安没有拦住他，却拦住了年轻人，"送货的走后门。"

年轻人憋红了脸，挥了挥传单"俺不送货，俺找工作"。

电梯里张功利朝年轻人友善地笑了笑，要感激那张传单把他们聚在一起，年轻人警觉地盯着他，把传单有字的一面贴在自己的身上，他仿佛明白这个一路尾随的中年人是来跟他争一份工作的。

电梯门打开，两个人被引导到了不同的方向，年轻人去了一家会议室，而张功利被邀请到了多功能厅。

多功能厅里已经坐满了人，都与他年龄相仿，一些单独来的男人坐在前面，后面则被一些唧唧喳喳的女人占据，她们往往霸占了四五个座位，用矿泉水瓶、毛线球和环保袋宣告着行使主权，每个松散的小组旁边都围着一个穿制服的年轻人，男人一律是西装领带，女人则是黑色的套裙和一双不搭调的高跟鞋，他们陪她们聊着家长里短，儿女情长，聊到累了，就端来一杯纯净水和一个果盘。

"老弟，您喝水。"张功利的身边不知何时坐了一个身材矮小的中年人，他把自己挤进了一件不合身的西服里，袖口长到手掌，他的掌心攥着一部国产手机，金属色的外壳上沾着指纹和汗水，他用胳膊肘捅了捅张功利。

"您也对这个活动感兴趣？"他看张功利没有接水，就自己喝了一口，"您是来对了，我下岗以后考察了这么多项目，就这个靠谱，您看咱以前也是一个工人，现在不鸟枪换炮了，西服也穿了，皮鞋也蹬了，连手机都是智能的，我女儿说了，下个月带我去趟新马泰，咱劳累了一辈子，也该享受享受了。"

张功利尴尬地笑了笑，他四下张望刚才一起来的年轻人在哪，多功能厅里的人越来越多，每个被占的座位都找到了归属，大家轻车熟路地打着招呼，相约一会儿结束一起去菜市场买菜。那个矮小的男人坚持坐在他右边，用手机蹭了蹭自己油腻的头皮，有一大块已经显出了脱发的颓唐，被头油滋润过得手机外壳显得更加光亮，他对着手机壳的反光面又整理了一下鼻毛，有一根鼻毛突兀地蹦了出来，他往回塞了几次都不成功，就跟张功利借了一把指甲钳，剪短了它，又对着手机壳照了照，露出满意的表情。

突然大屏幕亮了起来，前排的人都正襟危坐，伴随着激昂的音乐，一幢幢高楼在屏幕上拔地而起，接着是第二机场的规划蓝图，北方置业的楼盘正在其中，他们列举了无数个理由来论证这片现在属于河北的土地的终有一天会划归北京，那时候一平米六千的房价就会翻几倍，一万六甚至是两万六！整个楼盘采用低密度设计，绿化覆盖率达到惊人的百分之五十，空气里富含负氧离子，超市医院商铺幼儿园一应俱全，是退休置业的不二选择。

张功利看看左手边的男人，长得很像他以前单位的同事，他掏出了一个小本，记录每一个数据，连户型图都抄在了上面。右手边的矮个男人，眼睛里闪烁着光芒，他不时地捅捅张功利，提醒他注意每一个政策的细节，第二机场的物流仓库正在这片小区的附近，建设者不可能允许出现两次报关这么繁琐的手续，所以这里一定会划归北京的，一定会！附近还在兴建全世界最大的侏罗纪主题公园，到时候丰富的就业机会和井喷式的游客量带来配套设施的完善，这里的房价不可能不涨，不可能！

张功利这时才明白，他来得不是什么招聘会，而是房地产推销会。这个推销会以中老年人为主，坐在前排的都是第一次来的生人，坐在后面的才是会场的熟客，他们轻车熟路地喝着饮料吃着水果，打发掉一上午的时光。

"两位老弟，怎样，不跟我去看看沙盘？"右手边的男人用胳膊肘捅了捅张功利，他不停抖动着双腿，杯里的水溅了几滴在他的脚面上，"要看着满意，我跟公司约一辆车，咱直接去实地考察一下。"

失败者之歌

"那个，我就不去了，我家钱不是我做主。"张功利搓了搓掌心，他的脸和掌心一样发烫，"你知道的，孩子他妈说了算。"

矮个男人还不放弃，"你先看看再跟弟妹说呗，咱一大老爷们有什么做不了主的，再说买这房也是为了咱以后的生活着想，存银行，买国债，你说什么不贬值？有个房才是硬通货，北京的房价跟坐着火箭似的往上蹿，咱以前没预料到，现在还不得抓个尾巴？"

张功利摆了摆手，在两个人讥笑的眼光下，落荒而逃，逃到门口，看见一同上电梯的那个年轻人已经穿上了一件不合身的西服，对着下一拨来看房的中年人们鞠躬微笑。

趁着还没下雨，沈蓉蓉选择去医院取回她的检查报告。

往医院跑，已经成了她每周必须要做的事情，头疼脑热，腰酸背痛，肚子里那颗化不掉的胆结石，都有必要去看一看，开一些药，否则的话年底就凑不够公费医疗报销的额度。

医院来多了，就练就了泰然自若的本领，面对血淋淋的伤痛，沈蓉蓉也能做到不动声色，她像参观一个动物园一样，看着急诊室里被钢筋扎穿肛门的男孩在呲哇乱叫，泌尿科里为憋尿涨红了脸的男人，骨科里骨头脆如面包渣的老人用拐杖狠狠地戳在保姆身上。

她先去化验室取了上次检查的结果，报告上有几个看不懂的加号，她知道加号并不是好的表现。

在妇科门口等候的时候，前面排着一个来做人工流产的女孩，和张小雯的年龄相仿，除了微微隆起的腹部，她身上都是扁平的，一副发育不良的模样，她有些不安，徘徊在妇产科的门口，眼镜塞在兜里，眯着眼睛不时推门向外张望。

直到快要叫到她的名字时，沈蓉蓉才看见男人的出现。

那个男人年近五十，神色有些慌张，沈蓉蓉立刻明白这是她的恋人，不是她的父亲，不然的话她也不会靠在他怀里撒娇，问着"会不会很痛"的蠢话，他轻抚着她的后背，顺着那根在衣服下突兀的脊椎从上往下，"不要怕，不要怕，我给你挂的是无痛人流，忍一忍，很快就过去了。"

沈蓉蓉冷笑了一下，心想当时贪一时快活，何必还在乎这点疼痛，世间哪有只享乐没苦吃的好事？她觉得男人的脸似曾相识，却不记得哪里见过，后来一想，天底下负心汉长得恐怕都是一个样子。她捅了捅那姑娘，"你要不着急，我先进去看了。"

递上化验单，医生又让她脱掉裤子上床，在那张冰冷的只铺着一张薄纸的铁架床上，她坦然地大大分开双腿，医生在她的腹部来回地摁压，力道很大，沈蓉蓉觉得哪里都很痛，但痛得感觉又不尽相同，大部分是压迫性的痛，只有一个地方，痛是从身体里向外发散的，锤击般的阵痛。

"你还有例假么？"

"两年前就停了。"沈蓉蓉退休的那天，就再也没等到血液十五号准时的新陈代谢，"但最近内裤上有点血，所以我说来查查。"

"初步诊断是，你子宫有一个瘤，因为你的肿块已经很明显，而且各项化验指标都不正常，具体还要等一个切片检查才能有确定的结果。"医生撕下一张诊断单："去缴费吧，也不用太担心，这个年纪长东西很正常，大多是良性，平常注意控制一下情绪，多想点开心的事。"

走出医院的时候，沈蓉蓉感觉后背有些不对劲，她身体里有些地方裂开了，她把顺道为家人开的感冒药夹在双腿，用手向后背努力够了够，才发现是胸罩的钩子开了。她已经多年没有买过新的内衣，都是捡张小雯淘汰的胸罩，她没有尺寸的概念，只当是用块花布来遮住胸前两坨下垂的肉。

失败者之歌

在她俯身系好扣子时，才发现，下雨了，还不小。

没有人想到这场雨会下得这么大，这个城市只有在闷热的夏天，老天才可怜巴巴挤出几滴眼泪。

张功利坐在阅览室靠窗口的位置，望着天，觉得老天是有莫大的委屈，才能嚎哭成这样。

他庆幸自己出门的时候带了身份证，才能在雨落下的那刻躲进图书馆里，他在图书馆转了两圈，最后才在报刊阅览室里找到自己最多的同类，他怯怯地问图书管理员："这里能进么？"

"先存包去，有卡么？没卡出示一下身份证。"

张功利把全部的家当塞进了那个狭小的储物柜里，他不会用自动储物柜，找了年轻的保安帮忙，保安轻车熟路地操作，递给他一张打印好的小纸条，"别丢了，凭条取。"他把条摊平了，号码朝里，塞进了上衣的口袋里。

阅览室里有很多跟自己相似的面孔，一样的无所事事，面无表情，他们飞快地翻动着架上的报纸，从《人民日报》到社区报纸，不错过任何一条新闻，他们有的时候趁管理员不在，议论几句当今世界政坛的局势，美国欺负叙利亚为的是石油，中国举国体制拿金牌炫耀的是国力，萨达姆跟卡扎菲的死都是罪有应得。他们的声音总是引得屋子里年轻人的侧目，那些年轻人们看着铜版纸印刷的时尚、体育杂志，他们蹭蹭地翻动着书页，一目十行，掠过关于名牌的广告，只看他们感兴趣的专题：如何在床上讨取男人的欢心？五百块钱打造派对女皇，职场斗法三十三招。这些杂志张小雯的卧室里堆了很多，她像小时候一样把喜欢的衣服和模特照片剪下来，贴在本子上，她说我买不起但饱饱眼福总是可以的。

张功利后悔离家出走时没把自己的水杯带出来，他看着老人们一遍遍起身打水，觉得自己的喉咙也在冒烟，他想去买瓶水可钱锁在柜子里，他从口袋里掏出那张小纸条，他有点老花，得凑得很近才能看清，那张小条上写着：一次使用作废，他决定不再麻烦别人操控这个柜门。后来，他实在忍不住，就冲到了卫生间里，便池刚刚被打扫干净，弥漫着刺鼻的84消毒液的味道，他用手捧起了洗手池里的水，大口大口地喝了起来，他年轻时在工厂都是这么畅快的饮自来水，直到小腹微微胀起，发出喝饱的信号。管子里的水冰凉，有一股不易察觉的异味，他庆幸自己没有被劣质的茶叶熏坏了味蕾，还能尝出那股味道，发涩的苦味。喝完以后，他解开裤子的拉链，对准小便池，用尽量最远的射程排掉身体多余的水分，他瞥见旁边的老人抖了半天，几滴尿液还是抖在了裤腿上，尿不出来的脸胀得通红，喉结里发出"嗯嗯"的声音，那个器官明显退化，像个衰老的浑身褶皱的老头低头蠢在那里，张功利想帮助他，却又无从下手。

雨越下越大，噼里啪啦打在窗户上，张功利想打电话提醒一下家里的门窗该关了，不然阳台会漏雨。摁了几个数字，他就放弃了，他发现电池只有一格电力支撑，每摁一下就消耗一点电量，他只能安慰自己沈蓉蓉会关的，她比他要心疼这个房子。

几乎所有的老人，在五点钟的时候选择了撤退，留下来的只有没带伞的年轻人。

张功利得以霸占所有的报纸，从《文艺报》到《健康报》，从党报到都市报，从国家报到地方报，他第一次感受到了畅快阅读的乐趣。

这乐趣只维持了不到两个小时，管理员就开始擦桌子，收椅子，她用指关节敲了敲桌子，说我们要闭馆了，您明天再来看。

张功利不得不靠小保安打开储物柜的门，他拿回自己的尼龙口袋，像个毒瘾发作的人一样从里面翻出中南海牌香烟，整整五个小时，他都没抽上一口，还在下的雨使他的心情莫名的烦躁起来，他站在图书馆的门口，倚着栏杆，点了一支烟，狠狠地吸了两口，努力让自己平静下来。

一支烟的功夫，他看见了两辆汽车的沦陷，马路上的积水已经没过了车的轱辘，对自己车技和运气自信的人涉水而过，在半路却又弃车而逃。

张功利这时才发觉，家是真的回不去了。

他四下张望，大雨里只能看见五米以内的区域，所有的餐馆都挤满了人，地铁挂起了停运的指示，大胆的私家车飞驶而过时，溅起一米多高的水浪冲到人们身上，引来一阵恶毒的咒骂。

模模糊糊中，他看见不远处"保健足疗"四个字的霓虹灯在风雨中闪烁，他想也没想就冲了过去。

推开狭窄的门帘，一间十平米的屋子里坐着一个女人，四十岁左右的年纪，脸上有厚重的妆，她纹过的眉毛向上挑高，涂着红褐色的眉粉，嘴唇也绣了一圈唇线，让唇部的线条显得很僵硬，她唇上有细密的汗毛，双眼皮胶贴得不牢固，耷拉下来一半，这使得她的眼睛一只大一只小。她穿了一件玫红色的吊带衫，胸部下垂，乳沟向下延伸，腋下的副乳清晰可见，胳膊上有一枚像牡丹的玫瑰花的图案。吊带衫遮不住她的肚子，她腰上清楚地显现一圈妊娠纹，是被撑大又释放掉的脂肪留下的空洞，像一块块白蛇的鳞片。

"大哥，你做什么项目？"她没想到会有生意，放下手里的鸭头，脑花吃掉了一半，把油腻的手在毛巾上蹭了蹭。

"嗯？"

"我们这里有保健，足底和全身推油，足底一个钟六十，推油一个钟一百，您先看看价目表呗。"

价目表就是一张镶了塑封的纸，上面写着"美美保健，让生活更美"。

在接过价目表的时候，窗帘后的屋子里传来一声女人刺耳的尖叫。

"哥，没事，他们玩呢，我们这也有那种服务，创收呗。"女人眨了眨眼睛，假的双眼皮完全脱落，掉在她的睫毛上，她一把就揪起那条白色的塑料甩在了地上，这反而使她的小眼睛多了一份妩媚。她想把手搭在张功利的肩膀上，尽快地开始服务，却被他一个错身，扑了个空。

"我什么项目也不做，我就想躲会儿雨，我按足疗的价格给你钱，雨停了我就走。"张功利有些尴尬，眼睛不知该看向哪里，后来才把目光集中在刮胡镜里，瞥见自己右侧脸那枚曲折的缝合痕，刺眼的白炽灯，给那条疤镶了一层银边。

"哦，你随便吧，别妨碍我做生意就行，这鬼天气一个客人也没有，都死家里不出来了。"

女人继续吃那碗方便面，香辣牛肉味，面里又放了一勺辣椒酱，她两只腿都踩在椅子上，超短裙遮不住里面的红色内裤，吃面的时候发出吸溜吸溜的声音，"你吃么，给你来一碗，不要钱。"

张功利想给女儿发一条短信，他鼓捣半天，找到了短信发送的页面，乱摁了几个字母，只能打出一个"啊"字，他不贪心，只想打出"回不去了"四个字，却比登天还难，他想让女人帮他，又觉得不好意思，在犹豫不决中，手机的屏幕突然黑了，连两只手握在一起的关机画面都来不及出现。

他一点盼头都没有了，脱下湿漉漉的皮鞋，在女人的允许下换了一双蓝色的塑料拖鞋，屋子里的女人一直没有出来，过了一会儿传来了此起彼伏的呼噜声。女人羡慕地说："阿琳运气真好，今天有个包夜的"，她瞥了一眼张功利，这话是说给他听的。

他跟她一起抱着两碗方便面看外面的雨，这是他印象里北京最大的一场雨，隔着玻璃门已经望不到外面的情况，只有雨急速地顺势而

失败者之歌

下，像断线的珠子。屋子里没有空调，电扇转得频率很缓慢，他的腋窝被汗水浸湿了，汗珠从身体的侧面向下滑落，落到那变形的侧腰，遇到了阻碍，堆积在那里，越堆越多，痒痒的，张功利捏了捏自己腹部的脂肪，"真的要减肥了"他想。

张小雯是在网上看见父亲的消息的，那天全北京在这场大雨里沦陷，不断传来被淹没需要救助的消息。

"你给你爸打一个电话，问他怎么样了，今天不回来以后别回来。"沈蓉蓉把一盘动都没动的拍黄瓜塞进冰箱里。

电话没有通。

两个女人什么也没有说，心却提到了嗓子眼里。沈蓉蓉咽了一口吐沫，盲目地换着电视频道，偶尔插播雨势的信息，她就强打着精神看一阵。张小雯在网上不断刷新着最新的求助信息，她按照当年张功利交代的一样，写了一条寻人启事：男，五十五岁，北京人，身高一米七，肚子大，平头，右侧下巴有一处缝合痕，走时拿蓝紫色尼龙袋，穿白色衬衫和黑色皮鞋。有知下落者速与家人取得联系。她想了想还是补上了一条"家人愿意以三千元作为酬谢"。

直到晚上十一点，张小雯在网站汇总的雨情图片里，找到了张功利的身影，他赤着腿，上身湿透，下身用一条白色的毛巾蔽体，穿一双蓝色的塑料拖鞋，和一个陌生女人一起，用一个红色的水盆不断向外淘着水，照片的上方，美美足疗保健的霓虹灯闪烁得刺眼。

第二天上午，张功利回家才知道那场雨死了那么多的人，生命这个貌似强韧的东西，在雨水的冲刷下变得松弛和缺乏弹性，而在一个现代化的大城市被水淹死，在他看来也是个奇迹。

紧接着，张功利又迎来了第二场死亡，死亡这回事就像砸入生活张小雯不高兴地又补了一条短信，带着嗔怒的语气，跟着去了火葬场，在看着那具干瘪瘦小早就失去生命体征的身躯被推进火炉的刹那，她收到了男人的回复：分手吧。

平静水面的涟漪一样，一圈圈地往外阔，在年轻时，每月都有推不掉的婚礼等着庆祝，人过中年，葬礼又逼得人不得不去度量生命的长度。

死的人是张功利的姑姑，八十九岁，因为拆迁与所有人反目成仇，孤独地住在一套两居室里，她死的时候没人发现，直到那天大雨过后物业来检查家里的漏雨情况，才被人发现一具僵硬的尸体。那场告别仪式，张小雯缠着父亲要求出席，冰冷的停尸间，所有人挨个跟遗体鞠躬，大家轮番低下头，和冰冷煞白的脸对视时，她才发现，所有人眼里就像这冰库的空气一样浑浊一片，倒映着贪婪的欲望和无畏的自私，只有父亲眼睛里一片湛蓝的清澈。张小雯发现父亲不可逆转的老了，背已经微驼，本来就不高的身材因为肚子的隆起显得滑稽，两鬓和胡茬都已发白，脸上的皱纹舒展不开，在眉毛处凝结，让人猜不透那层层叠叠密不透风的脸墙后隐藏什么念头。

在停尸间里，张小雯心里涌起一阵悲凉，她给男人发了一条短信，感叹了一下生死的无常，她以前不这样，轻易不给他发短信，后来见面的次数从半个月一次锐减到两个月一次，她就耐不住了，采用短信轰炸战略，时不时在短信息里还发点脾气，总是逼着对方说出自己想听的话，男人最不擅长的甜言蜜语却成了治愈她不安的良药。

男人没回，这成为他这个阶段的习惯状态，必要的短信他会回，而面对张小雯时常触发的感伤，他选择性地回复。他设定好的生活节奏里，没给感叹人生留出空隙。

张小雯不高兴地又补了一条短信，带着嗔怒的语气，跟着去了火葬场，在看着那具干瘪瘦小早就失去生命体征的身躯被推进火炉的刹那，她收到了男人的回复：分手吧。

为什么？她咬着牙故作平静打出这三个字，甚至还有一瞬，她荒谬地想他发错了，发给其他情人了，他肯定不止她一个女人，他年纪大了周旋不过来了，他放弃了她们，但只要允许她留在他身边，她就认了。

　　"我老了，我觉得死亡离我并不是很遥远的事情，尤其在你的青春面前，我更加感觉到自己的力不从心。好好找一个男人爱吧，他们冲动愚蠢、见识浅薄，但始终年轻向上，而我从成熟走向衰老的过程中，只会拉着你不断下坠，我不想再耽误你了，我希望你好好的。对不起。"

　　那是男人给她发过最长的短信，张小雯感觉到自己的小腹抽了一下，以肚脐为风暴眼，五脏六腑绞在一起，有一双手在玩弄她身上的脏器，肆意重击不同地方，让她记住这刻骨铭心的痛。黏稠的液体拼命找窗口倾泻，她被一个中年男人甩了，这直捣人心的事实逼着她不得不接受。她甚至希望躺在熔炉里被融化的是自己，这样他所有的话都可以失去功效，你无法向一个死人说分手，你只会永远把她印在内心的最深处，有抹不掉的印迹。

　　那天张小雯哭得比谁都要伤心，她终于憋不住了，全身的重负往下卸，整个身体都软了下来，瘫靠在墙边，那是一次暴发似的哭嚎，像一只前腿陷进牢笼的小兽，挣扎和抗拒只会陷得更紧。她不自觉地把食指伸进自己的嘴里，撕咬着甲皮，手指上的温度冰冷而颓败，她的口腔给不了它们温热。

　　张功利过来拍了拍女儿的肩膀："回家吧，你爸还活着呢。"

　　在回家的路上，张小雯的指甲已经被咬秃了，甲根渗出了血，她用指肚抚掉眼泪，给男人发了一条短信：再爱一次吧。

　　这是他们曾经的默契，他们会说"爱爱"、"爱"却不会说"做爱"，去掉动词，他们在一起就仿佛被赋予了道德感。

　　这是男人最快的一次回应，以前他们"爱"一次都要经过缜密的部署和精确的时间计算，今天男人立刻约好了时间地点，开车出来。

　　他们像从前一样在车里拥抱，她身上很凉，还带着死人的味道。

她差他下去买避孕套，她笑着说最后一次不想留下这么重大的纪念。张小雯看着男人走进了便利店，在柜台下俯身挑选各种型号的套子，在两枚和五枚之间犹豫。她的头开始痛，她靠揪自己的头发来缓解，那些头发太好揪了，一碰就掉，连疼痛的感觉都没有，很快，车里的地板上、后座上、安全带上就落满了她细软的头发。

张小雯没有带身份证，是用男人的身份证开的房间。她把手机随手放在桌子上，烧了一壶热水，在水壶旁边放了两枚蓝色的小药丸，就主动脱去上衣躺在床上。

男人伸手去拉灯绳，被她拦住了，"开着灯吧，最后一次，让我好好看看你。"

两个人都格外用心，他们用各种姿势来讨好彼此，细碎的吻落在张小雯身上的每一个部位，他在最后一次把她当做一件精美的艺术品来看待，可当胡茬蹭到她的脸时，她扭开了脑袋。她同意了他不要戴套的请求，她说算了吧，我们赌一把，他们的身体很快亲密无间地嵌在了一起。张小雯拿枕头垫在腰下，让自己的身体抬高，方便他更用力地入侵，男人的身上很快渗出了汗水，但还是阻止不了他的贪婪，他开始说脏话，撕掉一副绅士的嘴脸，发出一些奇怪的音节，她鼓励他叫得更大声一点，叫出她的名字。为了让气氛更加升温，她也叫他的名字，她叫得很有步骤，"XX，你吻我的胸"，"XX你压疼了我的大腿"，"XX你打我的屁股，使劲一点，我不怕疼"。

爱的仪式结束后，张小雯倚在床上，跟男人要了一根烟，是黄鹤楼1916。

"我以前没见过你抽烟。"

"我很少抽，在大学的时候跟同学们学会，那时候我们抽十块钱的橘子味香烟，有一次回家我忘了藏起来，被我母亲翻出来放在桌子上，我父亲看见只说了一句话："你爸我还抽两块钱的都宝呢，我女儿却抽

失败者之歌

十块钱的洋烟了，比我这个父亲强。"烟有些呛，她连连咳嗽，她只抽得惯女士香烟，模仿怀旧电影里的场景用纤细而狭长的烟丝假装优雅，"从此以后我再也不当他面碰烟了。"

"你父亲的事，很抱歉，我没帮上忙。"

"没关系，这不怪你。"张小雯把烟熄灭，把头转过来，将男人的手搭在自己的身体上，从上到下，沿着身体的起伏蔓延。"我希望你能记住我，最起码不要忘了我。"

男人俯身在张小雯身上，吻着她的耳垂，喃喃地说："我会一直记得你，把你藏在心里最深的角落，你是我最可爱的姑娘。"

她轻轻拍着他的后背，说"原谅我。"这是她在交往的后半段里最常说的三个字。

"该说抱歉的是我，我没能给你什么，没能照顾好你。"他掏出一个礼盒，"这件礼物是我送给你的，也希望它能陪伴你越走越好，我从来没见过你戴表，但女人应该有一块好表。"男人把一块浪琴金表戴在了张小雯的手腕上，安静的房间里，指针滴答滴答地走着，时间不可逆转地流逝，像是不断提醒她两人分别的终点，越来越近，真让人心慌。

她起身，双手抱膝，深深地叹了一口气，瞥见桌上那两枚小药丸，只剩下一颗。

葬礼结束的那个周末，一家三口吃完午饭开始看电视，父母最爱的家庭调解节目。

沈蓉蓉摸着微微隆起的小腹说："偌大的北京城，也没咱家这样不上班吃完饭往沙发上一摊的吧。"

"这是福气，能躺着是福气啊。"张功利悠然地点了一根烟，那场葬礼后，他找到一份工作，看管一家地下停车场，他说从来没有见过这么多的好车，大家不是比谁的车贵，而是比谁的车稀奇，他把烟升级为红塔山觉得这样才配得上做这些名车的守护者。

"小雯，你干嘛呢，一上午就鼓捣手机，你交男朋友了？"

"没有，发彩信呢，很快就完。"她用两个晚上，对着电脑编辑她和男人最后一次做爱的视频，她回顾了他们的每一个动作，每一句呢喃，选取最精华的片段剪辑成彩信，两分钟的片段里，他们一直在互相叫着对方的名字。在这个充满阳光的午后，她想象着他们一家三口团聚的样子，想象着那个小女孩收到彩信时的诧异，她一定不知道自己的音乐老师跟父亲在做着多么有爱的事情，她一定会活蹦乱跳地把手机拿给母亲看，那个有着焦黄皮肤的女人的笑容会变得僵硬，他也一定会刻骨铭心地记住她，一辈子。

做完这一切，张小雯微笑着关了手机，拔掉了电话卡，把腿翘在了椅子上，第一次觉得电视里那家庭调解节目，也有点意思。

先开始晃动的是花盆，然后是晾晒的衣服，等到吊灯也摇摆不定，晃得她头晕目眩时，张小雯确信地震来了，"快跑，地震了！"

张功利没有动，沈蓉蓉看了一眼老公也没有动，他们依然以极其舒服的姿势仰靠在沙发上，津津有味地品味着别人家的烦心事。

"跑什么跑，你家十八层呢，还没跑下去要不地震停了，要不楼就塌了。"

"你爸说得对，这生死都是注定的，人各有命，老天爷编排好了，你爸这辈子这样我也认了，你看电视上有钱人过得跌宕起伏，咱家穷过得静如止水，也没什么不好，别跟你姑奶奶似的，大房子到有了，死家里都没人知道，发现时尸体都臭了。"沈蓉蓉在鼻子前扇了扇风，家里弥漫着一股中药的味道，她后来迷上了这股味道。

如沐春风的张功利望着妻子，喉咙里的声音从唇缝里往外飘，形成一首曲调陌生的小曲，他自编自演，那是属于他的"失败者"之歌。

张小雯的记忆突然倒回到刚搬进新房的那个下午，他们一家三口终于不用挤在一张床上，张功利用厨房和阳台的面积给她隔出了一间卧室，她躺在自己的小床上却开始失眠，之前的十年，都是她睡在中间，伴随着父母此起彼伏的鼾声入眠。张小雯蹑手蹑脚爬进了他们的房间，她永远忘不了眼前的一幕，张功利粗厚的手掌放在沈蓉蓉松弛的肚皮上，上下游走，动作极为轻柔，像抚摸一件珍贵的瓷器。

她一把抓起张功利的手，扔在了一旁，霸道地横在了两个人的中间。

"爸爸，你耍流氓，你摸妈妈肚子！"

那天北京正处于暴风雨来临的前夕，黑压压的，闷热无比，有些黑乎乎的东西茂盛地长着。

张小雯拽过张功利跟沈蓉蓉各一只手，放在自己微微鼓起的肚皮上，后背粘腻地粘在床上，母亲无名指的蓝宝石戒指有些硌，但她还是沉沉地睡着了，恍惚中，她听见父亲哼起的不知名小调，闻到父亲的呼吸里有一股烟草味，那是她第一次听见失败者之歌。她梦见一枝花，从她的腹部生长开来，用她身体里的养分浇灌它的花瓣，它美得不真切，因为太过耀眼，缓缓打开的花瓣里升出一个太阳，圆圆的光球上幻化出一张人脸，灼烧她的眼。

张小雯朦胧地认出，那是父亲。

胡老板进京

王昕朋

外地老板进北京
请客送礼泡明星
从里到外都掏空
一觉醒来方知梦

一

许多多是被胡河南的电话吵醒的。人虽然醒了，嗓子还没醒，懒懒地说，胡老板，这么早？胡老板在电话里不满意地嚷嚷，什么胡老板，叫胡哥，哥。许多多嗓子还没开，声音虽然不像平常那样甜，但有点乖：胡哥，什么事？

胡河南像命令他的跟班，生硬地说，我今晚要一号厅。你帮我订下来。

许多多犹豫了一下，胡哥，一号厅已经被人订了。

胡河南说，那我不管。反正这事你得帮我搞定。我现在已经在机场，下午四点就到北京了。

许多多说，哥，这事有点难。人家定金都交了，票也开了。再说……

胡河南有点儿急了，我加倍……

许多多有点不高兴地说，哥，人家也不差钱。她边说边钻进卫生间。哥呀，你怎么非得要一号厅呢？

胡河南说，你就说帮不帮哥这个忙吧？

许多多说，哥，我试试。

放下电话，胡河南走向登机口。许多多的声音让他的心动了一下。他听得出来，许多多声音很乖，还没起床，女人这个时候是最真实的。真实的许多多愿意帮他拿下一号厅，说明她真的把他当成了朋友。胡河南有一种被人认同的成功感，尤其是被许多多这种见过世面的漂亮女孩认同。

胡河南要订的一号厅是位于北京东三环边上一家京城餐饮名店的头牌套间，对外也叫国宾厅。在很多人看来，国宾比贵宾要高一个等级。因此，一些酒店、宾馆甚至茶社、歌厅都设国宾厅。胡河南要订的这个国宾厅占了二层一半的面积，宽敞到无法再宽敞，豪华到看不出豪华。负责一号厅的楼面经理许多多经常对重要客人说，厅里的名人字画都是真迹，值好几千万。最重要的，一号厅是一种象征，既不是谁有钱就能订，也不是谁想订就能订。但胡河南能订，远在几千里外的海岛市，一个电话就搞定了。因为他有许多多。

许多多是酒店的楼面经理，掌握着一号厅这个稀缺的硬件，加上她手中丰厚的人脉，因此广受追捧。她是一所艺术院校成人班的本科生，毕业后既没去竞争那些把中国话说得像外国话的外企，也没去挤公务员这座独木桥。她向往那种相对自由，同时收入又不低的职业。她还没毕业时就常跟朋友到这里吃饭。那时她的身份是歌手，是客人邀请来陪客吃饭加唱歌的。这种事情在京城一些名店不足为奇。毕业了，她经一个朋友介绍进了这家酒店。她一开始做领班。但没过多久，她的公关才能就显现出来，很快就升至楼面经理，而且负责一号厅。她把一号厅打造成了自己建立人脉关系的平台。原先出入一号厅的多是带着些浓妆艳抹的小姐的商人，许多多要改变这种铜臭气和世俗气，她向老板建议，并自愿两个月不领工资，让一号厅择客而待。果然，两个月后一号厅成了地位的象征，出入一号厅的变成了器宇轩昂举止高贵的官员，在后面一脸贱笑地跟着的是那些财大气粗的商人。

实现了一号厅的成功转型，只是许多多计划的第一步。第二步就是让一号厅变成顾客热烈追捧的对象。实现这一目标的关键，是许多多手里掌握了丰富的配套资源。许多多的配套资源就是文艺，确切地说是文艺女孩——她的同学、加上她同学的同学、同学的朋友。京城的艺术院校和文艺团体多如草原上的牛，那些青春靓丽气质脱俗的女学生和女演员更是多如牛毛。这些女孩和一号厅一嫁接，一号厅就火了，那些女孩也就火了。一号厅成了客人们欲罢不能找理由也要来的地方。胡河南第一次在一号厅吃饭，私下说这不是唱堂会吗？！许多多说就是唱堂会，高级堂会。

一上班，许多多就吩咐领班，一号厅换客人了。领班说安徽的李老板今晚要请几位局长，三天前就订了。许多多笑了，局长没有部长大，推了。李老板那边我给他说。刚安排完，许多多就接到了胡河南的电话：多妹，我到了，住老地方老房间老……

许多多打断他的话，还有老秘书是吧？

两个人在电话里笑了一阵子。

　　许多多说，那个事你别想，我跟你说过了，别人
动得，陈贝贝你动不得。胡河南说，我不动她，我不
是要动她，没她我请不来邹老。

　　胡河南住的宾馆离许多多的酒店不远，步行也就三分钟。许多多到时，胡河南正在吃桶装方便面。他把面三五口扒拉进了嘴里，抬起头看看许多多。许多多平静地看着他。胡河南正要抹嘴的手停下来，接过了许多多递给他的纸巾。胡河南笑笑，他觉得自己亏欠许多多很多，就像她的名字，许多许多。他自己都不知道和许多多是怎样从顾客变成朋友的，但有一点他很清楚，他没在许多多这个漂亮精明的女孩身上花过一分钱，这令他忐忑，也令他奇怪。许多多不缺钱，她手上的资源早就为她在东四环边上的阳光上东换来了一套一百五十平米的大三居。胡河南掏出烟，看了看许多多，又把烟收回去。许多多嗤之以鼻，别装了，抽吧。

　　点着了烟，胡河南在烟雾后面眯着眼说，多多，那个事……。

　　许多多说，那个事你别想，我跟你说过了，别人动得，陈贝贝你动不得。胡河南说，我不动她，我不是要动她，没她我请不来邹老。许多多笑了，胡哥，不吃腥的就不是猫，你要是不想死得惨，就别打陈贝贝的主意。贝贝是老爷子的干女儿。胡河南愣了一下，问，什么时候成了干女儿？许多多说，前天晚上认得，就在一号厅，我做的证人。胡河南说那我就更得找陈贝贝了。许多多嘲笑，你是要做老爷子的干女婿？到时候你不光死得惨，还死得难看。胡河南不接茬，站起身说，多多，哥求你，你的恩情哥会好好报答的。说着，他打开手提包，取出一个小巧玲珑、装饰豪华的四方盒子，双手递给许多多。许多多嘴上说，哥，这没必要吧！手却已经伸出去接了过来。那样的礼品她不止一次收过，里边放的东西价值她也十分清楚。所以，她并没有打开，而是漫不经心地收了起来。

　　胡河南一大早在海岛市上飞机前就把一号厅订下来，并不指望着晚上就能请到邹老，他要请的主角就是陈贝贝。胡河南知道许多多能搞定陈贝贝。陈贝贝能在一号厅一炮走红，许多多是背后的推手和关

键人物。在陈贝贝对许多多的感激余温尚存时，让许多多出马请她是最好的选择。果然，许多多一个电话，陈贝贝就答应见面了。

陈贝贝不是答应跟胡河南见面，是跟许多多。

接许多多电话的时候，陈贝贝刚洗完澡还没出卫生间。陈贝贝洗澡花了很长时间，至少有一个小时。她这个习惯是第一次跟安徽的李老板后养成的。李老板是煤老板，也是陈贝贝能够出道的恩人。可是恩人归恩人，身子归身子，小巧而又丰润的陈贝贝看着自己的身子，心里都充满了骄傲和怜惜，李老板一个开煤矿的农民企业家，无法让陈贝贝不产生污浊的联想。可是她别无选择。她是那种识时务的女孩，明白女人再好的身子也只是成本，她必须付出这个成本。于是就只能用拼命冲洗来把心里的污浊感冲走。每次和李老板做完爱，她都要把自己的身子冲洗一小时，仿佛要漂白。这次和李老板做完，她又洗了很长时间。李老板正趴在外面的床上看电视。这是李老板的习惯。陈贝贝接了许多多的电话，有了立刻离开李老板的借口。

坐在许多多的对面，陈贝贝的头发还是湿的。许多多看着她小巧生动令人怜爱的小脸打趣说，老李来了？陈贝贝点头，不满地说，在宾馆躺着呢，正好你的电话救了我。许多多伸手在陈贝贝的脸上拍了拍：可怜的孩子，你欠他的还得差不多了，下回离他远点。陈贝贝笑了笑，楚楚动人。许多多说，姐给你介绍个新朋友。陈贝贝摇头，你想累死我呀？其实，她是话里有话。在她所在圈子里有个潜规则，凡是介绍"朋友"给女孩的，要从中收取介绍费。陈贝贝开始时也接受这样的潜规则，给过介绍人好处。但是，随着她的身价提高，这样的潜规则对她也不灵了。

许多多说你想哪儿去了！这个人是只潜力股，是做房地产的，比老李斯文多了。陈贝贝说是吗？许多多说，你呀，不能跟着感觉走，要规划，比如邹老，邹老有的，正是那些老板们做梦都想要的，那些老板有的，也正是邹老不能给你的，所以，要懂得嫁接，规划。陈贝贝点点头，多姐，你是我老师，不，是导师。许多多刮了一下陈贝贝的鼻子，出不了半年，你就成我老师了。

晚上，陈贝贝准时走进了一号厅。

一号厅显出少有的轻松，只有胡河南许多多陈贝贝三个人。胡河南并没有象其他商人那样盯着陈贝贝生动的小脸和高耸的胸脯看，而是一边握手一边在她肩上拍拍，象一对兄妹。落座前，胡河南把许多多拉到落地窗前，把手中的钥匙摁了一下，楼下一辆神采奕奕的白色Q5眨了眨眼睛。胡河南把钥匙拍在许多多的手心里。许多多微微笑了笑，搂着胡河南拍了拍他的后背：哥们。

一号厅金碧辉煌。

二

陈贝贝初到北京时没有一点儿名气，为了生计，一边跟着老师学声乐一边打工——在许多多这里当歌手。现在高档消费场所的歌手已经不同于简单的卖唱，没有那么辛酸，或者比那更辛酸。通常她们并不坐台，客人需要的时候由许多多电话通知。陈贝贝长得好，唱得好，嘴甜，渐渐地就有做东的主家提前点她，她如约出现在饭局上，成为饭局上的客人之一，这样一来她在席间的出现不显突兀，二来可以帮着主家活跃气氛。一开始，她的出场费也就三百元，给了许多多的提成，能落下个两百元。而且，按照圈内不成文的规矩，她不能随便给客人留电话，私下联系，那样会犯忌讳。现在不同了，她是某省电视台一个电视音乐大奖赛的银奖得主，又是某国家级歌剧团的签约独唱演员，出过唱片，拍过 DVD，网上一搜还会出现一串关于她的娱乐新闻，伊然成了歌坛一颗升起的新星，一报她的名字，大家就鼓掌，用不同的眼神盯着她。陈贝贝呢，自然就要放开嗓子献歌一首，或者是两首三首。饭局的气氛由此就轻松了，文艺了，高雅了，客人们这时就放下了架子，放纵些许粗鲁，老板们这时就藏起了尾巴和獠牙，表现出一点雅致。她现在唱一首歌是一千元钱，一晚上挣三、五千，而且高兴给哪个客人留电话就留。许多多也不再伸手向她要回扣，她高兴给就给。其实，她还可以走得更远些，比如有些唱堂会的学生或演员就跟着主家或客人走了，但陈贝贝不行，她不想走得那么远，也不能走得那么远，不是因为有资助她出道的李老板，是因为她认识了邹老。

在认识邹老之前，陈贝贝是没有勇气离开李老板的。当初是李老板把她从皖南的大山里一步一步捧上了电视大奖赛，还给她淘换了个铜奖，然后又在她的软缠硬磨下，帮她来到了北京上了成人学校。李老板毕竟是个土财主，虽然名字极其亮堂：李艳阳，但挣得却是地底下暗无天日的钱，陈贝贝来北京不光花钱成了常态让他肉疼，花花世界的诱惑和随时失控的可能也揪得他心疼。他能做的就是先不顾一切地把陈贝贝上了，并且使陈贝贝养成了洗澡一小时的习惯，然后再在钱上控制她。陈贝贝最早拜师的教授一个课时是一千五，李老板每次就给她一千六，剩下的一百元打车。她曾用心计算过，李老板每次来回花的机票钱都比给她的使用钱多。这让她觉得这就是她和李老板上一次床的价格，并且因此而郁闷和屈辱。这种屈辱感一直伴随着她。她甚至想过弄死李老板。直到她认识了许多多。

和胡河南许多多分开后，陈贝贝回到自己租的房子里。一个人躺在没有李老板煤灰味的床上，陈贝贝对李老板的心很矛盾，既有恨也存感激。没有李老板，她就没有许多多，没有许多多，她就没有邹老，没有邹老，她就没有著名的文艺团体专业演员的身份和金字招牌，也就没有可以预期的宽广而诱人的未来，甚至没有放在枕边的 LV 和包里的两万元钱。

　　枕边的 LV 和包里的两万元钱是晚上胡河南给她的。胡河南善解人意，直接给她垫了个台阶，说陈小姐现在是冉冉高升的新星，我胡河南现在结识你，是最佳时机，不然等陈小姐如日中天时再认识，成本就高了。胡河南的一句话，化解了直接给她送礼物的唐突，也让陈贝贝不觉得有什么难堪。接下来许多多就直接进入了正题。许多多说，胡哥是海岛市数一数二的地产商，他找你，是想见邹老。陈贝贝明白了，胡河南是第二个求她请邹老的人，第一个是李老板。她不动声色地问，我能知道胡哥请邹老是什么事吗？胡河南说当然，你不光要知道是什么事，你还得帮着胡哥促成。许多多说，胡哥的意思，你要是帮着促成了，想要什么，尽管提。陈贝贝哑然一笑，她知道许多多这话既是帮胡河南，又是帮她要好处。但她并不想急于答应，只是淡淡地说了一句，老爷子不是那么好请的。

　　胡河南请邹老是想要海岛市靠海的一块地，那块地临海，有 1000 亩，盖了商品房能赚几个亿。许多地产商都盯上了。陈贝贝给自己留了后路，因为李老板李艳阳恰恰也是看上了这块地。李老板是安徽的煤老板，现在国家对煤矿管得严，他想转行干地产，第一单就看上了海岛市的这块地。李老板和胡河南急于找邹老，是因为邹老曾经在那个省当过官，他当年的秘书是现任海岛市市长。也就是说，只要邹老发话，那块地就板上钉钉了。陈贝贝善于把复杂的问题简单化，她知道，既然两位老板不约而同地为同一件事找自己，至少说明了她在这件事上的份量，她倾向于谁，就会为谁带来大得吓人的利益。那么这巨大的利益跟她是什么关系呢？陈贝贝的心嘣嘣乱跳起来。

　　放在床边的手机收到一条信息，陈贝贝看了一下，是胡河南：贝贝你好，很高兴认识你，今晚如有唐突之处，请见谅。晚安。陈贝贝笑笑，回了两个字：晚安。刚回完信息，另一个手机响了，她从包里拿出手机，是李老板。陈贝贝刚按下接听键，李老板就嚷嚷开了：贝下了楼，凉风一吹，陈贝贝的孤独感散去了许多，她有点后悔深更半夜地去找许多多了。但是既然约好了，陈贝贝就不会改变，只不过她倾诉的愿望已经不再强烈，而是要理智地把握眼前的机会，陈贝贝相信，许多多比她有经验。

贝，你晚上是不是去一号厅了？陈贝贝想了想，说，是啊。李老板说，本来我订好了一号厅，让许多多给退了。陈贝贝说，是吗？李老板说，晚上都是谁呀，来头这么大！陈贝贝含糊地说，也没谁，是，许多多的朋友吧。李老板说，哦，都是哪些朋友？什么路数的？陈贝贝装出倦态，嗲声说，哎呀，你就别再问了，人家明天一早还要坐几十里路的车去演出呢。

挂了电话，陈贝贝十分自责。她包里有三个手机，红色的手机是专用于李老板的，所以她和李老板在一起的时候，永远没有别人的电话打进来，这让李老板十分欣慰，相信她的忠诚。下午接到许多多的电话，就忘了及时关掉红手机，幸亏没别的事，不然……陈贝贝冷笑了一下，不然又怎样？正像许多多说的，她欠李老板的已经还得差不多了。一想起许多多，陈贝贝就躺不住了，许多多一直在帮她，虽然每次都要回报，毕竟是帮她。她不能确认她们之间是不是真的存在着友情。她能够确认的是，她儿时是有朋友的，是有过真正的友情的，只是这些年来友谊离她已经十分遥远了。从她开始唱歌以来，一直以利益来权衡人与人之间的关系，友谊渐渐变成了一个生疏的词。一种孤独感象雾一样把她包裹起来。她突然想和人说话，可是想了半天，能说话的人竟然只有许多多。

多多姐，你那里，有人吗？陈贝贝在电话里说。许多多说，有啊，怎么会没人呢？陈贝贝有点失望地说，哦。许多多说，傻瓜，我不就是人吗？什么事，说吧。陈贝贝说，没什么事，就想和你聊聊。许多多说，现在？陈贝贝说现在。

下了楼，凉风一吹，陈贝贝的孤独感散去了许多，她有点后悔深更半夜地去找许多多了。但是既然约好了，陈贝贝就不会改变，只不过她倾诉的愿望已经不再强烈，而是要理智地把握眼前的机会，陈贝贝相信，许多多比她有经验。

其实陈贝贝打电话问许多多那里有没有人的时候，许多多骗了她。许多多那里确实有人，一个可以让她叫爹的男人。那个人不会在许多多那里过夜，那时正准备离开。没有人知道，许多多三十岁前是要和那个人在一起的，现在还差一年半。尽管没有书面合同，毕竟也是约定。这在大都市里已经不是新闻。

三

海岛市临海的那块地远在天边，按说与京城没什么关系。但自从有了房地产开发这个行业，所有的地产商无一不在摸高，开始时是在摸市里的关系，后来就飞快地就把高度抬升到了北京。北京犹如一株硕大无比的参天大树，根须牢牢地抓住了全中国的每一寸土地。为了那块地，海岛几个房地产大老板都在往北京跑着找关系。那块地很重要，不仅仅是赚钱，还有身份、名望、地位，胡河南十分明白其中的道理，所以他也来了，而且是志在必得。

胡河南从公务员的位置上辞职后，凭着岳父的关系在河南老家拿到了第一块地。身无分文的他还是凭着岳父的关系，从银行贷到了款并飞快地盖起了房子。到岳父安全退休时，他已经是老家首屈一指的地产商了。我是一条鱼，一条大鱼，但老家只是一碗水，我要到海里去。胡河南离开老家时说了这番话。

岳父安全地死去时，胡河南已经是海岛市声名显赫的地产商人了。胡河南深知，岳父安全地死了，对他是个巨大的利好，他所有的原始积累从此也就安全了。他对因失去父亲痛不欲生的老婆说出自己的判断时，原以为老婆会骂他，谁知老婆竟破涕为笑，吹出了他所见过的最大的一个鼻涕泡：真的？真的安全了？他点点头，十分肯定地点点头：真的。老婆激动地扑上来，一把抱住了他，河南，河南啊，咱的钱谁也拿不走了，哦。

胡老板进京

安全地失去了岳父的胡河南，是底气十足地来到北京的，对通过陈贝贝打通邹老的关系，他有充分的把握。从他几个月前见到陈贝贝起，他就对拿下陈贝贝充满信心。陈贝贝眼神里有一种和胡河南共通的东西，那就是自卑和茫然，别人看不出，胡河南一眼就看穿了。那种藏在眼睛深处的自卑，是出身卑微的人所共有的，只需要犀利的动作就可以击穿，要么是犀利的利益，要么是犀利的打击。胡河南冷静地近乎残忍地解剖陈贝贝时，也是在解剖自己，他发现只要击穿了陈贝贝，其实他们就相互俘获了。他摇摇头，想重新回到来京的目的上，但陈贝贝生动的小脸，结实丰润的身子和令人心颤的声音却挥之不去。

胡河南试图把脑子里的陈贝贝赶跑时，陈贝贝正在来宾馆找他的路上。后来胡河南把这称作心有灵犀。陈贝贝刚刚和李老板吵了架，吵得很激烈，后果很严重。李老板虽说经商十分精明，但骨子里却是个十足的粗人，他的眼睛除了利益攸关时闪着精明锐利的光芒外，通常是空洞茫然的，陈贝贝说那眼神像一只猿猴对着一群导弹。这句话成了吵架的导火索，李老板的瓜脸一下就沉下来，我是猿猴，我连人都不是，没有你在一号厅陪的秃头好看！陈贝贝说，你说什么呢，什么秃头？李老板说，什么秃头你心里清楚，昨天晚上一号厅就被那只秃头照得亮堂堂的。还骗我！被李老板知道了底细，陈贝贝有点急，什么秃头，人家是平头，许多多的朋友。李老板说，许多多的朋友拉上你干嘛？男人跟女人能做朋友吗？陈贝贝说，你不相信我，你调查我？李老板说，要想人不知，除非己莫为。陈贝贝急了，老李你把话说清楚了，我做什么了？李老板说，你做什么你自己知道，昨天晚上你去哪儿了？陈贝贝说我去多多那儿了，哎老李，你是我什么人？我去哪儿你管得着吗？李老板说我管不着？我要不管你还在稻田里种地呢！陈贝贝说你有完没完，你占我的便宜还少啊？李老板冷笑一下，哼，老子在你身上花得是真金白银，你还给老子的是使不坏的皮肉，走出宾馆的大厅，陈贝贝的眼泪哗地流下来。她委屈极了。这种光鲜的生活正是她在山村时做梦都想要的，真正得到了，心里却空得要命，除了许多多，连个说话的人都没有。

你不是也快活得嗷嗷叫唤！陈贝贝脱口而出，你是个流氓！李老板说流氓也不想戴绿帽子！陈贝贝拿起桌上的杯子摔在地上，转身离去。杯子在地上无声地跳了两下，竟然没碎。地毯很厚。

走出宾馆的大厅，陈贝贝的眼泪哗地流下来。她委屈极了。这种光鲜的生活正是她在山村时做梦都想要的，真正得到了，心里却空得要命，除了许多多，连个说话的人都没有。陈贝贝打了辆车，准备去找许多多。路上，她给许多多打了个电话，拨出号码时，她突然有一种期盼：许多多不要接她的电话。许多多果然没接。陈贝贝毫不犹豫地告诉司机：去昆仑饭店。

胡河南的思绪刚刚从陈贝贝身上回到自己拿地的计划上，房间的门铃响了。胡河南打开门，见是陈贝贝，意外极了。陈贝贝没说话，径直走进房间。在陈贝贝从身边走过的瞬间，胡河南清楚地嗅到了青春女孩所特有的体香，看到了陈贝贝眼角的泪痕。

胡河南递了张纸巾给陈贝贝，开玩笑地说，但见泪痕湿，不知心恨谁，怎么了贝贝？陈贝贝接过纸巾，迅速地掩在眼睛上，再次哭起来。胡河南有点手足无措，他十分清楚女人这个时候是最软弱的，软弱到近乎暗示，甚至近乎邀欢。但，他还是伸出手，轻轻抚了抚陈贝贝的头发。他发现陈贝贝的头发是湿的，心里犹豫了一下。陈贝贝把他的那只手抓住了，并顺着他的手，一路呜咽着把头靠在了他肩上。胡河南迟疑了一下，把陈贝贝的头揽在胸口。陈贝贝的泪水打湿了胡河南的衣服时，她抬起头，寻到了胡河南的嘴唇。胡河南脑子空了，没有地了，也没有计划了，他紧紧地抱着陈贝贝，驾轻就熟地把自己埋进她迷人的体香里。

陈贝贝的身子太好了，真是太好了。胡河南惊叹陈贝贝那精致到无以复加的身子竟然蕴含着那么汹涌的激情，爆发出那么澎湃的能量。陈贝贝一次次地把他唤起，又一次次地把他摧垮，整整一个下午，不

胡老板进京

言不语的两个人用身体把对方彻底俘获了。

天黑的时候，门铃像一位有教养的知性仆人，彬彬有礼地响了。胡河南抬起头，愣了一下，陈贝贝把他的头重又揽进自己的怀里。门铃响第二声的时候，胡河南起身。陈贝贝抢在胡河南的前面套着饭店的睡袍去开了门。是许多多。

许多多见了几乎半裸的陈贝贝顿时愣住了：你真在这儿？

陈贝贝骄傲地扬起脸，嗯哼，我在呢。陈贝贝还在兴奋中，面若桃花。

胡河南已经胡乱地套上衣服，尴尬地给许多多让座，倒水。陈贝贝旁若无人地依偎在胡河南身旁。

胡河南把水杯端给许多多，问，多多，你找贝贝？

许多多不知是尴尬还是不快，一边喝水一边说，有人找贝贝，电话都打炸了，打不通，找到我那儿了。

胡河南看看陈贝贝，陈贝贝漫不经心地说，谁找我？不就是老李吗！

许多多说，到外边去跟你说。

陈贝贝不出去，胡河南为了缓和气氛，张罗着一起吃饭。许多多微微叹口气，起身向外走去。

去餐厅的路上，三个人都不说话。陈贝贝挽着胡河南，两人走路有些发飘。

许多多努力调整着自己的情绪，陈贝贝如此迅速地和胡河南弄到一起，她毫无思想准备，甚至不知道是好事还是坏事，但她预感到一定会有事。还有，陈贝贝越过自己，直接上了胡河南的床，胡河南越过自己，直接把陈贝贝弄上了床，多少都有点没把她放在眼里，她有一种被轻视，被冷落，被抛弃的感觉，这使她无法压制住自己的不快。不过许多多就是许多多，这种不快，被她一点一点地丢到了去餐厅的路上，走进餐厅时，她又成了那个沉稳而又善解人意的许多多。

不在自己的酒店吃饭，许多多轻松了许多。胡河南举起酒杯在许多多面前停了一下，一饮而尽：多多，胡哥给你赔罪。许多多笑了，胡哥何罪之有啊？胡河南说，尽在不言中。

陈贝贝这时像个单纯的女孩，一边吃饭一边偎在胡河南身旁撒娇。许多多看着陈贝贝，眼角禁不住湿了，心中涌出嫁女般的惆怅。她举起酒杯，对胡河南说，哥，你要对我们贝贝好。胡河南也举起杯，跟许多多碰了一下，一饮而尽：一定，一定。

陈贝贝对许多多说，多多姐，我爱上胡哥了。胡河南拍拍她的脑袋，示意她吃饭。这一刻胡河南承认自己喜欢上陈贝贝了，但他无论如何也不愿使用爱这个幼稚而可笑的字眼，他和陈贝贝只能是好上了。好上了是一个可疑的词，既可以直解，也可以正解或曲解。

那天晚上，许多多和陈贝贝都喝多了。

第二天，胡河南派驻北京的秘书，开回了一辆崭新的，神采奕奕的红宝马。买车的时候秘书在电话里问，是买318还是320，胡河南说325。秘书说，325比318贵十来万呢。胡河南说，就325。

宝马真红啊，是鲜红，是火红，是激情的血液般的红。陈贝贝围着红宝马转了好几圈，问胡河南，真是给我的？胡河南点头。陈贝贝再转几圈，问，真的给我？胡河南含笑点头。陈贝贝打开车门，又关上，再打开，再关，车门关闭的声音像一个骑在马上的贵族，激情而又绅士，比乐队的低音鼓还要动听。她再次问胡河南，你确认给我了？胡河南咧开嘴，在她鼻子上刮了一下。娇小的陈贝贝一下子把庞大的胡河南抱了起来。

四

许多多刚上班，就看见了桌上的纸袋。她打开纸袋，发现了里面的两万元钱。许多多想起来了，昨天晚上她从胡河南那里喝了酒，晕晕乎乎地回到了位于酒店自己的办公室，李老板正坐在办公室里等她。这个纸袋就是李老板给她的。许多多拿着纸袋出神的时候，李老板的瓜脸出现在门口。

李老板，你这是什么意思？你是我的客人，需要订桌你给前台打个电话就行，用不着把现金放我这儿呀。许多多对着那张瓜脸说。

李老板赶紧赔笑，哎呀多多妹子，这是我感谢你的，不成敬意，不成敬意。

许多多笑笑，我一无职二无权，你怎么能谢我呢？

李老板苦着那张瓜脸说，哎呀我就跟你直说了吧，我是求你帮我劝劝贝贝，昨天是我不好，让她回来吧。

许多多说，你昨天给我打了电话，我就到处找她，我也不知道她在哪儿。

李老板着急了，他一着急就喝水，咕咚咕咚的往肚里灌，充分彰显了农民本色。许多多看着他，突然灵光一现，一个主意渐渐成型了。

李老板喝完了水，就背着手在屋里转，一圈一圈的，然后在窗前漫无目的地往外看，然后再转，周而复始。许多多觉得好笑，李老板就像一个孩子面对自己失手点燃的一场大火，既想勇救烈焰，又力不从心手足无措。许多多怜悯地想，你干嘛要点燃这堆火呢。她站起身，把那个纸袋放在李老板手上。

李老板像被烫了手，身子一跳，不要不要不要，多多，我真的不能要，这是我求你帮我的，不要不要。李老板一着急，把皖南普通话丢了，变成了极富音乐感的家乡土话。

许多多乐了，把纸袋放回到桌子上，自己坐回到办公桌前那张精致的皮椅上。许多多说，李老板这么着急找贝贝，不光是因为感情吧？

　　李老板的瓜脸上一脸的诚恳，说，多多呀，贝贝要是出点什么事，我怎么向她爹妈交代呀！

　　许多多不紧不慢地说，你对贝贝做的事，能跟她爸妈交代吗？

　　李老板红着脸，说，那，那是她甘心情愿的。

　　许多多说，那就算了，你就放心吧，贝贝出不了比你更大的事。

　　李老板着急了，说，不是，你听我说……

　　许多多说，我还忙着呢，刚上班，楼层的几十个服务员例会都没开。说着起身就要离开。

　　李老板拉住她，说，我跟你说了吧，我不是让贝贝帮着我找邹老拿地吗？现在我连她的人都找不到，我这大事就耽误了。

　　许多多笑了，重又坐回到椅子上，说，那你还是为了拿地。李老板，你要是真想让我帮你，就别跟我绕圈子。邹老真出面帮你拿那块地，你转手就赚几个亿，这可不是仨瓜俩枣的就能打发的。

　　所以呀，李老板说，所以我才着急找她。

　　许多多看了看李老板，你到底是要找你的贝贝呢，还是要拿地呢？鱼和熊掌不能兼得啊！

　　李老板说，这还用说吗，找贝贝，找到贝贝才能拿到地。

　　那你最终还是要地，是吗？许多多问。

　　李老板点点头，是。

　　许多多起身，盯着李老板，那你告诉我，拿地你准备花多少钱？

　　李老板难住了，他真没想过为了拿地付多少钱，在他看来，花钱是肯定的，天下哪有不花钱就能成事的？他在老家开的那个煤矿，就是用钱一级一级一层一层打点出来的，就是用钱堆的。他看看许多多，许多多也正盯着他，等他回答。他说不出来，真的说不出来，就又在屋子里转起圈来。

　　许多多这回真的要出去了，她是个敬业的人，这是她的习惯，也

胡老板进京

是她的品格，再有事也不会耽误工作。走到门口，她回过身来，对愣在那里的李老板说，贝贝我帮你找着，我刚说的话，你再考虑考虑，你是要拿地，这是你的目标，从这儿去天安门广场，有好多条路能走，你要是想上吊，也不一定非得认准了一棵树。是吧李老板？拜。

许多多走了，把李老板一个人扔在办公室里。那只装了两万元的纸袋，昨天晚上放在桌上时还神气活现的，现在变得无精打采了。李老板又喝起水来。他刚端起水杯，许多多又回来了。许多多没进门，站在门口说，刚才忘了，想拿那块地的不是你一个，光是我知道的至少还有一个，出手很大。

李老板颓然坐在沙发上，杯子里的水撒了一身。

李老板木着一张瓜脸在许多多的办公室里发呆的时候，陈贝贝正躺在胡河南的臂弯里。经过半天零一夜的折腾，陈贝贝充分地史无前例地享受到了以身体为代表的青春，真是美好，美好极了。胡河南不是李老板，陈贝贝确信李老板家族的基因是有问题的，不光是身上乏善可陈，瓜脸就更不用说了，做那事也不行。李老板做那事象刨地，象耕地，吭哧吭哧几下就喘上了，然后就瞪着一双牛眼，嗷嗷地泄，一堆黑肉就摊在床上了。胡河南完全不同，胡河南驱动着她，一次一次地把她摧上了天，把她打入了深渊，再缓缓地急促地张弛有致地把她捧上云端。象一支夜曲，一曲大歌，象华丽的舞蹈，象潺潺流水江河浩荡直让人欲死欲生。他。陈贝贝抬头看看胡河南，胡河南一双充满爱意的眼睛和她相遇。她伸长了脖子去亲吻那双眼睛，胡河南的唇也轻轻地吻着她的脖子。陈贝贝再一次酥了，把身子向上滑去，饱满的双乳滑到了胡河南的唇边，被胡河南的嘴唇逮住了，陈贝贝叫一声，哦，我的孩子！风摧荷塘，雨打芭蕉，天旋地转。

再一次风平浪静回到人间后，陈贝贝瘫软在床上。她确信自己爱上胡河南了。

胡河南点燃了一支烟，缓缓地抽着，身边陈贝贝玉体横陈。胡河南的烟雾幻若仙境。他承认自己确实是喜欢上陈贝贝了，他一直认为，爱，是自欺欺人的词，这个词的定义是有问题的，如果换成喜欢，那就实在得多，可信得多。他承认，喜欢比定义中的爱少了许多苛责，也少了许多束缚，他使用喜欢这个词就是因为这个原因。他轻轻地抚弄着陈贝贝的头发，陈贝贝二十二岁，他呢，比她整整大一倍，四十四。一想到年龄，胡河南渐渐回到现实中来，那块地，那块与沙滩相连与海浪相接的地清晰地回到了他的脑子里。

贝贝，他说。

陈贝贝脸上漾着笑意，没有应声。

宝贝，他说。

陈贝贝的头靠到他身上。脸上的笑绽开了。

胡河南把陈贝贝的头揽在胸前，轻轻地抚着她的身体，自言自语般地说起了那块地。在胡河南的叙说里，那块地有了归属，也有了生命。胡河南说，咱的那块地。

这时许多多已经安排好了工作上的事，也支走了李老板。她平静地坐在办公室里，脑子飞快地运算着。陈贝贝，胡河南，李老板，邹老，那个人，还有许多多，她把这些独立的单元排列，组合，相互作用，两利相权，两害相权，脑子渐渐清晰起来。

许多多发了个手机短信：提供打折机票，打扰致歉。这是她和那个人约好的见面暗号。一会，手机响了，那个人回电话了。许多多说，你什么时候有空，找你商量个事。

五

李老板虽然长了一张瓜脸，但在生意上却是十分精明的。离开许多多的办公室回到宾馆，他就一直琢磨着许多多话里的话。他知道许李老板十分后悔惹恼了陈贝贝。他把陈贝贝捧出道，一直以为自己是陈贝贝的主人，可北京城林子太大了，水太深了，什么鸟进了这林子也会不恋旧窝，什么鱼进了这深水也是一去不返。

多多和陈贝贝不一样，陈贝贝是做着明星梦，又用明星脸赚钱，对其他事漠不关心。许多多却是个人精。人精是危险的，女人成了精就更危险。这个站在陈贝贝背后的许多多，不知道会给他造成什么麻烦。比如，她会给陈贝贝当代言人，从他身上争取到更大的利益，然后再和陈贝贝分成。如果这样倒不是十分可怕，那块地一转手就是几个亿的利润，比他吭哧吭哧暗无天日地刨煤强得多，相比之下，许多多陈贝贝能拿走的也就是九牛一毛。但许多多说想拿那块地的至少还有一个人，并且出手很大，这就让李老板坐不住了，他成功的概率一下子就只剩下了一半。可以肯定的是，如果那个人真的存在，许多多一定会让他们掐起来，然后坐收渔利。要命的是他现在还不知道那个人什么来头。

李老板十分后悔惹恼了陈贝贝。他把陈贝贝捧出道，一直以为自己是陈贝贝的主人，可北京城林子太大了，水太深了，什么鸟进了这林子也会不恋旧窝，什么鱼进了这深水也是一去不返。他后悔极了。他不是陈贝贝的男人，他一辈子也成不了陈贝贝的男人，他要的是地，是那块地上的钱，足以装满一辆厢式卡车的钱，可他却因为自己的醋意把路给弄断了。许多多肯定会撺动陈贝贝倒向另外的那个人，那他真的是鸡飞蛋打了。

李老板头上冒汗浑身冰凉。他按了手机上的快捷键，对着电话嚷嚷：二拐子，快点过来。

二拐子是李老板的外甥，他原先是跟着李老板在矿上干的。煤的上面是土地，土地是农民的命根子。农民因为土地塌陷和李老板的煤矿发生争执，二拐子带人，夜深人静时闯到村里打了几个村民。老话说好汉不打村，一直仇视李老板又被打了的村民封了煤矿的大门，一定要弄死二拐子。李老板只好拿了钱，让二拐子躲到北京。李老板喊他来，是要他想办法找到陈贝贝。李老板不在北京的日子，二拐子承担着代他照顾陈贝贝的神圣职责，当然只是生活上的照顾。

陈贝贝哪里都没去，就和胡河南呆在宾馆里，确切地说一直呆在床上。胡河南一边抚弄着她的身体一边跟她说起了那块地，咱的地。陈贝贝心里很温暖，胡河南的事就是她的事。她也抚摸着胡河南的平头。胡河南的平头上已经有少许白发。在她看来胡河南的平头是艺术品，经过精雕细刻的艺术品。她一口就答应下来，并且当场给邹老打了电话。电话里陈贝贝可着劲地撒娇，说想干爹，想去看他。邹老说你还知道给我打电话呀？你不来我都生气了。放下电话，陈贝贝骑到胡河南身上，说，你就等着订一号厅吧。

一号厅的主人许多多，破天荒地请了半天假，她回到四环边上的家里时，那个人已经到了。关上门的瞬间，许多多像换了一个人，跳起来就扑到那个人的怀里。

半个小时后，许多多偎在那个人的怀里说起了自己的计划。

李老板显然是病重乱投医，二拐子在他老家那个煤矿带着一帮打手看家护院还能凑合，可到了北京城就不行了。二拐子遗传了李老板和他姐姐的那张瓜脸，瞪着一双充分体现了家族特征的牛眼，走到哪里都是保安高度注意的对象。一天下来路没少跑，劳而无功。找不到陈贝贝。陈贝贝住的地方门锁着。她就职的文工团说她没上班。她那种签约歌手一周去开一次会，有了演出排练时才去团里。李老板望着胡吃海塞的二拐子，怎么也打不起食欲。想着陈贝贝随时有可能被许多多拉着，倒向自己的竞争对手一边，李老板后背象一千条虫子在爬，冷汗不住地从脑袋上往下滚。他从腰带上抠出手机，给许多多打了个电话。

许多多正在自己家里和那个人一起享受晚餐。许多多的晚餐不丰盛，一盆蔬菜水果沙拉，几片面包，一瓶拉斐。一根蜡烛坐在银质的烛台上，直挺挺地亮着。暗处，有点伤感的乐曲在四处游荡。许多多

胡老板进京

手机响起来，显然有点不合时宜。许多多对着那个人一笑：姓李的果然坐不住了。那个人微笑着点了下头，一副成竹在胸的样子。许多多走到一旁，按下了接听键。

李老板说，多多，我想跟你谈谈。许多多说，谈什么？李老板说地呀，就是那块地。许多多笑了，那块地又不是我的，李老板跟我谈什么呀？李老板说哎呀妹妹，咱们真人不说假话，我知道你有办法，咱们见面谈谈吧。许多多说你还是找贝贝谈吧。李老板说我上哪儿找她去呀？我就跟你谈。许多多说，你想怎么谈？李老板说见面谈呀！我现在去找你。许多多说今天不行，改天吧。李老板说这才几点？不晚不晚。许多多没等他说完就把电话挂了。

那个人端起酒杯，等着她碰杯。许多多举起杯和他碰了一下，捧杯的声音显得有些急促。那个人朝她笑笑。许多多知道自己已经喜形于色了，想改回来，但已经找不回原先那种从容和淡定，索性自嘲地把酒一饮而尽，说，我又露尾巴了，自罚。话音刚落，手机又响了。许多多看了看，说，又是他。

许多多说，李老板，我这儿还忙着呢。李老板说，多多妹妹，你听我说完，你说得没错，人不能一棵树上吊死，走哪条道都能到天安门。我听你的，只要你能帮我，条件好谈。许多多沉吟一下，说，李老板，不是我要跟你谈条件，是因为你找不到贝贝我有责任，那天是我把她介绍给海岛市来的老板的。李老板说，真是你？完了完了完了，这下完了。许多多说，所以我才帮你。李老板说多多呀，你可把我害苦喽。这回你无论如何得见我。

架不住李老板的软缠硬磨，许多多答应跟他面谈。临出来时，她特意开上了胡河南送她的Q5。楼下的地灯照着豪车，显出恰到好处的神秘和气派，许多多很满意。许多多不是个张扬的人，一点都不张扬，她出身农村，从小就尊崇一句话：咬人的狗不叫。可是今晚她要张扬，对付李老板这样的人，她必须给自己足够的气场。

许多多开车路过昆仑饭店时，陈贝贝正开着她的红宝马驶进饭店的停车场。她刚从邹老家回来。陈贝贝为了胡河南去找邹老，不光是因为她爱上了胡河南，还因为胡河南答应她要给她买一套房，这使陈贝贝有了双倍的理由和动力。

邹老不是个为老不尊的人，用他自己的话说，爱美之心人皆有之，既然人皆有之，那就是人之常情，那就没有不尊之嫌。所以陈贝贝就成了他的干女儿。按辈分陈贝贝该是邹老干孙女的，但传统中干孙女尚未成为体系，以干女儿相称也算是从众。可是邹老确实老了点，本来该身体力行的事只能以手眼代劳了。陈贝贝一点都不反感，当她笼罩在邹老的气场中呈现在他面前时，甚至有一种圣洁的体验。对此，邹老当然是感受到了，并且付出了应有的感激。但是，当陈贝贝向邹老解释这几天没来看他是因为在海岛市搞房地产的表哥来了时，邹老脸上的笑容当即逝去，犹豫了片刻，问：海岛市？陈贝贝不知邹老问话的意思，一时张口结舌，脸也红了。

邹老眯缝着眼看了陈贝贝一会，缓缓地说，你去过哪里？

陈贝贝摇头，干爹，我哪有时间？她原准备请邹老关注一下表哥的话没敢说出口，而是换了一个借口说，我表哥要请您老人家吃饭。

邹老好像有些警惕，没有马上答应。陈贝贝又说，我表哥说我进步很快，要帮我拍MTV。干爹，您也为我高兴吧。

邹老沉吟了片刻，说，那就一起吃顿饭吧，就明天。

陈贝贝十分感激，仰望着邹老。邹老头上笼罩着一种仙人般的光辉。

邹老虽然当了一辈子领导，但在私交方面并没有养成食言的习惯。第二天晚上，邹老如约请胡河南吃饭。

邹老请吃饭实际上是由他出面倡导吃饭，倡导了，并且出席了，就是请了。争着买单的人多得是，让谁买单是给谁面子，也是被接纳并进入排序行列的标志。在邹老看来，那个捧陈贝贝出道的李老板是最佳买单人选，让他买单，不仅给了他面子，也不让陈贝贝和她表哥感觉过于隆重。这是一种分寸，也是规格，常人对这种分寸是需要刻意拿捏的，邹老不用，在邹老这里，决定和规格是配套的。

邹老决定让李老板出席并买单，陈贝贝慌了，赶紧跟邹老说，就别让那个李老板来了吧。邹老说，让他来。陈贝贝说不嘛，你不是说请我表哥的吗？邹老看了看陈贝贝，明白陈贝贝是不想让李老板和她那个什么表哥见面。陈贝贝越是不想让两个人见面，邹老就越不能依着她，他的权威是不容置疑的，他不会放过任何一步能够"将军"的棋，这是一种必须的习惯，也是一种本能。

陈贝贝知道这下要弄巧成拙了，赶紧给许多多打电话。许多多脑子飞快地转了一下，说宝贝，这事邹老已经定了，你是改不了的。当初邹老在位时，手下的人哪个敢对他说一个不字。你呀。

许多多挂了陈贝贝的电话，使劲地压抑着自己的兴奋。邹老出面，让胡河南和李老板两个人见面，对她来说简直是雪中送炭。她昨天晚上，已经让李老板相信了陈贝贝倒向了海岛市的胡老板那边，进而引导李老板做出了要拿到海岛市的那块地，只有许多多才能帮他的结论，并且，李老板已经提出了，拿出那块地百分之十的预期利润，作为许多多的回报或股份的意向。这么巨大的一块利益，正是她经营一号厅这个平台，并且和那个人保持协约关系的目的。许多多要攒一把大牌，如今这把大牌即将做成，只等着有人放炮。没想到放炮的人是邹老，而邹老是她梦寐以求的最佳人选。没想到好运来得这么快，这么山呼海啸势不可挡。许多多手心出汗了。

接到许多多的电话，李老板愣住了。找到了陈贝贝，邹老请客，让他出席并买单，并且就在今天晚上。他知道，他太知道了，让他买单是一种荣耀，是一种认可，是一种接纳。李老板在屋里转起圈来。他不得不承认许多多能耐大，能耐真大。他确信昨天晚上软缠硬磨跟许多多见面是十分必要的，更确信，他给许多多抛出的百分之十的利润回报，是个英明的决定，他从小就深信有钱能使鬼推磨，这么多年来折腾煤矿打点上上下下的关系，更是无数次验证了这一真理。他明白，他李艳阳的局面开始逆转了。

李老板还没从巨大的喜讯中回过神来，许多多的电话又来了。许多多说，最新消息，你的那个贝贝和海岛市的那个老板搅和到一起了。李老板慌了，问，什么，你说什么？许多多说你听着，海岛市的那个老板姓胡，叫胡河南，秃头。你应该见过。贝贝现在和他很热乎。李老板说，这个小婊子，那，那不就完蛋了吗？许多多说，所以你必须听我的。李老板说我听我听，我怎么能不听呢。许多多说，今天晚上不管发生什么事，你要装老实，装傻，越傻越好，听明白了吗？李老板使劲点头，点了半天才想起许多多根本看不见，就对着电话喊，我知道，我知道了。

陈贝贝早早地就和胡河南来到了一号厅。许多多对他们意味深长地一笑，示意胡河南坐下。陈贝贝急切地把许多多拉到门外，说怎么办呀多多姐。许多多说你自己栓的扣自己解呗。陈贝贝急了，姐，我的亲姐，眼看着就要穿帮现眼了你还有心思开玩笑。许多多说，哭一个，给姐哭一个我就帮你。陈贝贝果然哭了，眼泪夺眶而出。许多多笑了，用纸巾给她擦眼睛，擦脸，一边擦一边说，瞧你哭的小样，真可人疼。陈贝贝打了她一拳，急得跺脚。许多多说，行了行了，以后有什么事记得先跟姐商量，今晚听我的，尽量不让你穿帮。

许多多果然没让陈贝贝穿帮。掌握场面的气氛，许多多游刃有余。宴会一开始，许多多就站起来，请示邹老，能不能由她越姐代庖当个酒倌。邹老本来就喜欢这个善解人意的姑娘，许多多一说，邹老就允了，好，今晚就封你个官，酒倌。大家一起热烈地笑。许多多说，邹老，我这酒倌怎么着也相当于处级吧？邹老说，处级，正处，任期两个小时。大家又笑，更热烈了。

接下来许多多就行使酒倌的权力，先是给邹老敬酒，大家都喝，邹老限量。许多多给邹老限制了额度，一晚上只允许喝三杯酒，铁面无私，不许临时增量，并赋予了陈贝贝监督权。邹老很高兴，表示愿当遵守规章制度的表率，陈贝贝很尽职，娇嗔地抚着邹老的后背，就三杯哦。接着许多多就给胡河南和李老板相互介绍，介绍李老板时，许多多把他说成是陈贝贝的恩人，介绍胡河南时，当然就成了陈贝贝的表哥。胡河南不失时机地给李老板敬酒，感谢李老板帮助表妹，并且检讨自己这个当表哥的失职。李老板自然也热情地回敬胡河南，说胡表哥幸会幸会。陈贝贝见气氛热烈，就自告奋勇地提议，由她这个干女儿给老爷子献歌一首。

就唱《好日子》！许多多说，眼睛却看着邹老，显然是希望邹老支持她。

邹老未置可否。这让许多多有点儿紧张。她知道邹老喜欢听歌，喜欢听陈贝贝唱歌，但最喜欢听陈贝贝唱老歌，流行的说法叫红歌。陈贝贝唱了两句，邹老辟啪鼓掌，她才松了一口气。

陈贝贝的歌唱得好，又脆又甜又润。她的表情也好，一脸阳光明媚，眼睛里的春光可着劲儿朝外溢。许多多的目光一直在陈贝贝的脸上。胡河南和李老板不是，他俩专注地盯着邹老。邹老咳嗽一声，胡河南赶忙递上纸巾。邹老手刚摸烟盒，李老板赶忙点燃打火机……。

大家用心伺候着，尽心经营着，晚宴的效果出奇地好。

散场后，陈贝贝冲许多多做了个鬼脸，就跟着车去送邹老。胡河南回宾馆。李老板则拉着许多多请她喝茶。胡河南打车离开时，一辆黑色的帕萨特跟在了他的车后面，那是二拐子。

那个小婊子，一晚上跟那个姓胡的眉来眼去的，气死我了。李老板对坐在对面的许多多说。许多多抿了一口茶，说，李老板，你能不能嘴上积点德，你要是这样，你的事我就真不管了。李老板说，你不能不管，从现在起，我不指望那个小婊子，你，多多妹妹，我知道你有能耐，无论如何你得帮我，不能让那个姓胡的得逞。许多多说，说得好听，我帮你，自然有办法搞定邹老，你不能在墙上画张饼给我充饥。李老板说那是那是。正说着，电话响了，李老板从腰带上抠出手机，向许多多示意一下，说，二拐子，怎么了？二拐子说搞定了。李老板说他娘的！

二拐子说搞定了，是他跟踪到了胡河南的住处，并且记下了房间号。这是个不小的成就。李老板知道，现在许多多和他上了一条船，许多多答应他，要么就是她能够驾驭陈贝贝，要么就是她除了陈贝贝外，还有不为人知的路子。也就是说，他和那个姓胡的比，已经不处于劣势，并且因为掌握了姓胡的住处，他已经有了明显的优势。

可是胡河南不这么看。当陈贝贝送邹老回来躺到他身边时，他就决定了买房。说是买房，其实就是住进去。房早就租下了，也是在东四环边上，紧挨着许多多的小区。房子是精装修的，胡河南本来打算用来在北京设办事处，现在他决定直接付款，买下来送给陈贝贝了。胡河南不是傻瓜，算上买这套房，打通邹老的关系，拿地的成本，仍然远远低于他的预期。所以第二天两人就住进了新买的房子里。

进了新房子，陈贝贝就哭了。她一次一次地告诉胡河南，她爱上他了，真的爱上他了，不是因为房子，也不是因为做爱，是糊里糊涂地爱上了。整整一个下午，陈贝贝不停地哭，跪在客厅的地毯上哭，泪水落地无声。趴在厨房里哭，泪水啪嗒啪嗒地落在大理石的灶台上溅起水花一片。坐在卫生间的马桶上哭，泪水从两手的指缝里汩汩而下。伏在床上哭，泪水打湿了胡河南的脖颈和胸膛。胡河南被她的泪

对于许多多，高平承认自己喜欢她。许多多安
静、美丽、温柔、善解人意，这一切都是他现在的夫
人不具备的，他最受不了的是夫人扬着眉毛，挑着京
腔，数落他胎里带出来的土气。

水溶化了，紧紧地搂着她，告诉她他会永远对她好，一直到她决定离
开他。陈贝贝哭着说：我不离开你不离开你我不要名分什么都不要只
要你只要你。胡河南说她傻瓜，小傻瓜。

胡河南和陈贝贝不知道，就在他们隔壁的小区里，许多多为拿地
的事正在进行着紧张的沙盘推演。

六

和许多多一起进行沙盘推演的还有那个人。

那个人叫高平，是邹老的秘书。邹老退下来后，兼着个半官方的
协会会长。高平呢，除了当邹老的秘书，还跟着邹老兼协会的秘书长。
这是一种待遇，领导岗位退下来，兼个协会或者学会会长，可以继续
工作几年。那些官方半官方的学会协会权力很大，是个搂钱的好地方。
可是邹老不搂钱，高平也不搂钱。邹老认为搂钱是贪腐，高平认为搂
钱是傻瓜弱智。他知道有一天邹老会把他放下去。他的前任现在就是
海岛市的市长。胡老板、李老板，还有这个那个老板，表面上冲着邹
老，实际上是冲着邹老的前一任秘书。他现在是在上升通道的平台上
盘整。对于稳重斯文的高平，一切都顺理成章，一切都会水到渠成，
前提是他必须一直这样稳重斯文下去，一直要把爪牙蜷缩潜伏起来，
包括他一直喜欢着的许多多。

对于许多多，高平承认自己喜欢她。许多多安静、美丽、温柔、
善解人意，这一切都是他现在的夫人不具备的，他最受不了的是夫人
扬着眉毛，挑着京腔，数落他胎里带出来的土气。夫人的父亲虽然也
像邹老一样退下来了，但余温仍可轻易烧掉他的政治前途。因此他和
许多多就有了协约关系。但协约不是写在纸上，而是在各自的心里。
对于许多多想在拿地这件事上弄一笔钱，他是反对的。但许多多却史
无前例地坚持，许多多跟他几年了，从来都是服从他，只坚持了这一

回。高平答应了。他深信，只要设计得好，许多多的目标是可以实现
的。高平出身农村，他父亲是村里有名的智多星，父亲有一句名言：
一个人想办法抵十个人干活。

你看，许多多说，你看，现在胡河南对我是深信不疑的，因为我
接受了他送的 Q5。而李老板病重乱投医，对我也是抱着百分之百的希
望。也就是说，买家有了，并且因为竞争关系，出高价的一方也有了。
从供需关系上看，现在咱们只需要把商品拿到手上，这商品就是那块
地。高平笑笑。许多多说，你要是能让邹老给他的前任秘书打一个电
话，这事就成了。高平摇头，难。老爷子可是一尘不染。许多多说，
那你就打这个电话。反正你们也认识。他是邹老过去的秘书，你是邹
老现在的秘书。你打电话，他不至于会怀疑吧……许多多的目光一直
看着高平。

高平挠头皮，说，这不行。可能怕许多多怀疑他不肯帮忙，故意
眯着眼，一副认真思考状。

许多多突然冒出一句，捉奸行吗？

高平想都没想，连忙说不行不行，你怎么想出这种俗招？许多多
笑了，我就是随口一说。高平接着教导她，捉奸你捉谁？捉邹老，要
挟他？好啊，邹老是谁呀，你我都等着死吧。捉胡河南？那就灰了邹
老的面子，邹老一撒手，谁都不管了。捉老李？真捉到老李和贝贝，
邹老恨不得他死，还给他地！许多多同学，我发现你真挺逗的。许多
多嘟着嘴，往高平怀里一钻，两人就撇开这事，滚到了床上。

许多多不是随口一说。捉奸这个词虽然不入耳，这种做法虽然是
俗招，但可能是最有效的。所以第二天，当李老板把首笔活动费用打
到许多多的卡上后，李老板的手机上就得到了两幅照片。接着，李老
板的外甥二拐子就把两幅照片，发到了海岛市的一个手机号上。手机
号是胡河南老婆的，照片上，胡河南和陈贝贝搂在一起腻歪。这时，

李老板已经坚信许多多就是他的贵人了。

其实胡河南并没有沉迷于和陈贝贝的缠绵之中。胡河南的老婆接到二拐子发给她的照片时，胡河南正和陈贝贝往邹老家里搬东西。邹老请了胡河南，作为答谢，胡河南给邹老送了一根老参，这根参是几年前胡河南专程去东北请来的，花了三十多万。除了参，还有一块观赏石，这块观赏石是灵璧石，山岳耸立沟壑纵横气象万千，轻轻一敲，声若青铜制成的磬。这块观赏石也是胡河南几年前就备下的，花了他十几万。陈贝贝抱着参，胡河南指挥着两个工人小心翼翼地把观赏石抬进邹老的屋里。

邹老很高兴。邹老不收钱，从来都不收钱，但对胡河南和陈贝贝送来的礼物却十分乐意接受，尤其是那块石头。邹老围着石头观赏抚摸啧啧有声，连声说好。胡河南见邹老高兴，就在一旁解释说，有幸通过表妹结识邹老，奉上两件礼物略表心意，谐音是一生一世，胡河南一生一世都感到荣幸。邹老笑得眼都眯起来了，说小胡好，小胡不光会办事，还会说话，好，好。胡河南常在场面上混，深知进退之度，见好就收，起身告辞。陈贝贝留了下来。

晚上陈贝贝回到胡河南送给她的房子里，第一件事就是告诉胡河南，邹老答应去海岛一趟。胡河南说，真的？邹老真的答应了？他知道找领导办事，不像过去需要领导写条子打电话，那样会留下证据，对领导对领导找的人对找领导办事的人都不好。领导只要答应过去，让被找的人和找领导办事的人坐在一起吃顿饭，事情就成了。

陈贝贝说你还没谢我呢。胡河南一下抱住陈贝贝，把她往空中扔了几次，扔得陈贝贝吱哇乱叫，勾住他的脖子把他拖倒在地毯上。

胡河南庆贺时，李老板这边犯起了嘀咕。二拐子告诉他，胡河南往邹老家搬了一块石头。石头，什么石头？李老板问。就是石头，破石头。二拐子说。李老板不懂石头，但他懂得胡河南不会把不值钱的石头往邹老家搬，他赶紧打电话告诉了许多多。许多多说，哦，知道了。许多多的态度让李老板更嘀咕了，不光是为地嘀咕，他已经往许多多卡里打了五十万了。五十万呢。

许多多接到李老板的电话，虽然不动声色，但心里却也着急上了。万一陈贝贝赶在她前面说动了邹老，那她就只有祝贺胡河南和陈贝贝的份了。她拿起手机，给高平又发了一个推销打折机票的信息。她要让高平先设法拦住邹老，只要能拦住一两天，局面就会又一次逆转。

许多多要等的是胡河南的老婆。胡河南的老婆无疑是她化解危机的催化剂。

其实胡河南的老婆已经到了北京。从机场到许多多工作的酒楼堵车，一路上宛如穿越千山万水，短短二十公里，超过了她从海岛市飞到北京的时间。

许多多正焦急地等待着胡河南老婆的时候，服务员说有一位女士找她。许多多一转身，胡河南的老婆出现在她面前。许多多是真惊奇，一点都不做作，嫂子？你什么时候来的？一边说一边往远处看，我胡哥呢？胡河南老婆说，你坐下多多，我找你有点事。

胡河南老婆找许多多是要问胡河南的住处。许多多说不知道。许多多不能告诉她，告诉她胡河南住处的人不能是她。许多多说你打他电话呀！胡河南老婆说我不想打他电话。许多多问是不是出什么事了？胡河南老婆说没出什么事，能有什么事？我就是想找到他。许多多说我真不知道他住哪儿，要不我帮你打听一下。许多多开始打电话，打了好几个也没人知道。许多多两手一摊，嫂子，胡哥前两天还在一号厅吃过饭，可是我没问他住什么地方。正说着，胡河南老婆手机上接到一条信息，她看了看信息，起身就走。

许多多笑了。信息是二拐子发的。她知道自己导演的捉奸大戏就要开场了。

让许多多没想到的是，胡河南老婆按照二拐子信息上的地址却扑了个空。

七

胡河南老婆一心想捉奸却扑了个空。她按给她发短信的手机号打过去，没想到顺利接通了。

二拐子接电话时也很诧异，明明自己亲眼看着胡河南进了那个房间，怎么会错了呢？倒是胡河南老婆一句话提醒了他，胡河南老婆说，小兄弟，你要是有什么条件尽管提出来，别指着兔子让我满世界追去。二拐子眨了眨牛眼，突然冒出一个歪主意，他对胡河南老婆说，你给我打五万块钱，我一天之内告诉你准确地址。胡河南老婆说，我怎么相信你呢？二拐子说，我也不知道你怎么相信，你呀，爱信不信。胡河南老婆说，行，你给我卡号。

二拐子乐了，自从逃到北京，他舅舅李老板除了房租，一个月只给他一千块钱零花钱，想玩个女人都得吃一个星期方便面加大馍，没料到一条短信就换来五万，真是京城钞票齐腰深啊！他牛眼一转，又想起了新主意，胡河南老婆的声音真好听呀，喊他小兄弟，又亲切又甜美，又清澈又滋润，二拐子躁动起来。二拐子慌慌张张地说，你开个房间等我，不然免，免谈。

二拐子万万没有想到，胡河南老婆竟然答应了。在去往宾馆的路上，二拐子脑袋发晕，一个晚上，不仅得了一笔巨款，还得到了一个声音娇美的女人，好事接踵而至，二拐子不信自己有这么好的运气，他有点怕。但看见一条条飘过他身边的圆滚滚直挺挺的美腿时，他朝地上狠狠地吐了一口，二拐子活到二十多岁，什么都没有，也就什么都不会失去。因此，他走得飞快，生怕自己反悔。

当二拐子站在胡河南老婆面前时，他还是被镇住了。面前这个穿着睡衣白嫩丰润的女人具有非凡的气场，二拐子都没敢看她的脸，一下子就把她抱起来放到床上，然后用牛一样的身子压着她，飞快地扒去自己的衣服。如果不是这一系列生猛的动作，二拐子担心自己会退缩，甚至落荒而逃。出人意料的是胡河南老婆竟然一点都没有推诿敷衍，反而温存地舒展着自己的身体迎合他，当二拐子凶猛异常地侵入她身体时，她还情不自禁地嗷地叫了一声。胡河南老婆的迎合和叫声赋予了二拐子成功感并激发了他的斗志，他正欲奋起发力，胡河南老婆却一把搂住他，在他耳边轻声说，别急，跟我说说话。二拐子一边答应，一边猛烈地动作，谁知胡河南老婆却像一堆棉花一汪水，无论他怎样用力，都被她轻易化解，二拐子徒劳地动作着却毫无建树。胡河南老婆再次轻声说，小兄弟，别急，这一夜都是你的，跟姐说说话。胡河南老婆声音又柔又甜又亲，二拐子酥了，乖了，吭哧吭哧地说，说，说什么？胡河南老婆在他脸上亲了一口，然后轻轻地贴着他的耳朵问，照片哪儿来的？二拐子脱口而出，我舅给的。胡河南老婆亲着二拐子的脖子，身子上下轻柔缓慢地动着。二拐子得到了暗示，受到了鼓励，使起了牛劲。胡河南老婆又变成了棉花和水，她一边泄他的力一边问，你舅从哪儿弄来的？二拐子想都没想，说，多多姐，许多多给的。胡河南老婆浑身一震，愣了有十秒钟，旋即笑了，笑得很甜很美很开心，然后身子上下左右扭动起来，嘴里发出欢愉的叫声。胡河南老婆的叫声在二拐子听来像一只美丽的母鸟在忘情地歌唱，这歌唱让他神勇无比一往无前。

胡河南老婆没有食言，她把那一夜都给了二拐子。二拐子不惜力，不偷奸耍滑，差点累死。他明知眼前这个实际年龄比自己大七、八岁的小富婆是想利用他，但他心甘情愿，就是她让他去死，他也会毫不含糊。

二拐子死心塌地地成了胡河南老婆的人。他开着他舅留在北京的

黑色帕萨特，在陈贝贝单位门前守株待兔，终于等到了开着红宝马的
陈贝贝，并轻松地跟到了她东四环边的家里。

二拐子并没有把这令人振奋的消息告诉他舅舅李老板，都说外甥
随舅，李老板除了给了他一张瓜脸一双牛眼外，剩下的就是让他像狗
一样听使唤，象狗一样游荡在北京街头。他第一时间就跑到胡河南老
婆的房间，自告奋勇地要带着她去捉奸。没想到胡河南老婆并不急于
捉奸，而是又犒劳了他一次，并请他吃饭。这让二拐子产生了错觉，
他怀疑胡河南老婆是不是喜欢上他了。他甚至毫不怀疑自己的这个错
觉。他听人说过也在网上看过，有的老板经常在外拈花惹草，被冷落
的年轻漂亮的媳妇或包养的女孩不甘寂寞，也有的出于报复在外找乐，
有的找小区保安，有的和下属比如司机……二拐子活到二十多岁，就
连他爹妈都没真正喜欢过他，他因此激动不已，发誓为这个女人去做
一切她想做的事。

打发走了二拐子，胡河南老婆站在卫生间镜子前仔细地端详着自
己。这是她的习惯，她在思考重要的事情时，喜欢对着卫生间的镜子
审视自己。走出卫生间时，她给许多多打了个电话，她需要约许多多
聊聊。

胡河南老婆已经从二拐子那里知道了一切，她知道照片上的这个
陈贝贝，对胡河南拿地，是个至关重要的人物。虽说胡河南和陈贝贝
亲密的样子让她十分生气，但她更知道捉奸的后果，将使海岛市的那
块地花落别人家，再说，她已经用二拐子成功地报复了胡河南，她不
仅享受了对胡河南的报复，也享受了二拐子带给她的一次次快感，而
这种快感她已经久违了。她需要知道的是许多多的计划，许多多既然
想通过她把地的事弄黄了，就必然有一个更大的企图，这个企图，关
系到她和胡河南能不能得到那预期的几个亿。

胡河南老婆不打算跟许多多戳破，她已经嘱咐二拐子不要说破了，

并且许了二拐子好处，事成之后再给他五万。她相信长着一副瓜脸的二拐子听她的，不给钱都会听她的，二拐子的那双牛眼，已经把他发自内心的臣服和焦渴暴露无遗。因此，当许多多坐在她对面时，她给许多多看了手机上收到的那两幅照片。

那个骚货是谁？胡河南老婆问。许多多说，哎呀嫂子，你从哪儿弄到的？谁这么缺德？胡河南老婆心里骂了句骚货，脸上却挂上了因屈辱而至的羞愤，说，多多，我一直拿你当妹妹，你不能看着外人欺负我什么都不管，我知道你肯定认识她。许多多说，嫂子，这照片不能证明什么，现在的女孩开放，你不能凭一张照片就瞎猜。胡河南老婆哭了，说，多多，真没想到，我真没想到你也和他们合着伙骗我欺负我。她声情并茂历数女人的委屈和艰辛，把许多多说得眼泪都掉下来了。许多多最后才告诉她，这个女孩叫陈贝贝，是个新出道的歌手，还一再央求胡河南老婆不要毁了人家的前程。

许多多滴水不漏，胡河南老婆发现自己一切都是徒劳，她和许多多最多打个平手，或者说她还不是许多多的对手。但许多多既然来了，她就不能让她白来，她最后留给许多多的话是她要和胡河南，和那个骚货弄个鱼死网破。看着许多多脸上挂着同情和遗憾离开，胡河南老婆知道，她一转身就会乐得合不上嘴。

胡河南老婆又到卫生间的镜子前站了许久，决定去找胡河南。

胡河南老婆敲开门时果然看到了胡河南脸上的惊慌和尴尬。和她在去胡河南住处的路上想到的表情一模一样，路上她想着胡河南脸上将会呈现出的惊慌尴尬时忍不住笑出声来。但在面对胡河南时她没有笑，她尽量彰显着自己的愤怒和委屈，并径直走向卧室，如愿以偿地见到惊慌失措的陈贝贝。

三个人坐在客厅里时，胡河南老婆淋漓尽致地享受了捉奸者的权利。她尽情地奚落了陈贝贝，直到她缩成一团。但她并没有让譬如婊子骚货之类的脏话说出口，她还需要这个婊子。

当胡河南老婆看着对面的胡河南把头扎进裤裆里，看着陈贝贝手捂着脸缩成一只刺猬，突然笑出声来时，胡河南和陈贝贝着实吓了一跳。两人抬眼看看，胡河南老婆脸上的愤怒和敌意已经消失，胡河南兔子似的跳起来给老婆倒了杯水。胡河南老婆喝着水，翻出手机上的照片，把手机递给了陈贝贝。

胡河南老婆变成了一个出色的解说员，她入情入理地把许多多和李老板的关系解说得清清楚楚，胡河南和陈贝贝惊得目瞪口呆。此刻胡河南老婆成功地控制了局面，开始跟陈贝贝摊牌。陈贝贝远远不是胡河南老婆的对手，胡河南老婆把照片发到网上，发给邹老的任何威胁，在她看来都足以置她于死地。她跪在胡河南老婆面前说，嫂子，你让我做什么都行，我还年轻，只要你别毁了我的前途，我什么都愿意做。我和胡哥是第一次，也是最后一次……

胡河南已经明白了老婆的用意，他示意老婆扶起陈贝贝，说，我知道我对不起你，可是我确实是喜欢贝贝。老婆说呸，你不要脸。胡河南说是，是。胡河南老婆和胡河南一边斗着，一边默契地把陈贝贝推到了为挽救命运，背水一战的绝境。

因为成功捉奸，胡河南老婆成了拿地的总指挥。胡河南从慌乱中醒悟过来，决定夺回指挥权。可是此刻陈贝贝已经领受了任务走了。胡河南有点魂不守舍地想着陈贝贝的感受，又不敢立刻就给陈贝贝打电话。倒是老婆授予了他和陈贝贝联系的权力。老婆说，给你那小骚货打个电话。胡河南狐疑地看着老婆，老婆说，你跟她上床都不怕，让你打个电话倒装上了，打。胡河南迫不及待地调出陈贝贝的号码，刚想躲到窗边去，老婆说，就在这儿打。胡河南说我不打了。老婆说，傻呀你？现在就打，告诉她你喜欢她，是真心喜欢她，说我管不了你。胡河南将信将疑地看着老婆，老婆走过来，拍拍他的脑袋，你这个马驹子，在外头撒欢不怕，别挣脱了缰绳就行。胡河南感激地点点头，觉得不够，又使劲点点头，说嗯。

在租住的房子楼下，陈贝贝泪流满面地坐在红宝马里。她真想大哭一场，可是哭不出来。要是以往，她第一个想到的就是许多多，她会去找许多多，趴在她身上放声大哭。可是现在不行，她无论如何也没有想到，许多多会把自己给卖了，不用胡河南老婆说，她从照片上的背景中就看得出来，那是头一天她和胡河南许多多三个人吃饭的餐厅，当时许多多就坐在他们的对面。但对许多多，陈贝贝想恨都恨不起来，她是她唯一的朋友，失去她陈贝贝觉得恐慌。李老板那里她是不能去了，甚至想想都恶心。邹老也不是她的依靠，那个笑眯眯的老头，需要的是她的青春和身体，一旦这个身体出卖了他，他骨子里的威严和阴森就会冒出来，对她那就是杀身之祸。她现在就像是暗夜的山林里唯一的一只夜鸟，恐惧、屈辱、孤独、无助，紧紧包围着她，以致手机响了半天才想起接电话。

胡河南在电话里刚说了一声贝贝，陈贝贝哇地一声就哭了起来。无论胡河南说什么她都是哭，直到电话里传来胡河南老婆的声音，她的哭声才戛然而止。

陈贝贝又回到了胡河南给她的房子里。胡河南老婆悲悯怜爱地抚了抚她的头发，她又忍不住了，哇地一声又哭起来，这回是趴在胡河南老婆的怀里。胡河南老婆被陈贝贝哭得心酸酸的，眼里闪着泪花。胡河南偷眼看过去，那一刻他老婆脸上放着圣洁的光辉。

陈贝贝彻底被俘虏了。胡河南真的成了表哥，胡河南老婆就成了表嫂。照片呢？表妹跟表哥撒娇。许多多，奈若何。

八

许多多不得不承认自己有可能弄巧成拙。从胡河南老婆那里回来，李老板的电话打断了许多多的思绪。看着手机上李老板的名字，许多多迅速调整出了自信淡定的声音，按下了接听键。李老板关心的是胡河南老婆捉奸的情况，电话里不时传来他淫荡猥琐的笑声。

她坐在自己空阔的房子里，眼珠不停地转动着。她觉得自己像掉进了一大缸粘稠的浆糊里，脱身不得，动弹不得。陈贝贝再傻，也能从照片上看出是她拍的，那就势必跟她反目。失去陈贝贝这张牌，她就只剩下高平了，而高平虽然想帮她，但满脑子都是自己的前程，不会为了她那块看似巨大的利益而在邹老面前自毁官运。她已经清楚地看到那块巨大的利益离她越来越远，一丝寒意向她袭来。

李老板的电话打断了许多多的思绪。看着手机上李老板的名字，许多多迅速调整出了自信淡定的声音，按下了接听键。李老板关心的是胡河南老婆捉奸的情况，电话里不时传来他淫荡猥琐的笑声。许多多觉得无聊，准备结束通话，谁知李老板却提出了一个在她看来欠抽的想法。李老板心里还是惦记着陈贝贝，确切地说是惦记着他用钱堆出来的陈贝贝，他希望捉奸以后许多多能帮他把陈贝贝拉回他身边。因为和许多多合作，李老板提这要求时坦坦荡荡，一点不好意思的感觉都没有。许多多心中暗暗骂了一句，反问他这是不是合作的附加条款，谁知李老板竟一本正经地否认，那么大的合作标的，加上一个陈贝贝怎么了？陈贝贝本来就是我的。

挂了李老板的电话，许多多只觉得恶心。她讨厌李老板这样的暴发户，昨天还撅着屁股种地，今天就呼来唤去地成了主人。她想起了陈贝贝说过的一句粗话，跟他上一回床，得撒三天黑尿。许多多刚想对着巨大的空间狠狠地呸一声，一个念头突然闪现出来。

许多多要当一回恶人，光明正大地当一回恶人。相比起那块巨大的利益，恶人算不了什么。

许多多要当恶人，颇有点置之死地而后生的意思。没有陈贝贝，光靠高平她是无论如何也拿不到那块地的。她只想到捉奸会使胡河南老婆和陈贝贝大闹，从而促使陈贝贝倒向自己和李老板一方，迫使胡河南出局，却没想到陈贝贝会在倒向自己之前，而认出照片是她许多多拍的因而恨上她，更没想到胡河南老婆一去不返杳无音讯。她判断胡河南老婆极有可能已经和陈贝贝联起手来，她低估了这个自幼生活在官家的小富婆。她现在等于是空做了一场梦。她必须重新站队，站到胡河南一边，她相信李老板能给她的，胡河南也一定能给。前提是她必须赤裸裸地站出来当一回恶人。

而她手上并不是没有杀手锏，照片就是。她相信这些照片足以让陈贝贝合作。前提还是要赤裸裸地当一回恶人。

许多多轻松了。想明白了的许多多开始打电话，先给李老板打，再给高平打，最后一个是最为关键的陈贝贝。

陈贝贝也轻松了。她现在和胡河南老婆已经亲如姐妹。许多多给她打电话时，她正在开车去邹老家的路上。邹老答应过她，本周内去一趟海岛市。只要邹老去了，那块地就会落到胡河南手上。许多多的电话被陈贝贝挂掉了，陈贝贝虽然恨不起来许多多，但她心里已经没有了许多多的位置，许多多原先在她心里的位置空了，空得她很难受。许多多的电话一次次地打进来，陈贝贝一次次地挂掉，就在她等着挂掉许多多下一个电话时，却看到了一条信息：贝贝，如果你以为我手上只有那两张照片，那就大错特错了，别逼着我害你。多多姐。

东三环边上的咖啡厅里，陈贝贝坐在了许多多的对面。

如果仅仅是那两张照片，胡河南老婆已经安排好了，那不过是表妹跟表哥撒娇。可是她和胡河南在一起的几天几夜，忘情而又忘形，那就不是表哥表妹了。在许多多的微笑中，陈贝贝给胡河南老婆打了个电话，告诉她许多多手里还有照片，很多很多。

胡河南老婆显然傻了。过了一会，她把电话打过来，要和许多多通话，只是通话的换成了胡河南。许多多依然微笑着，轻声细语地跟胡哥谈着生意。许多多跟胡河南谈的条件和李老板一样，胡河南沉吟一下，说多多啊，你要想跟我合作，当初说一声就行，何必兜这么大的圈子呢！许多多笑笑，哥，你们做生意的讲得是本钱，当初我没有本钱呀。电话的另一头，胡河南哈哈大笑起来，行，你让我见识了你的本事，成交。

陈贝贝坐在许多多对面，傻傻地看着许多多和胡河南通话。她死活都弄不明白许多多脑子里怎么会有这么多的主意，她只知道从自己坐在许多多对面的那一刻起，她就注定了又一次被许多多放到了砧板上，至于从哪里下刀，那就是许多多说了算了。

离开咖啡厅，陈贝贝六神无主地走在信心满满的许多多身后。许多多带着陈贝贝去见的人是李老板。

李老板的房间里收拾得干干净净，窗边的小几上还放了一束巨大的鲜花。许多多和陈贝贝一进门，李老板就噌地一下跳起来，亲热地揽着陈贝贝的肩膀，给她递水果，给她沏茶。茶是家乡的猴魁，猴坑的猴魁，要领导才能喝得上，现在给陈贝贝喝了。陈贝贝也不推辞，有点娇嗔地怪李老板粗手笨脚，再好的茶也沏不出好味道。许多多见两人重归于好，知趣地告辞。临走时，她拔下了取电槽里的门卡，换上了一张废弃的电话卡。

李老板高兴极了。不光是因为夺回了陈贝贝的肉身，重要的是陈贝贝的肉身所代表的海岛市的那块地。不过李老板是现实的，怀里陈贝贝的肉身早已让他按捺不住了，这个小妖精活生生地让胡河南享用了几天糟践了几天，现在终于回到自己的怀抱，他对每一寸肌肤都充满了怜惜和珍爱。李老板嗅着，眯着眼睛一寸一寸忘情地嗅着，陈贝贝的体香让他着迷让他晕厥。当他亢奋地进入陈贝贝的身体时，陈贝贝摁下了手机的发送键。

当李老板停止了所有动作瞪着牛眼嗷嗷地叫唤时，门开了。

进来的是许多多。许多多身后是高平。李老板情不自禁，嗷嗷声一时无法停下来，陈贝贝却挣脱了他牛一样的身子跳下床，神情恍惚地抱住许多多哭喊，多多姐，他强暴我。赤身裸体的李老板尚未缓过神来，脸上挨了许多多一记耳光：李艳阳，你这畜生！

李老板傻了，他手哆嗦着指着陈贝贝，她，她，你问问，我跟她比我老婆还多，你问问。陈贝贝变脸了，怒喝一声，放屁。

李老板彻底傻了。事情的严重性许多多已经交待了，言简意赅简明扼要通俗易懂。他现在已经不用考虑那块地了，当务之急是如何按下强暴冉冉升起的歌星陈贝贝这件事。他想起了钱。可是许多多不缺钱。陈贝贝也不要钱。高平更是不屑。李老板没辙了，明知掉进了人家码好的套里却百口莫辩，明知钻进了别人的裤裆里，怎么挣巴都是个臊。

九

邹老很生气。

正如许多多所料，邹老确实很生气。但高平知道，邹老不会生真气，不会把身体气出毛病。邹老是讲究养生的。

但许多多只是许多多，只是东三环那家超级酒楼的楼面经理，以她的功力无法揣测在官场走了一辈子的邹老的睿智和气度。邹老是英明的，邹老也是公正的。他生完了气，甚至淡淡一笑，问身边的高平，说那个姓李的强暴贝贝是谁的主意？高平嗫嚅道，不是，是我看见的，我正好在那边开会，遇见了多多……。邹老伸手止住他，不让他说下去了。

胡河南老婆做东，在一号厅请许多多和陈贝贝吃饭。许多多亲热地跟胡哥和嫂子碰杯，陈贝贝却怎么也打不起精神，她觉得自己成了一块木头。这时胡河南老婆手机上收到一条短信，是二拐子发来的：姐，你真想弄死我舅？胡河南老婆笑笑，回了一条短信：弄死你舅的是他自己。一会儿，二拐子的短信又发过来了：那我怎么办？胡河南老婆：你想和你舅一块坐牢吗？二拐子再也没回短信。

胡河南老婆跟二拐子来回发短信时，许多多也给高平发了个打折机票的信息。高平给她回信是：海岛市的机票定了。许多多平静地看着胡河南，胡河南老婆，还有蔫头巴脑的陈贝贝，淡淡地说，地的事定了。胡河南老婆激动地起身，真的？许多多点点头。胡河南老婆哇塞一声，来，妹子，嫂子敬你一个！

高平给许多多回短信时，正在宾馆和李老板谈话。高平没跟许多多说清楚，其实也不需要说清楚，地的事定了就是定了，许多多和李老板胡河南都有约定，不管谁拿到地，都少不了许多多的一份。

可是谁都没想到的是，和邹老同行飞往海岛的是李老板。

海岛市长在机场迎接邹老。邹老介绍李老板时淡淡地说，小李，我小学同学的儿子。

李老板和高平同乘一辆车。高平告诉他说，贝贝要出唱片要拍MV要开新闻发布会，请邹老出席。李老板心领神会，忙说，我办，我办。让邹老放心。

高平好像有点儿累了，歪着头，自言自语地说，都争着当明星，前期投入太高，没千儿八百万，唉……

李老板愣了足有三分钟，好像在计算着投资和回报的比例。过了一会才又重复刚才那句话，让邹老放心，放心。

让李老板想不到的是，在海岛迎宾馆门前迎接邹老他们一行的是许多多。望着许多多搀扶邹老的背影，他在心里骂了一句：婊子！玩空手道的高手！

陈贝贝的房子没了。直到胡河南的媳妇告诉她房子已经租给别人，她才发现房产证上的名字是胡河南本人。陈贝贝恼怒，骂胡河南骨头里坏。胡河南说我对得起你啊！半年不到，我贴你一百多万，一百多万呢……陈贝贝恼羞成怒暴了粗口，我 × 你妈，你眼里只有钱。胡河南

胡河南和他老婆在落满了灰尘的房子里感慨时，
接到了许多多的电话。两年前拿地的事胡河南心有芥
蒂，接许多多电话时并不热情，说他在北京呢。

哈哈大笑，我眼里只有钱？你也不看看你自己……

从那以后，胡河南再也没见到过陈贝贝。不过，陈贝贝似乎一天都没离开过他，她经常出现在电视上。胡河南躺在床上盯着电视屏幕时，不经意间会发出一声轻叹，电视屏幕冷冰冰的，已经没有了陈贝贝那迷人的体香和可人的温度。每到这时，老婆就安慰他，她再红，也让我老公翻天覆地地睡过了，是吧老公？

两年后。海岛市掀起了大开发的高潮。另一块地挂出来了，比李老板拿到的那块更大，位置更好。这一次胡河南志在必得，他再一次进了北京。

北京的房价和两年前相比已经翻了几个跟头，胡河南原先准备送给陈贝贝的那套房，从九千多一平涨到了三万六。这对胡河南算是意外收获。老婆说，早知道就多买几套了。胡河南说买了房那得住人。老婆说，喊，住就住，住再多的女人，你也跑不掉。

让胡河南再一次没想到的是，许多多这时正在海岛市四处找他。原先的海岛市长调到了省里，高平到海岛市挂职锻炼，当了副市长。

胡河南和他老婆在落满了灰尘的房子里感慨时，接到了许多多的电话。两年前拿地的事胡河南心有芥蒂，接许多多电话时并不热情，说他在北京呢。许多多问是不是地的事。胡河南说嗯。胡河南的冷淡并没有浇灭许多多的热情，许多多说，这块地给你，你给我多少？胡河南说，我没心思开玩笑。许多多说，我不开玩笑，上次欠你的，这次给你补上。胡河南说谢了，但愿。胡河南说着就挂了电话。

半分钟后，胡河南的手机又响了。许多多说，胡河南，你给我听着，高平到海岛市当副市长了！

胡河南愣了一会，突然喊：多多，多多妹子……

许多多说，再给我加五个点。

胡河南说成交，拉着他老婆直奔机场。

胡河南来回跑着换登机牌时，听见了一个熟悉的声音。他浑身一震，循声望去，陈贝贝被一群记者围堵着，被一片粉丝簇拥着从他身旁走过。

陈贝贝也看见了他，留给他一个不易觉察的笑。胡河南被钉在那里。

陈贝贝还是那么漂亮，只是多了些冷艳。胡河南使劲嗅了嗅，只有若有若无的脂粉气，没了那让人神魂颠倒的体香。

机场太乱了。

2013 年 2 月 24 日于北京

老叔的尼泊尔故事

曾 哲

开头必须说几句。这个时代，一个男人讲述另一个男人，曾经与尼泊尔几个女人的故事，的确嫌疑很大。老叔就这么讲的，我只把录音整理成了一部非虚构作品。但在故事结尾，才意识，嫌疑与他无关。

——作者

要不是1999年这个春天，喇嘛索朗平措的侄女曲尼桑姆来访，老叔的尼泊尔故事绝不会是这样。偶然决定许多，这么说，有道理。

曲尼桑姆在拉萨换车去昌都，在街上偶然抽奖抽到一张机票。正乐不可支，琢磨着何时使用？去什么地方？在大昭寺门外的人流中，偶然碰到了她单位的领导。领导告诉她，学习班因故推迟一周。啊，太棒了。她跳了起来。没了徘徊多了选择的曲尼桑姆，偶然身边走过一个北京旅游团。就决定，去看看天安门，去看看老叔。

吃过晚饭，老叔和曲尼桑姆在书房聊天。曲尼桑姆介绍了村里的热闹，介绍了寺庙的变化。还说她叔叔在寺庙修炼得特别好，还当上寺庙管委会的主任了。

曲尼桑姆在昌都是个优秀的小学老师，不停地说话，不停地在书柜前浏览翻阅。好不言的，她从书柜里拿出一把刀："这是尼泊尔的库尔喀弯刀。是世界十大名刀之一。"

"对啊！"老叔走过去，把大灯打开。"噢，正好，你在那个国家上过学，翻译翻译刀鞘上的文字。"

鞘，黑牛皮。白色尼泊尔文，三行。

曲尼桑姆念："今朝一别等十年，十年不见成路人。1989年。"

"哎呦……。"老叔呼啦，闪进过去的回忆，一屁股坐在沙发上。

"这是个约定。什么人送你的？"曲尼桑姆很好奇。

"一个尼泊尔的僧人。"老叔回答，往事清晰起来。

"出家人送你一把刀？什么意思？"

"啊……？"往事让老叔激动得一个劲地摇头。

"放下屠刀，立地成佛！"曲尼桑姆嘎嘎笑起来。笑够了，开始玩耍。玩耍着，她把刀的后把环拧开"是空的，宝石呢？"

"什么宝石？"老叔定住心问。

"刀把儿中空，按理应该有一颗天珠，而且是一颗大天珠。"

"大天珠？"多年来，老叔常常拿出这把刀，回忆阿里的高寒和温暖。尼泊尔文字并没太在意，他俩天天在一起，以为那不是写给自己的。然而此刻老叔确认了。十年，到了今年的秋天，俩人分手整整十年。

"就是九眼的，而不是三眼五眼七眼。你去西藏这么多次了，不知道九眼天珠？"

老叔的尼泊尔故事

老叔当然知道，老叔这时在想别的。

曲尼桑姆见老叔神思飘逸，心事重重，没了和她聊天的兴趣。撅撅嘴，看看表，拿起挎包走了。

的确，老叔无数次地想起那个尼泊尔的僧人，却从没想过还能再相见。梦，也没梦见过。

弯刀一肘长，厚如小指，宽约半掌，碳钢闪闪。红木把柄下的刀鞘上，还别着两个比中指略长的小刀。油渍的刀鞘，黑牛皮和木壳成为了一体。

有关著名的库尔喀弯刀，老叔并不十分清楚。刀锋之快，一刀可以斩下水牛的脑袋。库尔喀人，从五岁就开始佩戴弯刀。割草、挖洞、开路、护身。成年后要玩的技术，娴熟得像手上之手。弯刀就成为他们的臂膀延伸。历史，上千年了。

尼泊尔，在何方？

史书有记载：乾隆时期，军机大臣和珅，曾向文不喇嘛打探。喇嘛说：从扎什伦布寺南去"行走月余……。"

曲尼桑姆走后的数十天中，这把库尔喀弯刀，给老叔弄得魂不守舍。头脑中，无数个频道搜索，最后只留下那句话："今朝一别等十年，十年不见成路人。1989 年。"

1989 年秋，老叔独自从新疆的塔克拉玛干大沙漠走出来，住进叶城。又经昆仑山，到了西藏阿里。在狮泉河加入了那曲的一户朝圣神山的人家，长头叩拜到冈仁波齐。和这家人分开后，去了圣湖玛旁雍错。转湖时，与老叔结伴的，是一个在尼泊尔寺庙出家的藏传佛教尼姑。也有人叫她喇嘛尼。

秋天，那应该是 11 月。秋天的概念是老叔北京的习惯。在阿里，实际已经天寒地冻。到达阿里，老叔不是旅游。是朝圣？尼姑用眼睛问过他。老叔的脑子里糊糊涂涂，似乎是但又不。噢，是流浪。流浪比较接近老叔的状态。如此这等感受，不能说老叔大脑僵化，而是一个个风雪干冷的日子，占据了他的思想和肉体。独自寂静地走在高原岁月，老叔几乎忘记了北京的世界。其实，也就一万多里地的距离。老叔后来说，不是距离造成的。是一种氛围，一种枯燥单调的色彩，一种静寂中的神秘，一种酸涩又温柔的触摸。位于哪个位置，在当时似乎并不重要，重要的是老叔享受着天边尽头两个人的生活。要不然，老叔早就一拍屁股搭车到拉萨，飞回北京了。

喇嘛尼玉儿的救命之恩，老叔念念不忘。本来出家人没有俗名，玉儿是老叔对她的称呼。老叔那年33，喇嘛尼比他小五岁。玉儿是尼泊尔人，母亲和姐姐还有姐姐的女儿们住在加德满都。父亲开了个珠宝首饰商行，生意兴隆，赚钱赚没了兴趣，把店铺甩给了母亲，自己跑进喜马拉雅山林，加入了游击队，玩枪去了。

玉儿："这么老远。你为什么离开城市？"

老叔："城市生活争斗多。"

玉儿："哪里没有争斗？"

老叔："高原、山地、边陲，还有宗教！"

"宗教？摩罗与佛陀也有过斗嘴。摩罗：'你消瘦羸弱，气色不好，死亡临近。通过梵行生活，通过供奉祭火，你已积累了许多功德，何必还要这样精进努力呢？'佛陀：'我有信仰，从信仰中产生力量和智慧。我如此精进努力，你还问我什么活命不活命呢？既然风能吹干河水，它一定也会吹干我的血液！'"玉儿满腹书经，语言行云流水。

老叔："佛陀有耐心。不过我明白了一点，走西部、走边界、走雪域，是走自己清静，走出点佛心，要好好拜佛。"

玉儿不紧不慢："佛？你就是你的佛。"

老叔似乎抓住了表达机会，迫不及待地表达："你才是我的佛。"

玉儿浅笑："白天你是你的佛，晚上你是我的佛。"

老叔假装严肃："没有你的甘露，我那天就死在古格城堡了。"

玉儿一脸祥和："没有你的滋润，我的微笑永远遗失在喜马拉雅山了。"

老叔笑，老叔笑得很开心。

他俩刚说的话，不是玩笑。

观赏一种风光，也很累人。见到玉儿之前的那些日子，老叔被沙石路，被土林和古格城堡的景致掏空了，一下栽倒在城堡的洞窟中。仅仅一天一夜，就瘦骨嶙峋没了人样。没吃没喝，只有耗子在他身上爬来爬去，免去了一点儿寂寞。后来耗子也嫌他死气沉沉，不再光顾，老叔只得期待前天洞口出现的那头牦牛。牦牛可心，牦牛在洞口站的时间很长，但它不看老叔，只顾舔着自己身上的长毛，舔着自己的体温。老叔那时仅存的力气，连舌头都动弹不得。他无论如何不相信，古格城堡是他生命最后的驿站。

果然，玉儿赴约一样地来了。玉儿是个尼姑。玉儿那时还不叫玉儿。是老叔被她照顾了半个月，身体缓过来才管她叫玉儿的。尼姑的肌肤如玉，脏手一洗，像玻璃器皿一样。还润，还水，还软，还匀秀。想着，老叔不停地笑。

玉儿："你笑吧！"

老叔笑得更开心了。

玉儿："你没听说过，男人笑到一定时候会开花的！"

老叔："我开花，你结果！"

玉儿："开了花的男人，一眨眼会变成女人。"

老叔："啊，变成了女人就没法找你了！"

玉儿："你变成女人也来找我，我也要和你好。没变，还是个男人，也来找我。"

老叔："你的个头快跟我一般高了，不会是男人变得吧？"

玉儿："我身心意都不净，的确梦想变成个男人。"

老叔："我不净，我要净。先净脑袋，剃个光头。"

玉儿："你的长发虽然蓬乱，但黝黑自然，像康巴汉子，让它自然生长吧。再长，盘起来，不用过度整理或剃掉。这种自然态，表示一切众生心念的本质，清静不造作。人的每一个毛孔都有三千空行母，伤一毛就伤害了那么多。就别了啊？！"

"好！"老叔这时才注意，玉儿今天穿了一件半袖小黄褂子，披着一件绛红色布面白羊毛里子的僧袍。

玉儿把身子裹了裹，要把自己介绍给老叔："我奶奶的老家在西藏山南的乃东，出生在一个洛基头人家里。她的亲娘，是尼泊尔加德满都人。一个7月爽朗的天气，她亲娘从拉萨的尼泊尔办事处到山南来游玩，在泽当尼泊尔的塔卡里组织，碰见洛基头人，就住在他家不走了。"

老叔："藏族男人健硕、强悍、耿直。我喜欢，女人也喜欢。"

玉儿："同时，人们的体内还藏有野蛮邪恶，世上之人皆如是。所以要念佛，要修行，要大慈大悲。不把邪恶之魔放出来。"

老叔："还是说说你吧。你的祖籍在西藏。"

玉儿："我爷爷是巴斯日商人，我姥爷是印度商人，妈妈是个独女。我是典型的杂种，不折不扣。对，还有尼泊尔血统。奶奶的姥爷统领过库尔喀军队。库尔喀人称自己的祖先是月亮所生的。藏语里管混血儿叫卡机。"

老叔："杂种好，卡机好。什么是洛基？"

玉儿："洛基是统管山南的地方机构，是拉萨噶厦的下级。有点像现在的行署。洛基头人也叫基巧，就是总管，跟专员差不多，是被拉萨噶厦任命的，三年一届，连任较少。我奶奶她爸爸，就是连任。他的管辖区，光寺庙就有 410 座，僧尼 13000 多。"

"不仅是卡机，你祖上还是个当官的。"老叔喜欢听玉儿说话。

"当官的有，经商的也做的好。那时候，人们吃的大米、油、烟、茶、糖，还有鞋帽衣服布匹染料及日用品都得外运来。从西康和云南运来的大部分是茶；从不丹运来的是辣椒、黄豆、木热——我们喜欢的一种布、染料、木碗、香料等；青海人运的是瓷具；亚东、帕里、印度、锡金人运来的以印度货为主。商户最多时有 79 户。每年的交易会，云集的人有上千，光茶就可销售 400 驮，一驮 70 斤。交易用大洋的多，也可以以物换物，3 块砖茶，换粮食 5 斗。运输四通八达，去拉萨，雅鲁藏布里乘牛皮船 3 天就到了，冬季得 5 天。要是骑马，3 天就看见布达拉宫了；到江孜需要 8 天。这里，大吉岭的人有，不丹的人有，英国的人有，锡金的人有。你们汉人更多，最多时候有一百多户，集资在泽当镇西口还建了一座'关帝庙'，我们叫'甲拉康'。很有势力，连人头税都不缴。每年 8 月，在关帝庙集会，收息放贷聚餐。排头叫杨森泉，是云南丽江白马场人，生在西藏，1955 年——你那时快现世了，他 56 岁，是个大商人。办学校，当校长。年薪，藏银 350 两。他与尼泊尔商人贸易往来频繁，主要是皮毛生意。他和不丹住拉萨办事处的代表还是好朋友。他的娘亲，和当时山南专员土登钦饶的娘亲，是亲姐妹。还有回民，还有阿訇。外商落脚此地，与藏族人通婚生子，经济往来，语言都藏化。治安有人管，洛基头人可以组织僧兵。僧兵衣着好看，白藏袍和毡帽，武器是藏枪和刀。不过街道上还是买卖人居多。那些东西，当地人一般用盐交换。西藏换大米有个组织，叫哲康。再就是用藏银币桑嘎买卖，一块银币，重一两半。爷爷那时做精了，只用盐巴青稞换，银币都存起来。妈妈说，那时家里的银币几卡车都拉不完。"

"你家是官商勾搭。"老叔太喜欢听了。

　　玉儿："是的，勾搭很准确！虽然说，一世做官九世牛，但奶奶她爸爸的官做得还真不错。立法啊，抓捕惩治强盗啊，整治僧人耕种改为土地出租啊，罢免处罚渎职敲诈农奴增加徭役的宗本官员。"

　　老叔："都是好事！可你怎么知道那么多？"

　　玉儿："我是日乌曲林寺的冰雹师白玛欧珠的转世啊！后来有一段时间在尼姑寺，三得树寺念经修持。三得树寺有20多人，属于孟卓林寺管辖。孟卓林寺富有，金银古董很多。僧人300，活佛3人，堪布5人。还有很多的差民和土地。"

　　老叔："冰雹师一般都是喇嘛。哪有喇嘛转世成尼姑的？！"

　　玉儿："特例是有的。佛本无性。"

　　老叔："那为什么称西藏桑定寺的寺主多吉帕姆是女活佛，而不称活佛？"

　　玉儿："让你问倒了。你可以去辩经。"

　　老叔："不难为了，难为了别人就是难为自己。"

　　玉儿："你的确悟性很好。"

　　老叔："就是说，你对你前世的事情记忆犹新？"

　　玉儿："差不多，大体清晰的部分是家里和寺庙的。"

　　"山南王是个王？"老叔对西藏很多事情都想知道。

　　玉儿："松赞干布的后裔，获得世袭次钦。次钦就是山南王。这时候的次钦叫能英热和顺，26岁，和他二弟色从辗扎共娶贵族任岗之女为妻。次钦虽爵显，但不操拉萨当局的实权，所以实力不大。可他以达赖的左膀右臂自居，看不起一般贵族，管制农奴的手段毒辣，有法庭、监狱、刑具。次钦的父亲，是蛮横无理之人，无辜杀死过3个人，是用石头，箭，枪，致死的。大军进昌都时，全家一度逃亡到印度。次钦还组织了一批人，企图抵抗。"

　　老叔："对军队的事没兴趣。讲讲寺庙！"

玉儿："你的兴趣说明你的感应和内心的承受。有具体指向吗？"

老叔："你转世的那个寺庙叫什么？我记不住。"

"叫日乌曲林，是宗喀巴弟子克珠顿珠巴桑创建的。开始只有两根柱子面积的佛堂，八个僧人。后来规模渐渐宏大，最兴盛时期，僧人达到 225 人。"

老叔："200 多人？！怎么出家入寺啊？"

"先由家长——没有家长的，像你现在要入寺没有家长的，可以由我来代替。"玉儿笑。

老叔一脸严肃，仰仰头，示意继续。

玉儿："我以你家长的身份先向寺里一个僧人敬献一条哈达，一两藏银，请求他收你为徒。僧人同意后，再向寺院申请，献哈达，由扎仓登录在册。这个申请必须在藏历 7 月之前办理，以便藏历 10 月给每个僧人发放生活费用时，能统计在内。"

老叔："继续，我喜欢听。"

玉儿："你不会是想出家吧？！"

老叔："说不定。"

玉儿："你的面相真好，只是耳朵小一点。"

老叔："何时出师？"

玉儿："9 年，学满 9 年，参加考试。考试在法会间隙，众僧喝茶时进行。背诵 27 种经文。"

老叔："太难啦！27 种。"

玉儿："那你不剃度了？"

老叔："算了，还过我的俗人日子吧！寺庙的人主要吃糌粑？"

玉儿："对，一般僧人每年 13 克青稞。一克大约 28 斤，364 斤吃一年。"

老叔："你够吃吗？"

玉儿："我吃的很少。有余。"

老叔："你的一反常态，很有意思。你个头大，胃口小。营养供应得上吗？这些日子你一天也没超过两个糌粑，怎么支持您这高大，丰满，性感的体魄？姑娘啊！"

玉儿："是尼姑。我说过反对你说那个词，但又知道拦不住你。"

老叔："你的身材，是标准的希腊铜器时代晚期的克里特女人。高壮，前挺，后撅，直拔。孰料一年360多斤吃食，还剩余。其他僧侣恐怕就不够吃了吧？"

玉儿："我剩余的青稞，会送给大肚僧尼。冰雹师另有补贴。"

老叔："是驱逐冰雹的师傅？"

玉儿："对。冰雹巫师都带着乃东宗，授予并盖章的许可证，上面注有防雹念经的管辖范围。还配有一条一米五长的靴带，上面也有乃东宗的印章。念经完毕，地主会用这根靴带在每一克土地上，尽所能及地捆一捆未脱粒的青稞作为报酬。"

老叔："可以还俗吗？"

玉儿："还没出家，就想着还俗。当然可以。向寺里递个申请，批准后请法会的僧人喝两次茶再献上一条哈达，藏银9两。离开寺庙时，个人财产归个人所有。但还俗的，不多。"

"很宽容，很人性。"老叔不自主地摸摸玉儿的手。

"佛就是人性的化身。"玉儿一直是那样的微笑。

"藏族人的思维角度很特别，使用的计量和汉族的差别很大。"老叔梳理了一下自己的长发。

玉儿："其实了解了，也差不太多。刚才说的一克土地，就是用一克，相当于28市斤的青稞播种的土地，大致是一市亩。过去还有一种计算工具很原始：以果核为一，以小方木块为十，以豌豆为百，以石子为千，以瓷片为万。好玩吧？！"

老叔："能喝酒吗？"

玉儿："有喜事庆祝活动，经堂前的广场中央，会放着一个盛满青稞酒的大桶。桶中放两把大勺，让欢聚的人们随便喝酒唱歌跳舞，然后把熟肉和糌粑分给人们吃。"

老叔："玉儿玉儿，你是我的酒。转世的人记得这么多？我连我什么时候开始喝酒的都记不清了。我前生是什么？"

玉儿："一个藏族催眠大师。"

"我一点想不起来啊？你怎么知道的？"老叔觉得神奇。

玉儿："回忆是柔软的，你不要较劲。放松，会一点点浮现在脑海。那海面上，月亮和太阳像姐妹。第一次见到你时，你的中阴临近，但你坦然安详。我知道，你不靠我照样可以完成自己。你的气场，舒适安逸。你是什么，你的气场告诉我了。"

老叔："气场告诉你，我前身是藏族催眠大师？"

玉儿："幸识你之前，我两个月没睡过安稳觉。现在在你身边，每天一觉大天亮。"

老叔："是的，你睡得很香甜！你汉语这么好，不会是前身留给你的吧？"

玉儿："我7岁就开始在拉萨读书，读的是公办汉族学校。校舍在林卡之间，条件优越，大部分是汉族老师。"

老叔："你是一个各路文化的庞杂混合体。"

玉儿："是的。"

老叔："家里的情况记得多少？"

玉儿："爷爷是蓝布长衫黑坎肩，气宇轩昂；妈妈穿纱丽，围着一条洁白绸巾，美丽大方。奶奶衣着中规中矩卫藏装，氆氇长袍腰带，长裤和藏靴。不穿长袍时，衬衣外套无袖长衫，腰前围着横条彩花帮单。她50岁以后，爱穿胸前开襟氆氇长坎肩。双辫子盘在头顶，佩戴三叉银饰珠冠，耳坠绿珠。爸爸爱喝酒，我家有酒坊，经常一酿就是十几克青稞。爸爸还喜欢鼻烟。鼻烟不是尼泊尔特有。山南很多人家会种土烟，烟叶晒干，和榆树枝烧成的炭和在一起，磨成细末。鼻烟壶有牛角的，木质的，雕刻精细装饰精巧。我家还有木包银的。家里很多东西都是银质的：酥油灯座、神水碗——比澡盆还大、茶台茶盘、酒壶、酒碗、酒托盘。还有铜质的。经堂有一面大立柜，印象最深，有好多门，空间宽敞，和姐姐捉迷藏，总躲在里边。有一次姐姐和管家去了泽当，我在里边睡了一下午，把妈妈急坏了。一想到这些，我鼻孔四周就会缭绕缕缕迷香。说是在柜子中，不如说我被包裹在一种飘飘欲睡的味道里。那也是妈妈的味道。尤其在吃她的奶时，味道更浓。我爱抱着她的大乳房睡觉。妈妈的催眠曲，我从来没听完整过就睡着了。我家的林卡 50 亩，那里种植了我孩童时代很多时光。颇章房子四层，白土粉刷，高大平顶，泥石木结构。有厨房和仓库。一层佣人住，二层管家住，三层才是我们的居室，顶楼是经堂。屋檐飘荡着五色达达，象征着蓝天、白云、绿水、红火、黄土。"

静默了一会儿玉儿又说："其实什么房屋，都不如我们现在住的山洞。踏实。"

"自然的。在自然里生息。"老叔回应。

是的，他俩喜欢依靠在一起聊天。那是老叔从未体验过的生活。对出家人尤其对尼姑的想象，完全不是当下的样子。在土林，在河畔，在古格城堡上。不管在哪，反正俩人尽量选一个面前开阔的地方。看落日，看夕阳的半边脸被乌云挡住时，迸溅出辉煌灿烂微笑。俩人一坐，就坐到满天星斗，这才手拉着手，说着摩羯，说着北斗，回去睡觉。两人躺在朦胧的月光下，玉儿总会举起左手手臂，软和的手指张开，缓慢地扭动。如同念经功课，每晚一次，一次数十分钟。

老叔如在梦里。

老叔的尼泊尔故事

一天天就这么过去。明明老叔很开心，却说："日子就这么来了走，两人就这么醒了睡。"

玉儿："我很喜欢贝珠仁波切的开示：'记得老牛的榜样，它安于睡在谷仓里。你总得吃、睡、拉，……这些是不可避免的事……此外，其他就不干你的事了。'"

老叔："就是，我也想起佛陀的一句话：我们的存在，就像秋天的云那么短暂。"

玉儿："在尼泊尔寺庙里，有一位出色的上师，是许多上师的上师，大家尊他为智慧和慈悲的无尽藏。他有着高高的可以说是巨大的体魄，和蔼而庄严。集学者，诗人和神秘家于一身。他曾经闭关修行22 年。他是顶果钦哲仁波切。他曾开示我们，存在的都在变，即便毛发和浮云。只有变是不变的，那就是佛。"

老叔："你身上有一种果香，睡觉时更浓。绝不是你家或你妈妈身上的迷香味儿。"

玉儿："你身上也有，只是你不知道。我们身上有许多东西，甚至一些潜能，自己是不清楚的。"

老叔："什么时候能清楚？"

玉儿："得有一个外界的触动。有了，一触即发。像一些藏传佛教的修行人，因死亡触发，周身虹光四射。"

老叔若有所思。

古格城堡的日子只有他俩。山内的通道不仅陡而且窄得不能错身。上去他背她，下去她背他。

这天，他俩走进了护法神殿。玉儿告诉老叔："我们一直以为我们身外有一个神，其实那个神就是你自己。"说着她把他嘴角上的一块酥油，用小手指擦下来，抹在自己嘴里。

"破戒之人，受什么惩罚？"神殿墙上色彩强烈的壁画，让老叔迷惑又担心。

壁画的大部分内容，是密宗男女双修。下部分，淋漓尽致展现了地狱之苦，刑法惨不忍睹。而壁画的边饰，竟是一长排数十位赤裸的空行母。优雅妩媚，仪态大方。没有一个姿态雷同。

玉儿："修路，修桥，修寺院院墙，而且终身镣铐。或脚镣或手铐，没有钥匙，直到数年，锈烂掉为止。"

老叔："你会还俗吗？"

玉儿："会！"

老叔："结婚生子？"

玉儿："不！忏悔。"

老叔："念经忏悔？"

玉儿："最好的忏悔是行动。假如我还俗，就去当一个背尸人。"

老叔："那是男人的工作。"

玉儿："我这么想，我就能做。"

老叔："有犯戒受惩的吗？"

玉儿："泽当加萨拉康的扎巴格桑多吉，和贡萨桑顶寺尼姑强巴却尼相爱同居，再加上两人有亲属关系。洛基决定将两人一块儿用牛皮包裹，扔进河里。后来大喇嘛曲科沃格桑多杰和好多人求情，最后惩罚结果是，让他俩终生修造西扎的道路，一年只给10克青稞。"

老叔："你不怕？"

玉儿："我有佛，不怕！不怕就是安定，怕是不安定。怕是自己在怕，别人没怕。自己无主，就害怕。怕多了就生烦恼，心不安定就会没道心。"

"对！修行就是要召回我们本来面目，自然而然。"老叔凭着感觉，娓娓道来。

玉儿："你的佛心佛性，在一点点呈现。我俩的欢喜，是我们在那一时刻的需要。不管他人怎么看，重要的是你怎么看？怎么看？向内看，改变看的方向，结果会截然不同。学会往内看，就不耽于求援，就会时时触动到我们的心，靠我们的心行事。莲花生大师说，'不了解自己的心，是严重的错失'。'错失'，太准确了。"

"我得到过广钦老和尚的开示。我理解，修道是为了解脱，达到身口意清静。"老叔拜读过广钦老和尚的开示录。

玉儿："若过于着重色性触法，智慧开启缓慢。贪一个多一个，少一个，多一个解脱。"

"你是说我们贪？"老叔有点不爽。

"这在汉语叫吃心。我的神，莫急。急性就会无明，丹田也会无力。修行和做事一样，不能执着，执着即生烦恼。要修忍。"玉儿摸着老叔的头说。

老叔："修忍？极正确，我忍得太不够。"

玉儿："忍，是我们修行的根本。"

老叔："噢。你的汉语很标准，很好。"

玉儿："别这么严肃。好也笑笑，坏也笑笑。好坏是分辨出来的，不要分辨。修行就是要吃亏吃苦甚至不辨好歹，才能完善前行。"

老叔："极好，精彩。不是严肃，是称赞。"

两人也喜欢在古格城堡上散步。目光穿过围墙的垛口，在远山凝滞。

玉儿："你从北京出来，一路千辛万苦，打工要饭做乞丐，大冬天也敢上昆仑山。像苦行僧，这对你今后大有裨益。"

"我适应力还成，似乎什么都能将就。傻傻做，傻傻吃，多念佛。今儿是今儿，明儿是明儿，就会有坚固心有持心。"老叔有悟。

玉儿："这就是修行。真好！修行不讲是非，不讲没影的事。"

老叔："不说是非，说了就失败。"

玉儿："对，太棒了你。要保持中道，不急不缓，细水长流。"

"念佛扫尘埃，莲花朵朵开。"老叔嬉笑着说。

玉儿："修行要修无碍，野鹤无粮天地宽，飞到哪就停在哪。放下就是功夫，照顾好自己的心，不管外面的境界。"

"心慈悲心，行菩萨行。自己所觉，自己所主。"老叔被开示得言语精道。

玉儿："你就这么走下去？"

老叔："是，没目的。"

玉儿："你的确是一个苦行者。苦行是历代祖师，普贤、观音、文殊、地藏等大菩萨的行愿。修苦行是修心，是洗脑子，换种子，开智慧。"

老叔："我离睿智太远。"

玉儿："知道这个远，就离睿智近了。"

老叔："好明白。"

玉儿："所谓的身体，实际就是一个臭皮囊，是借我们住的地方，像旅店。两个臭皮囊的行为，是为了走过臭皮囊到达欢喜。欢喜是为了心。别重视，重视会无度。空，就是看破。"

老叔："广钦老和尚开示：'现在心不可得，未来心不可得，过去心不可得。'"

玉儿："这是要修的。做事既然是为自己，绝不哀怨。我们的目标是了生死。错了就忏悔，忏悔就是戒。"

老叔虽然有点不好意思，但还是嬉笑："我用爱和情进入了你的身体，为了自己的光彩愉悦。我是坏人，诱惑你破了戒。一番云雨，雷风震吼。我满足舒畅，你却犯了错，还要忏悔。我的确是坏人。"

玉儿："不怕坏人，坏人是我们的指路明灯，不跟你客气。格萨尔王出生的那一刻起，他的叔父洛东就想尽一切办法要杀害他。但每次都让格萨尔王化险为夷。西藏的谚语：洛东的邪恶诡诈，方显出格萨尔王的伟大。更何况，你是另一种坏人。寂天菩萨说：'这个世界上不管有什么样的喜悦，完全来自希望别人快乐；这个世界上不管有什么样的痛苦，完全来自希望自己快乐。'"

老叔："玉儿啊，你这是在超度我呀。"

"广种福田。对一切众生保持慈悲心。我根不净，所以要终其一切修下去。"玉儿的心像南方的白茶，被滚开的一个北方汉子的雪山融水冲泡。

"啊？这话听着疙瘩。"老叔想起四川地区的一句话：爱情是一个安逸舒适的陷阱。这让他的心灵，水土流失。一个女人只为一个男人献身，这不是老叔一个人的观念。而玉儿要，广种福田。

玉儿微笑："明白你此时的心境。弘法利生，就是要牺牲自己。你我一样。佛陀说：'生命就像电光石火般短暂'人慈悲为本，方便为用，大悲是体，一切从慈悲中来。愿意为你做一切，愿意为你牺牲。不付诸行动，就不是真正的慈悲。"

老叔："别说不吉话，牺牲意味着死亡。"

玉儿："死亡，可以启发我们。'死亡是真理的时刻'或'死亡是面对面接触自己的时刻'。"

一阵静默。老叔在琢磨玉儿的话。

玉儿："死亡前的最后念头和情绪，对我们的立即未来，会产生极端强有力的决定性影响。所以我们不庆祝上师的生日，而是他们的圆寂——最终觉悟的时刻。中阴教法告诉你我：心在某些时刻比平常来得自由，在某些时刻比平常来得给力，在某些时刻会有很强大的业力可以转化和改变。而最高潮，是在死亡的时刻。因为当时肉体被抛弃了，我们超凡解脱的机会来了。即便已得最高证悟的上师，也是在圆寂时才有终极摆脱。"

老叔:"终极摆脱,很有色彩,红彤彤而吉祥沉静,这是对生命的加持。"

玉儿:"我的身体里有你,是因为你溶化了我。所以和你交流的时候,也是在固持自己。为什么红色的雪山都出现在黄昏?渡过漫漫黑夜,才会来一个清醒,大彻大悟的清醒。但雪山的红不是因为落日,是落日因为雪山。"

老叔在内心赞叹,摇着头:"人的修行,能修到这份上,不得了。"

玉儿:"高僧能修到画鸟儿会飞;画太阳,能晒谷子。别管我笑,是真的。"

老叔:"神,确实神。'你们祈求就给,寻找就寻见,叩门就为你们开。因为,凡祈求的就获得,凡寻找的就碰见,凡叩门的就敞开'。"

"哪个上师说的?"玉儿问。

老叔:"基督。"

玉儿:"我不了解基督,他一定是个上师。如果你能在身体和环境之中创造祥和的条件,禅定和体悟自然生起。"

老叔:"给我讲解讲解中阴。"

"噢,你越来越觉悟,心不造作,自然喜悦。你天生就该出家。"

老叔:"我理解的中阴,就是死亡。"

玉儿:"不准确。中阴在藏文里称为 Bando,是指生命的'一个情境的完成'和'另一个情境的开始'两者之间的'过渡'或'间隔'。琢磨琢磨很有意思。Bando,因《中阴闻教得度》一书,风靡世界。"

"我要看这本书。"老叔说。

玉儿:"读经典,是寄托。经典不是书,是路。茫然烦恼是无明,经典会在你脚下展开一条路。"

"我想要和你……"老叔突然迫不及待地要和玉儿做爱。是爱,又不仅仅是爱。可能是占有美好和神圣的驱使。

玉儿："好的！你欢喜，我欢喜。"

"噢，伟大的天。你的宇宙，竟然如此理智地向我展开。"老叔只是抱紧玉儿，攥着她绵软的手。

玉儿："宇宙间是有某种最高的正义或善。我们一直想挖掘和释放的，便是那种善。每当行善时，我们就是靠近它；每当作恶时，我们我们就是在隐藏抑制它。当我们无法把它表现在生活和行动上时，就会感到痛苦和挫败。"

老叔："是，我多少有挫败感。十几年你就修到如此，不得了。"

玉儿："没有不得了，我 7 岁读书的那一年，就有师傅了。哲蚌寺的。"

老叔："7 岁！"

玉儿："按你们汉族说法是 6 岁。"

这次对话，在一个山丘上。夕阳的红，有节奏地渲染而来，一直染红他俩，染红了整个土林和他俩背后的天。

翌日傍晚，玉儿给老叔烧好酥油茶后，拿出一个羊皮包。说是两个月前，病逝在喜马拉雅山下一个汉人的遗物，让老叔替她保管。他人已经到了另一个世界，交给他的同胞，再恰当不过了。

包里两样东西：一部汉梵文间杂的书稿，再就是库尔喀弯刀。这里边应该有很丰富的故事，但玉儿，不想讲。

老叔没心情细看，收在背囊里，就跟着玉儿沿着郎钦藏布河岸，搬捡了大半天的石块。直到黄昏，在河东岸红色的山坡上，为先逝的这位兄弟，堆起一座石头的金字塔。把对生命的祈福和对死亡的敬畏，堆砌在里面。

坐在河岸上，老叔感到玉儿的气息平缓。两人都抱着胸，相互对视良久。之后又不约而同，一起凝望河面上的冰凌子，向西飘去。

老叔无语。

"不要憋着，心里会憋出雪豹来，"玉儿说。

什么都做了，什么又都没做。剩下的一件事，就是告别。

分手是一件靠不住的事情，像靠不住的夕阳，第二天她又来了。靠不住的事情怕时间，一次又一次，只能分手。她向南，翻越喜马拉雅；他向东，沿着雅鲁藏布。

马卡卢酒店虽然坐落在加德满都市中心，但小得很不打眼。临街的大门，像一个首饰店的门脸，但是一个有着尼泊尔风格的老酒店，与《加德满都邮报》毗邻。住在这里，老叔很惬意。午觉后，二楼临窗望下去，总有几个老妇人在街边卖烧玉米。一个破旧的洗脸盆里，半下木炭。烧好的玉米搁在盆沿，三个尼币可以吃上两个。香气和木炭，成为老叔房间里后半天的色彩和味道。

加德满都街上的店铺早晨九点才开门。政府机关上班是十点。周六是尼泊尔的公假日，所有的政府办公楼、银行、商店全部关门。

尼泊尔王国在喜马拉雅山南，地域，大体是个长方形，东西长、南北狭窄。

加德满都，淳淳古朴，风貌也特别。位置在谷地，在巴格马提和毗奴两河的汇合处。印度教、佛教庙宇、佛龛，到处都是。神像与居民住所相伴，寺院与店铺为邻。还有金碧辉煌的古代王宫，当然也有现代化的宾馆商厦。

街道两边满目琳琅，这里想表达的琳琅是凌乱，不规范。来来往往的人们衣着鲜异，尤其女人五彩缤纷的"莎丽"，更是美艳。外国的游人并不是太多，老叔这副模样就比较扎眼。时不时还能见到几头大象慢慢悠悠，从街上走过。车子和行人，都得谦让等着。大象在这里的历史久远，据说有上万年。老叔眼下的公路，说不定当时就是一条清澈的小河。

老叔的尼泊尔故事

老叔独自在逛街，在加德满都的主街道往西走。因为等待尼泊尔电台的翻译，日子百无聊赖，就用一次次的逛街打发。

要过马路时，他感受到与昨天不一样的目光，目光中有一种似要搭讪的亲切。过了马路，老叔站住，尾随的姑娘也站住。老叔毫没犹豫先开口："拉玛斯待！看你面熟？我们见过面吧！"这样说是伎俩。从姑娘藏汉混搭的衣着看，老叔认为可以得逞。

"拉玛斯待！"姑娘也用尼泊尔语问好后笑答："没见过。"

多日和人不通语言的老叔看她会汉语，欢喜之极，本想再多聊几句，又觉得不合适。说了抱歉，就折回头往马卡路酒店走。

姑娘一直跟着。

到了酒店门口，老叔站住。

姑娘问："你住在这里？"

"是啊！你有什么事吗？"

"你会催眠术。"

老叔矜持着，其实老叔心里笑翻了心肝。"姑娘你认错人了，我一点不懂催眠。"

"你懂，你说你不懂是你不知道你懂。"

知之为不知，是自己出啥问题了？老叔得意："即便如此，你一定不是只为告诉我我会催眠术而来的吧！？"

"我要你为我催眠。"

天啊，这么一个貌美气质优雅的姑娘，连个"请"字都不会说。老叔这么想着，也分析着这姑娘是个什么坏子。没了这个"请"字，说明姑娘的目的不是要催眠。那种女子，老叔碰到过，有经验。

"为什么要给你催眠？"

"我有病。"

"我说的是我凭什么给你催眠？"

247

"你有能力，就要帮助。"

老叔觉得她说得有点道理："你什么病？"

"你只管给我催眠就是了。"

要求帮助还如此蛮横。

姑娘不说话。

"好吧！"老叔嘴上说得轻巧，心下犯嘀咕。老叔很恶心那句贱语，"我是流氓，我怕谁？"但这几个字，还是在他脑子里呈现了。

"请！"诚心说了这个字，老叔便推开了马卡路酒店的大门。

老叔住的房间在二楼，四四方方，足有一百平方米。靠北墙一张巨大木质黑紫的双人床，东面的窗户很小。姑娘一进来就拉上了窗帘，按亮了台灯。顶南墙一面长桌搭配着两把椅子，木质也都是黑紫色。西边的房门旁是卫生间浴室，也被姑娘打开了灯。她进去时带上门，却没锁。一阵窸窸窣窣之后，就悄无声息了。

老叔不慌不忙，不是老叔阅人无数经验丰富，而是老叔在危险，在不可思议面前，总是这样。或者说，越是危险越是不可思议，老叔越是冷静。这不是老叔有多了不起，老叔打小就这习惯就这德行。

卫生间马桶冲水声很大。老叔心下诧异，这姑娘到我这里大便来了？又一阵淋浴喷头出水的哗哗声。惯常的程序，做那事，先洗浴。水声停止了之后，又开始出现寂静。老叔蹑手蹑脚过去，目光挤进窄窄的门缝，见姑娘套好裙子正在系胸罩。

猜错了？！不明白，接下来姑娘要干啥？但老叔不深究，这是他的风格。老天在上，水来土掩。老叔坐回到椅子，不再揣摩，似乎心中无挂碍地喝着红茶。

姑娘从卫生间出来，和来时一模一样，穿戴整齐。只是左手拿着浴巾，擦抹着她金灿灿长发。

姑娘问："开始吗？"

老叔的尼泊尔故事

老叔答："开始吧！"

姑娘开始脱衣服。

老叔不解，为什么洗浴后不直接出来上床？多麻烦。

姑娘一件件脱着。

脱着脱着，老叔阻止："行啦，再脱就光腚啦！"

"在催眠师面前一件件脱衣服是规则，更必须要脱干净。"姑娘善解人意，似乎猜到老叔的心思。大眼睛，笑得水亮。

"你不是要让我给你催眠吗？"其实老叔在控制自己千万别说漏了嘴，"穿上又脱"一经出口，人家姑娘就知道你偷看来着。岂不丢死人。

"是啊！被催眠的人身上，不能有任何束缚的。你不用'拉贡迪'。"

"费话少说。好吧、好吧！脱干净，放松，放平，躺好，面向屋顶。"老叔不是莫名发火。"拉贡迪"，是尼泊尔男人兜裆的遮羞布。

"你看，现在你承认你会催眠术了吧！"说着姑娘仰面朝天，放平自己。她洁白的胴体，在软和的大床上，蠕动着安逸。

"……"老叔心中的一点火气，消失殆尽。如此体态，在他的大脑袋里出现了匀称、和谐、舒缓、玉润、非常。但他让这些字眼凝固于心，不漏出来。这般的感受，老叔熟悉。这般的体态，老叔见过。但老叔此时顾不上往深里捉摸，也不能分散精力。下面的任务，很艰巨。

"一般来说，不承认自己会催眠术的人都是催眠大师。"姑娘像是对着天花板的图案说话。那个图案很尼泊尔，在不明的光线下很迷乱。

"……"老叔不说话，是在修正自己，迅速回到冷静。

"催眠的环境要安静、舒适、温馨，有利于放松心情。"

"对着呢！那咱们就开始？"

"开始。你把椅子搬过来，你坐着，我会感觉更好。不是为了你，是为了我。开始吧！"

　　"这次催眠一个小时左右，初次嘛，先适应适应。"老叔老老实实把椅子搬到床边坐好。倒好像他被姑娘催眠了，说的这些话也让他自己惊讶。俨然一个催眠师的做派。

　　"不需要适应，直接进入。"

　　"总得让我知道，催眠要解决你的什么？"老叔修正得很快，心气完全舒缓下来。

　　"我也说不清楚。开始吧！"

　　"催眠前要排空大小便。"这是老叔瞎捉摸的，但他觉得，被催眠者在催眠过程中，绝不能内急。表现出专业素质，也达到和姑娘的呼应。

　　姑娘果然回答："我已经排掉了。"

　　"不要吃得太多太饱；不能喝酒，消除杂念。"不轻不重可有可无的言语，尽量拉长时间，为了让老叔思考下一步。

　　"你费话也不少。"

　　"跟催眠师不得无礼，有问必答，无条件服从。"

　　"对不起，我错了。午饭吃了半份蔬菜色拉。"

　　"很好。请回答，你找我的目的是什么？"

　　"给我催眠。"

　　"为什么？"

　　"我有病。"

　　"什么病？"

　　"我自己也不清楚。"

　　"你的年龄？"

　　"23 岁。"

　　"你的名字？"

　　"尼泊尔的名字叫丹玛雅。藏族的……"

"够了。你家住哪里？"

"巴格马提。"

"你是藏族吗？"

"我是杂种，身上有藏族、尼泊尔、印度、巴基斯坦人的血液。现在我们家全是女人。姥姥、妈妈、我和保姆。"

"所以你才这么漂亮对吗？"

"对！"

"你结婚了吗？"

"没有。"

"有男朋友吗？"

"曾经有过五个。"

"曾经？"

"我和他们都分手了。"

"为什么？他们都不好吗？"

"不是。他们都很好，是我不好。"

"你怎么不好？"

"……"

"可以不回答。下一个……"

"我和一个男生交往三五个月后，就会看上另一个男生。"

"这就是你说的病吗？"

"你真是大师。你说对了。我不能被焦虑煎熬下去。"

"好，丹玛雅你很真诚。我喜欢。"老叔说完这句话，注意到姑娘有一滴眼泪涌出眼角，流到白色的枕巾上。"

"和男生交往都做什么？"

"……"

"那换一个话题。第一个男朋友……"

"第一个男朋友是我在北京读大一时高我两年级的校友，你的老乡，地道的北京人。我们一般是四处游玩。拉萨、新德里、廷布——不丹的首都、北京……，买东西，再……就是做爱。"

"……"老叔不说话，有意识让她继续。

"我非常喜欢做爱，做爱太美好了，但是一般三五个月我就会没了兴致，没了激情，就会再看上另一个男生，和前男友分手。为了保持自己的激情，伤害一个个我爱的人，实在受不了。我常常在一个和另一个之间焦虑很长时间，每一次都是这样。我感到堕落的恐惧，我还得活几十年，如此漫长，不能这么下去，就找到你们北京著名的老中医白大夫看病。他说，不用害怕，你居然不知道，你的焦虑让你如此美丽。"

"……"老叔知道这时候更不能打断她。

"他……把我夸晕了。我常常听人们说我漂亮美丽，听得太多了，都听烦了。但像他这么夸的，还是头一次，……。焦虑让我如此美丽。"

"你一下就轻松许多？"

"对！我一轻松，就什么都答应他了。"

"后来发生的我知道了。……。"

"你少见多怪！说这怕什么的啊，其实你……。不说你，说白大夫，他棒极了。他把我带到温榆河畔别墅，一气折腾了半宿。他啥事没有，一觉大天亮。地道吧，咱是地道的北京口。可是他身上的赘肉囊皮，想起来就恶心。"

"恶心是恶心，但你的病好了。"

"没有，只是暂时的。我当时被'焦虑让你如此美丽'迷住了，被分裂成两个人。"

"现在呢？"

"焦虑还是焦虑，焦虑得让我睡不着觉，像没有甘露的花，一天天枯萎，枯萎的美丽。现在看见男人，就恶心。"

"你要我用催眠术治疗，说明你对男人并不恶心，是恶心你自己。"

"太对了！你说得太对了！太对了……。"丹玛雅呜呜哭出声。

这时的屋中只有一种颜色，一种灰蒙蒙丧失了光线的颜色，将这个大房间笼罩得狭小无比。不仅如此，这种灰蒙蒙还再扩散弥漫。大床上的女人，站立在床边的老叔，都被染成铅灰色的了。

姑娘的情绪稳定下来，老叔问："我还用催眠术吗？"

"当然。要不我干嘛来了？！"姑娘恢复了正常。

"继续你的坦诚。"

"当然啦。"

"你凭什么说我会催眠术？"

"这个……，以后再告诉你。"

"不坦诚，现在说。"

"我坦诚……。有关这方面的，我只回答你一个问题，再不能问了。"

"可以。"老叔探究的兴致勃勃，随口答应。

"在我家的佛龛前，有你的画像。"

"啊，怎么可能？什么样的画像？"

"我已经回答了，你不能再问了。"

"我……。好。"老叔哑口无言。

丹玛雅蛇一样，舒展了一下身体又拧了拧摆了摆四肢："为了你的催眠，作为回报，你可以再提一个问题。"

"噢，好姑娘，真乖。告诉我，那是一张什么样的画像？谁画的？"

"堪布画的。"

没想到，老叔更加雾里云里。堪布？好像是活佛，是上师，是藏传佛教寺庙高僧的称呼或是寺庙的主持。哪个堪布？老叔无论如何也想不起来。

"好吧，我不问了。我们开始。"其实老叔太想问了，哪个寺庙的堪布？在哪里画的？堪布的法名？背景是哪里？我的画像怎么在你家里？

"我喜欢你。为了喜欢，再告诉你一点，就真的不能再问了。画你的是我二姨。"

"姑娘你话多了，我不再问这类问题了。开始催眠，看样子你没有精神分裂症。"老叔不悦。他从来没被女人画过像。

"你不是一般的坏，你报复我。我绝没半句谎话。"姑娘的娇嗔加一丝委屈，差点让老叔卸下架子没了武装。

老叔在自己大腿内侧狠拧了一把，解释："有这种病的人，在催眠时病情会恶化会诱发幻觉妄想。我控制不了。"

"算你正确。"

"不相信我，怎么给你催眠？"

"哦，是！对不起，我错了，再不会了。"

"催眠术是否成功，取决于我的修养和技术，也取决于你是否容易被催眠。你相信我才能进行，你相信，才能效果好。"

"我一切听你的，一切全交给你了。"

"听我的口令。闭上眼睛。"

老叔在沉思，老叔不知道从何开始，老叔不知从何下手。有上师告诉他："法不孤起，必仗缘生。"老叔把一段上师的开示，缓慢地轻声沙哑地背诵：

身体平躺在最后一张床上，

口中呻吟着最后的几句话，

心里想着最后的往事回忆：

这场戏何时会发生在你身上呢？

姑娘的胸口起伏，似乎心潮澎湃。

"你诞生，烦恼跟你一起诞生。我们的拥有都不存在，唯一分享的是此时此刻。催眠，是要你把散乱的心带回家。上师纽舒堪布告诉我们：'一切万物都是虚幻短暂的，有分别心的人如刀上甜蜜，以苦为乐。去吧，不用诋毁我们的坏习气，可以为我们的坏习气当几天奴隶。我们会掉入重复的窠臼，但每一次的跳出，是要有所改变的：

1、我走上街，

人行道上有一个深洞，

我掉了进去。

我迷失了……我绝望了。

这不是我的错。

2、我走上同一条街。

人行道上有一个深洞。

我假装没看到，

我还是掉了进去。

我不相信会掉进同样的地方。

但这不是我的错。

3、我走上同一条街。

人行道上有一个深洞。

我看到它在那儿，

但还是掉了进去……

这是一种习气。

我的眼睛张开着。

我知道我在哪儿。

这是我的错。

4、我走上同一条街，

人行道上有一个深洞，

我绕道而过。

5、我走上另一条街。"

老叔语调梦呓般的诵读，持续着。一种烧玉米的香味儿，在屋中游荡。

再说话的老叔，不是老叔了："右手抬起45度。慢慢地。"

她慢慢抬起来。丹玛雅应该说是白种人，胳膊像玉一样。的的确确，人身殊胜。

"我把你的手背放上了一个红茶杯子，在往里加水。水是温和的，一点点一点点，一点点一点点，已经倒满。"老叔说是说，双手按在大腿上，并没动。

丹玛雅的胳膊却开始微微下沉，真的好像被压上了什么。下沉着，下沉着，她努力支撑着，却还是在下沉。

"沉，就放在被子上，放松。一切思想和情绪来了就来，走了就走，不予理睬。更不予理睬，你当下是否处在一个合适正确的环境。不可动摇，交待给笃定。自然地安定下来，你的心安住在纯净的觉醒中。好姑娘，你的努力完美无缺，祥和到来。好，四周的空气也随你安顿下来，否则你的心会像蜡烛的火苗，摇曳闪烁。我和你一样以为，如果放下的话，就会一无所有。但你还是你，身体还是身体，没有什么损失。我替索甲仁波切告诉你：'放下是通往真正自由的道路。'放下，就是把心从执着的牢狱中解放出来带回家。让心自在，让心融化。放松是什么？嗯……，放松就像一把沙子倒在玻璃板上，每一粒都会安顿下来。大师们都来帮你，纽舒堪布说：'在自然地大安详中休息吧！你精疲力竭的心。'保持自然轻松，从你习惯的焦虑自我中溜出，想象着焦虑像黄油，在太阳下溶化。焦躁过滤蒸发，散乱的不安，缴械投降，没了侵扰。"老叔的语言，像是丢了转的唱机声，慢条斯理。

老叔为自己欢呼，欢呼一个不懂催眠的人，还能持续。

"微微张开你的嘴，不出声地发出'啊'，专注地用口来呼吸。不要让心，有任何的挂碍和负担。注意力放在呼气，呼气就是放下和解除。你的气，融入了无所不在的真理中。之后再吸气之前，你会发现以前的执着消失，有了一个自然的间隙。安住在这个间隙中，安住在这个开放的空间中。当你自然吸气时，不要刻意，要继续把心安住在那个打开的间隙里。不要说明，不要评论。散乱会摄回自身，成为一个整体。

"下面，不要再理会呼吸，让自己逐渐与呼吸结合为一体，像你正变成呼吸一般。慢慢地呼吸本身，呼吸者和呼吸的动作合而为一。有一种东西被剥离，对立和隔离者消失了。呼吸，是心灵的马车，驾车远行吧！我的孩子。焦虑的制造者，会被抛得远远。你接受了你的缺点，你开始尊敬你自己。

"你以为你和五个男生和一个老中医，实际上你只和一个男人。几个并不存在，就像一个和无数个海浪。况且海浪并不存在，它是风和水和月亮的行为，依存于一组不断在改变的条件。海浪不可能独立存在，就像没有你们女人，男人就成为虚设。你的思想是你的家人，不要与之较劲。家人可亲可爱，你不会觉得有什么问题。了知一切，一切皆空。了知这些，会唤醒我们温暖的幽默。

"至此，西藏的大圣者米拉日巴自然而来，告诉你我：'见空性，发慈悲。'噢，你听懂了。松绑的肌肤，更加温润，更加鲜明。放弃执着，保管愿为，你本来就是圆满俱足。像金翅鸟的孩子，在蛋壳里羽毛已经丰满。蛋壳一破裂，就一飞冲天。不高深，这是平常的智慧。我们不耽于理论，想你平常事即可。藏族兄弟们说得好，理论就是衣服上的补丁，有一天会掉的。修行修什么？修的就是觉悟。"

老叔的话说得柔缓，字斟句酌。时不时，还停顿半刻。

"宁静如晴空般沉寂。心是一切经验之本，创造了你的欢乐也形成了你的苦恼。你往外看，离我们的心越来越远。改变一下方向呢？改变一下方向，结果截然不同。改变方向，就是向内看。藏文的'佛教徒'，汉族人说就是'内省的人'——从心性而非从外面去寻找。耽于向外求索，无法触及内心生命。你焦虑，不是心焦虑，是焦虑外在怎么看你。"

老叔算是智慧，他知道自己下一步该做什么了。但他并没着急，而是信口开河。内容的关键词是温暖，昏暗，懈怠，柔和……。几分钟后："好，再把左手手心向下，抬起到45度。慢慢的。"

姑娘的胳膊伸起了几分钟后，老叔说："好，就这样。时间长了你会觉得累，我帮你托起，再托起，再托起。"说着，老叔把手指轻轻触碰了一下姑娘的手心。

丹玛雅的左手在一点点向上飘，像一根儿羽毛，一直飘到垂直。

"好，非常好，放下。休息休息，两手放在你高高的乳房上。"

丹玛雅渐入佳境。

老叔坚信，鼓励在什么时候都必要："好姑娘。非常好。我越来越喜欢你了。下面再把你的两手十指交叉，扣放在肚脐上方的腹部。"

几分钟后。老叔用手指在她的手背，划了几下说道："我已经把你的两手捆住了。"

如此熟练，老叔前世说不定真是一个催眠师。

"自责、背叛、侵略的混乱，疯狂的做爱，我们把它捆绑起来，押解到无边的虚空。放弃，无疑是对他人和自己的一种宽容。西藏上师说：'睿智的宽容如同无边的虚空，温暖舒畅地包裹保护着你，仿佛是阳光的毛毯。'解除武装，放下伤害和被伤害心，我们的善心和仁慈才能放射出来。每个人如此，即可形成温暖，我们的真性才得以绽放。"

又几分钟过去，老叔说："你太渴了，我给你一杯红茶，温和的正好喝。"

丹玛雅微微抬起脸，洁白细长的脖子皮下在蠕动，在吞咽，嘴唇掀合，双手却像粘连在一起，无法接水杯。

"我喂你喝水。喝吧！"

丹玛雅张开粉红的双唇。老叔像一个老练的催眠大师，节奏缓慢且平稳，包括声音，包括呼吸。

"人生最伤心的事，莫过于糟蹋我们的力量，违背我们的本质。好了，继续闭住双眼。我扶你坐起来，你的双手我已经解开了。站到地毯上，靠住我，两脚并拢，双手自然下垂。"

丹玛雅赤条条站在地毯上，台灯柔和的黄光，使她的肌肤如同秀润的羊脂玉。

老叔转身，用手心轻轻贴在丹玛雅的后背，声音低沉温和："我在慢慢向后拉你，我在慢慢向后拉你，向后拉你。你开始向后倒了！已经开始倒了。"老叔的手贴上丹玛雅的后背拿开，再贴上，再拿开。最后闪开身体。这是老叔的最后验证。

丹玛雅一点点向后倒下，一点点倒下。20度过后，速度加快，老叔一把接到自己怀里。如此，姑娘的眼睛还未睁开，身体笔挺。

老叔把丹玛雅放在床上，看表，正好一个小时。"今天就到这里，你可以起来了。"

过了好一会儿，丹玛雅长长嘘了一口气，醒来。

"赶紧穿上衣服。角色改变，我恢复了常人，不再是正人君子了。"

"你不仅是正人君子，还是超级催眠大师。"丹玛雅一边穿衣服一边说。

"为什么？说个理由？"

"我记得你催眠的大体过程。"

"没有邪心，更没越轨？"老叔得意，却掩饰着。

"不仅，你满肚子问题，可一个没问。"

"我答应你啦，说话算数，怎么可以再问？！"

"这就是你君子坦荡的情怀哦！"

"行啦！不知道效果怎么样？你明天再来，还是这个时间。下次要在你身体的深度催眠，没有道德底线。你不愿意，可以不来。我等你到下午三点。今晚你能睡个好觉了。"

"我想请你吃饭，像朋友那样。"

"疗程结束，三天之后吧。"

姑娘整理完头发，端起老叔为她倒好的红茶一饮而尽。放下杯子，见桌上有一个手机问："给我一个你手机号码。"

"我没开通国际通话。"

"没关系，以后用。"

"找个纸笔。"

"不用，我的大脑空间就是一张白纸。说吧！"

老叔告诉了她。

丹玛雅走时给老叔一个温馨的拥抱。还舔了舔老叔的耳垂。

关上房门，老叔兴奋地在屋中走来走去。这过程太好玩，太享受，太刺激了。

时间不像想象的那么漫长，第二天，精神焕发的丹玛雅，微笑地如约而至。今天她换掉藏装，穿戴成一个尼泊尔女人的样子，素净白底蓝花的纱丽，让老叔一个劲地摇头。在尼泊尔，摇头是肯定，是表示好的意思。

"我睡了数年来最美的一个好觉，连梦都没做。"

"效果这么好，那现在就马上开始吧！"

"开始，开始，我好期盼，下车我都是跑着来的。"

他们俩都渴望。一切准备过程，瞬间完成。

老叔让她坐在大床上："微微侧转你的脸，凝视窗帘上方的那个光点。用你全部的身心凝视。"

数分钟后，老叔用单调的言语引导："你的睛皮开始疲倦起来……已经睁不开眼睛了……你全身越来越沉重，头脑越来越模糊……你要瞌睡……要睡觉……要睡觉……。"

老叔一遍遍重复，当重复到第四遍，丹玛雅闭上了眼睛。她闭上了眼睛，老叔就看不见自己的形象了。

"很好，很乖。躺在床上，放松。"

姑娘顺从地躺倒，从脸颊，一直舒展到脚趾。连皮肤，都那么舒展自如。

"好姑娘，全身放松。倾听卫生间的滴水声，数着滴水的次数。"

几分钟后，老叔告诉她："数着滴水声不要间断……这儿没有打扰你的东西，数乱了，就要重新数……。我们在一个森林之间的空地……，除了阳光落在你肌肤上的声音和滴水声，你什么也听不见，……数数……，你想睡觉…，有暖流遍及你的全身……头脑任它模糊……周围安静极了……不去抵制睡意……你什么也听不见了，没关系，按着节奏继续数……。"

老叔想了想，就有了新的手段。把手搓热，想用温暖的手轻轻触摸她的身体表面，进行全身催眠。缓慢，均匀地慢慢移动。但老叔含糊了一阵，还是决定不触到她皮肤更好，正人君子嘛。靠热乎乎的手心悬于皮肤上移动，给予姑娘刺激。从额头，脸颊，脖子，胸口，乳房，大腿……。

就这样，老叔开始了又一轮的催眠。在姑娘细腻的乳房上，老叔的手更加缓慢下来，是因为丹玛雅的反应极其强烈。乳房在膨胀，膨胀得圆滚坚挺。乳头由粉变红，以致紫红，像一颗成熟的樱桃。老叔的双手再下移，润滑的小腹，壳白的肚脐，修长的双腿，匀称的脚趾。到了这里，老叔收住了手。因为一股神秘的力量，超出老叔想象地促使姑娘分开了两腿，分开再分开。最后，如同芭蕾舞演员的功夫，两腿分开成一条直线。又十几分钟过后，她闭目微笑，享受让她的微笑几乎打倒老叔。倏地，老叔发现，她在他指令外地举起手来，秀润的纤指，围绕着手心，软软的小幅度地抓挠起来，像洋流中的水母。

这让老叔惊讶，曾经记忆清晰之极。但老叔还是暂时搁置一边，继续工作。重复开始，从头到脚趾。一遍遍，增加时间，放慢时间，时间是最好的催眠剂。直至，丹玛雅沉睡。老叔随心所欲，撅她的手，抬她的脚，她都没有了任何抵抗地顺从。

接下来老叔干嘛？老叔在欣赏那飘摇的水母，展开回忆那段美好的经历。这时，一阵轻微的呻吟从丹玛雅微启的红唇嘴角流淌，流淌在她的肌肤上。乳房微微的颤抖，及至这种颤抖，遍布到她全身。颤抖延续了几分钟变缓时，一股异香，从她的体下飘出，像兰花和无花果果香的混合味道。香气，让老叔抑制不住地跑进卫生间。

十分钟之后，老叔才出来。他笑着，是笑自己，笑自己没出息，修炼不到家。

老叔向她发出指令："再过五分钟我将把你叫醒……现在我从五倒数到一，当数到一的时候你会完全清醒。……五……，你开始渐渐清醒……，肌肉变得有弹性了，……四……，脑海里出现男人的脸，听见了各种声音，……三……，闻到了一种香气，是甜果和兰花，……二……你更清醒了……已经完全清醒了……一！醒来吧乖乖，睁开眼睛，我的好姑娘。"

效果相当的好。丹玛雅醒了，但催眠中的一切，她一点也想不起来。可是她说，比昨天要好上百倍，很舒服，很幸福。似乎身上的毒素全部排干净，轻松无比。

哦，老叔很有成就感。告诉丹玛雅，你是一个香人。

丹玛雅说，谢谢你，我知道。你是第一个向我证实的男人。

丹玛雅离开时说道："我崇拜你。"然后抱着老叔脖子多时才撒了手，最后在老叔唇上，亲了一个长长的吻。

如此的香人，老叔碰到过。老叔为此还考证过历史，像香妃，像西施，像貂禅，都是香人。老叔那年在锡林郭勒大草原，认识了一个蒙古族姑娘。后来老叔流浪到青海时，姑娘找到他。两人相爱了，住在一家旅社。姑娘身体散发出的香气，弥漫了整个旅馆。同居了一段时间后，姑娘坚决要与老叔分手。老叔伤心，老叔失落，老叔无奈地接受了现实。姑娘走了，老叔打开姑娘留下的信："谢谢你，你证明了我是一个香人。满足之余，又平添了一份苦恼，你无法再解释我了。无法解释又看到你因香气昂扬亢奋，我倍加痛苦，只好离开。我要告诉你，要告诉你，你迷恋的香气，我是闻不到的，就像鲜花闻不到自己一样。"

丹玛雅走了，姑娘走了。回忆让老叔不像头天那样兴奋地准备下一次的催眠，更不像今天那样地期待，而是惴惴不安。坏了坏了，他心里念叨着。这样的发展，是老叔绝不想要的。老叔在实际的社会生活中，经常这样以自我为中心负隅顽抗。一旦当他发现这种抵抗徒劳无功时，就开始抵抗自己。

老叔决定逃离。但最终，还是觉得和丹玛雅说清楚为好。有什么大不了的。

但，第三天，下午三点、四点、五点，直到黑夜走进老叔的房间。老叔这才明白，丹玛雅不会出现了。她是不是也怕了？！自己的担心是多余的，这反倒让老叔高兴起来。

丹玛雅真的没再出现。

而老叔在想，她若丑陋无比，还会期待吗？还会给她做催眠吗？

会的，一定会的。老叔弄清楚自己了，这结果，足够。

给老叔当翻译的库玛尔，在丹玛雅消失后的第三天出现了。职业导游的库玛尔，汉语是在台湾的速成班仨月学成的。

从京城出门前，有个葬俗专家哥们儿一再嘱咐老叔，到了尼泊尔，要不顾一切地把河坛烧尸拍回来。拍回来你再读，就像一部天方夜谈。天方夜谈的故事，的确就发生在这里。在这里讲故事，听的人不会说话，声音就像天边传来的歌声，将你的心亲切召唤。

在帕舒帕底庙坡下，有一条齐腰深的河水向南流着，这就是圣河巴格马提。印度教徒们死前大愿，就是躺在庙前的河畔，洗净双脚在那里死去。巴格马提河，是圣水恒河上游的一条支流。这样一来，圣徒们可以落叶归根了。

送葬的行列以乐师为前导，吹奏低缓的乐声，伴着死者来到河坛。死者的家属提着一盏油灯，绕着尸体转三周，再把油灯扔到死者的脸边。有僧侣点燃火葬木柴，死者的亲属刮净头发，在河中沐浴，象征斋戒洗罪。骨灰撒在河中，流向神界。

河西岸边，砌着一个个方台子。桥北有三个，桥南有六个，这就是老叔在京城听说的河坛。

老叔到达时，已是正午，以为看不到什么了。快到桥头，见一些壮年人在来来往往扛木材，兴致马上就来了。

桥北河坛上的仪式已经接近尾声，烧焦的尸体不到一米来长。据说桥北河坛是烧贵族、烧上等人的。

桥南的人们正忙碌，在河坛上码木材摆尸体。几具尸体躺倒一个个渐行渐远的期待，白布紧裹着一片祥和的寂静。四周是死者的光头家属。陪老叔的几个朋友和库玛尔与更多的游人，跑到河对面的石阶伫立，隔岸观望。

观望，老叔不满意，就独自挎着相机，绷紧身上的每一块肌肉，小心翼翼地来到了死者的家属群中，走近河坛。拍照、拍照。木柴上，垫着一些稻草。稻草上死者的面目，都是安详。死者的家属没有一个哭哭啼啼的，神情平和。

老叔见没人阻止自己，蹬鼻子上脸又连续拍了几卷。有一具女尸睁大眼睛在看着他，几次老叔都没敢按下快门，挪开照相机看了她数次。老叔的脑袋发懵，丹玛雅，怎么是丹玛雅？老叔心里涌出一股无名的酸楚。丹玛雅面孔，像在马卡路酒店被催眠时那样俊美灵鲜，双眸活现，水亮不减。她不眨巴地凝望着天空的湛蓝，似乎在等待一个圣洁的飞翔。

老叔记得跟她讲过，飘逸的云朵和天空没有关系，难道就为了几片浮云？催眠难道也没治好你的病？！

当火焰吞噬丹玛雅的一瞬，老叔发现她眼角和嘴角串连组织起一个动人的微笑。苍白的脸，在熊熊燃烧的大火中泛红。然后吐出一口长气，笑开了一嘴白牙，消失了。

几十分钟后，老叔终于踌躇伤感地回到朋友中间。眼泪潸然，任由流淌。老叔仰面无云干净的天空多时，他额头正中被点的红色，格外灿烂。

友人不知所措时，一个印度的苦行僧走到老叔面前，摸摸老叔的头，再把自己洁白的长发，绕在老叔的脖子和肩上。老叔一下回过神来，跟着苦行僧一起微笑。笑着，苦行僧梳理了一下他两米多长的头发。苦行僧拉着老叔到了一片塔群。塔群走出个缠头的老者，把他手中的眼镜蛇交到老叔的手上。眼镜蛇吐信子的丝丝声，让老叔越发安静。

苦行僧点头示意，去吧，去吧！

手臂盘着眼镜蛇的老叔，回到了朋友中间。大家抢着给他照了几张照片，眼镜蛇跳到地上，很快消失在寂静的塔群里。而老叔的悲哀也在一点点消失。

到龙毗尼寻找玉儿，到佛祖释迦牟尼的出生地寻找再正确不过了。

但佛教寺庙找过，藏传佛教的寺庙找过，住所人家也找过，没有一点讯息。玉儿好像根本就没来过。

老叔知道不远处，有一棵郁郁葱葱的菩提树。他闭目盘坐在菩提树下，良久良久，一个微弱但很清晰的声音钻进他的耳朵：舍近求远，舍近求远。

太阳在西方地平线上原地踏步了一阵子，霞光，在朵朵祥云中迸射。自然佛的伟岸昭示，无与伦比。

舍近求远。近是哪里？北京？不可能；加德满都？一定是加德满都，或者是加德满都附近。

打道回府。

回到加德满都马卡路酒店。傍晚，老叔在尼泊尔相识的香港文汇报特约记者余华赶来，行色匆匆。门还没敲开就喊道："找到了，找到了。"

"在哪？"

"就在加德满都东郊。那里的喇嘛学院，有和你描述相吻合的喇嘛尼。"

"那走吧！还愣着干嘛？"

"多晚了！明天，明天我开车陪你去。"

1999 年 6 月初的一天，老叔在喇嘛学院，结识了台湾到这里出家的喇嘛尼妙融。

"她真的很像她。"老叔心里想，要不是台湾人，完全可以确认就是玉儿。

"你们相识在？"妙融问。

"1989年秋冬，在阿里。"

"你是哪里人？"

"北京人。"

"对的。她走了，或许还俗了。"

"为什么？"

"她生了一个漂亮的小姑娘。"

"她现在在哪？"老叔并没有惊讶，似乎他早就预感到了。

"离开了加德满都，大概去了拉萨。"

"我要去拉萨找她。"

"她是走路去的啊？"妙融一直在微笑。

"步行？"

"步行！而且说不定会居住在加德满都到拉萨路上的某个村庄或哪个寺庙。"

老叔决定徒步从加德满都出发向北，翻越喜马拉雅山，沿途打探寻找，一直走到西藏的拉萨。

回到酒店抓紧收拾，第二天一大早出发了。

那天，老叔从通拉山（当地人叫拉隆拉，山顶碑上书：海拔5050米，他带的仪器显示：5872米）。刚刚翻过来，一辆藏族同胞的卡车在老叔身边停住，驾驶楼子里传出半生不熟的藏语喊他上车。

"我是走路的"老叔又挥挥手高声感谢，图恰恰！图恰恰！"

车开动，上边甩下一句话：傻X。但车子走出100多米时，大厢里抛下一团白色的东西。老叔走到跟前打开塑料袋，里边是十几个羊肉丁儿包子。

老叔一边走一边大口地吃着，吃得鼻涕眼泪都下来了。

山路边，稀稀拉拉长着一团团如菜花般大的蝎子草，冬天这是最好的引火柴。

天太热，高原的阳光紫外线极强，脸上的皮已经脱掉两层。老叔想，来场雨就好了。想了，真就来了。峡谷上飞来一片云，压在老叔的头顶。几个零星小雨点后，天放晴。这么热，怎么走？只好找到一个山背阴地方，打开睡垫熬太阳。没想到这一熬熬到太阳落山，还眯了一觉。看天色晚了，收拾起来，抓紧赶路。

高原的天，说黑就黑，就像高原的早晨说亮就亮一样，没什么过渡。黑夜像从天上掉下来的，吧唧就糊住了山野。妈妈的，看样子老叔今晚找不到人家住了。

想着，路边竟然出现了围墙的轮廓，走近看是羊圈。打开手电筒，打量打量四周，再没啥了，估计是牧羊人转场用的临时羊圈。

羊圈半人多高，是用卵石堆砌起来的。老叔跳到里边，土地上还算干净。一个墙角堆着一堆牛羊粪，这是牧羊人的规矩。10年前在青海藏区以及藏北草原，老叔碰到过这种情况，也着实给他解决了大问题，甚至救过他的命。

老叔把背包放好，又拿着手电筒跳了出去，在羊圈的四周转了转，这叫知己知彼观察地形。

羊圈的一侧是公路，相距十来米，另一侧是黑黢黢的山脉，相隔说不清楚，估计一二公里，其它两侧是开阔地，就没边了。

再回到圈里——怎么成牲口了，麻利赶紧准备，先把火点着。干巴巴的牛粪一触即燃。这时候老叔又想起了那个非跟着走的女学生，要是她在就好玩了——这主儿现在也不知道到哪了？他把电筒放在地上，睡垫下铺上些羊粪蛋找平，把睡袋打开。

在火上烤了几条子生牛肉干吃下，又吃了尼泊尔饼干，火边的矿泉水也温和了。生牦牛肉干是从67道班出来时，普布硬塞在包里的，一般的时候老叔舍不得吃。他相信，在路边睡袋里，黑夜熬人的时候不会太多。肚里有肉，才能抵御夜寒。

生肉干，很好吃，咸丝丝越嚼越香。

在高原尤其是牧区，秋冬季总是要杀一些牛羊风干，以备夏季吃。

据说杀牦牛时，为了让肉中有咸味，总是憋杀，让血液闷在肉里。再切割成一条条，挂起风干。

这东西好吃，老叔想起就流口水。

饼干是在聂拉木培杰林寺时，寺庙的主持让小喇嘛们塞在老叔包里的，当时还塞了几听雪碧和可乐。估计是信徒们给寺庙的贡品。吃了主持送的贡品，神就保佑一路平安吧！也没有玉儿的消息，上路。

老叔还没歇过劲儿来，天就黑得一塌糊涂。夜，是不宁静的。

一阵忙乱过后，心安息下来，点着一棵烟。压在头顶的天，份量还挺重。没有风，四外却嘎嘎响。像风吹动着草叶，像松动的崖壁，扑啦啦往下落土。空气中一种味道在迷漫，虽然是香，但香得怪异。

老叔有思想准备，夜，是不会让自己安静的。可没想到这么快就来了，一根儿烟还没抽完。

讨厌的是那声音，一会儿又没有了，这种静就不是那种静了。静得他的心跳都听得见，而且越跳越利害。

熬了一会儿，实在忍受不下去。老叔不能这么干等，把烟头扔进火里，连续着往火中加着羊粪，似乎有点事干就踏实一些。

其实不然。

公路上一辆车开过去，老叔的心平和了许多。这让他感到莫大的安慰。公路是纽带，此时他有了新的理解。

自己并不是在荒郊野外，公路就在身边。看看表，11 点 55 分。

老叔打了一个冷战。即便是夏季，夜里的高原还是极寒凉的。他又抽了一根香烟后，火中多加了些羊粪，拉开睡袋钻了进去，背包当枕头。

睡不着也没事，就一枝枝抽烟，竖着耳朵听着外边的动静。嘴被抽麻了，耳朵听累了，似乎有了一点困倦。"三五"烟是尼泊尔友人送的。据说尼泊尔在英国的库尔喀军人服役后回国，每人都送一箱香烟。他们基本不抽，交给街头小贩出售，价格很便宜。

刚闭上眼睛，一种异样的声音又让老叔睁开，恐怕是错觉，他坐起了身。是狼在嚎叫，长长的，一声连着一声，从山的那边传来，还不是一只。老叔刚刚放松一点的心，又绷了起来，困意全无。

老叔爬出睡袋，给微弱的火中加进大块的牛粪，但火光不够，生死攸关，便在背包里翻着，希望能翻出些可着出火苗子的东西。

失望，什么都不能烧。

那年在塔克拉玛干南缘，老叔碰到过一群狼，它们并不是平时想的那么可怕。

狼的叫声好像近了一些，老叔趴在墙头，用手电筒向外照看。这一照，声音似乎更大更近了。他吓得缩了回来。

老叔再不考虑太多了，唯一一沓稿纸撕开投进火里，火苗腾飞，嚎叫一下子消失了。可几张纸能燃烧多久，火苗转眼就落了下来。

老叔侧耳静等着，几分钟后，狼叫声果然又起，而且三面都有。坏喽，围攻。跑是跑不了的，即便上了空荡荡的公路，也没戏。也许这时候来辆车就好了。没招儿，狼叫声虽没再接近，但始终嗷，——嗷，——嗷，——。

尖利的长声中带着颤音，颤音里还夹杂着一种乞求，乞求又表现出婉转的美，美却是狰狞的凄怆的穿透的。

老叔开始把多余的旧塑料袋，一个个扔进火里，甚至备用的塑料袋，也一个个葬身了火海。

牛粪没了，羊粪火苗太小。老叔开始，撕日记本，找没字的撕。只要能着火的，都往里扔。像一场战斗。

老叔的尼泊尔故事

真的没有再能烧的了，再烧就烧老叔自己了。他颓丧地坐在睡袋上，攥紧手电筒。这手电筒不简单，它还是一个小型电棍。一按最上边的钮，几道蓝光就发射出去。

四外静悄悄的，这时老叔才发现，光顾紧张，狼嚎声不知什么时候消失了。再看表，已经是下半夜3点多。

恐惧并没有过去，老叔总觉得它们还在不远处，瞄着。

冷，再一次让老叔钻进睡袋，但上边的拉锁只拉了一半，随时准备站起来与狼们决战。他把手电关掉，圈内只有粪火的灰亮。

紧张后的松弛，困倦、安静和黑夜，一堆挤压过来。老叔支持不住了，睡、睡，不管那许多。大概这时候，狼啃吃他的腿肚子，也不会再睁开眼睛了。

老叔好像从没这么困过，虽然这些日子晚上都睡不好，但白天在路上还打了一个盹呀。不可思议，难道也是高原反应？

睡梦中，脸上有东西在慢慢的挠，小爪子似的，凉丝丝。老叔悄悄睁开眼睛，是下雨了。虽然如此，天空却显得亮堂许多。手表显示快6点了，公路上也有了动静。

但老叔实在还想睡，那就睡吧！歇好，才能走路。把睡袋拉锁全拉好，脑袋也缩进去，免得小雨打搅。

狼是绝不会再来了。来了也不醒。自当它狼大哥在吃一具尸体。

一觉醒来，钻出睡袋，居然是一个大晴天。老叔身边，一汪清水。水里漂着白云，和他黢黑的脸及乱蓬蓬的脑袋。

老叔伸开懒腰正要收拾，见公路上停下一辆小黑车，车上下来两个衣着一红一蓝漂亮的年轻女子，说笑着向这边走来。估计是来上厕所的。

俩女人光顾说话，到了墙外还没看见老叔。老叔只好咳嗽，还没听见，再大声咳嗽了一阵。她俩看了老叔一眼，提上裤子尖叫一声撒腿就往回跑。车上慌乱地跳下俩男人，冲着老叔喊：你在那干嘛呐？

老叔没搭理他们，继续蹲下收拾睡袋睡垫。好家伙，羊粪蛋都泡烂了，睡垫上粘了一下子。还没收拾好，墙头上露出俩脑袋。

一个人猜测地说，是探险的吧？

要是平常老叔会觉得这话很滑稽，但经过了这一晚，他觉得说探险也不为过。虽然这么想，老叔还是回答：走路的。

他们就一个接一个问题，从哪来？到哪去？做什么？走了多少天？为什么一个人？

老叔基本都回答了。做老实人吗！

他们说，他们是香港人在广州做生意，现在休假。然后又问还没吃饭吧？老叔也没客气。就邀老叔和他们一起吃。

两个女子抱着手，在公路边看着他们。他俩就喊：吃饭、吃饭！

他俩从后备箱里搬出折叠桌折叠躺椅，打开支在草地上。两个女子也能干，架锅烧汽油喷灯。锅中，放入六个八宝粥。看着她俩一瓶瓶往锅里倒矿泉水，把老叔心疼死了。

喝酒吗？一个男人问。

其实老叔不想喝，可坐在这里感觉非常安逸，就问有什么酒？

白的，红的！

红的吧！

桌上就上来一瓶干红，还是洋酒。五个玻璃杯，火腿肉，腊香肠……摆了一桌子。

一会儿，水就热了，女人把八宝粥捞出，大家围坐吃起来。

老叔从来没吃过这么好吃的粥，一连吃了两听。他们见老叔饿成这样，就又热了仨，全被老叔消灭掉。之后，才有心情喝酒。

太阳很亮堂，光辉灿烂。没想到，在这高原荒野仰在躺椅上喝酒，居然如此舒坦。

老叔的尼泊尔故事

酒后话多，女人的话更多。可是吃人家的嘴短，老叔也就都心平气和一一解答了。闹得几位都很高兴，走前还给老叔留下他们在广州的地址电话，欢迎去他们那玩。

各奔东西时，老叔从他们给准备的一大堆东西里，拿了两瓶矿泉水。犹豫了再三还是询问了一句。几个人一块摇头。临了红衣女子说，在日喀则天葬台有个背尸的喇嘛是尼泊尔人，但是个男人。

男的？不对！但背尸人靠谱。老叔看着远去的他们，心下想着。去日喀则天葬台。最起码可以向这个尼泊尔人，打听打听玉儿。

大踏步向东。

山顶风很大，经幡猎猎，雪下成冰粒，刷啦啦地响。有标碑，上有珠穆朗玛的图案，标志着这一带是珠峰自然保护区。它的旁边还有一块牌子，上书：加措拉山，海拔 5220 米。老叔照过照片后，取出自带的海拔仪——6000 米整。这时候，他感到眼眶充满了泪水。这是为嘛，真不该。

虽然寒冷，但老叔极怕出太阳。祈祷着上苍，太阳公公行行好，您多歇会，让咱把这段雪路走完。

老叔没有备墨镜，没有墨镜，太阳照在雪山上，光芒会灼伤眼睛，会得雪盲症。雪盲会使眼睛肿胀得睁不开，那就是个瞎子，三两天都缓不过来。

老叔将从这个高度一路直下，无疑这是这段中尼路上最高的高度了。

老叔今天出发爬到加措拉山顶，已经 11 时 50 分。不到两个小时，走了七公里，有成就感。

老叔真是低估了自己。低估和高估自己，同样都是容易犯错误的。

雪还在下，路边的岩石上已有二尺多厚。但心情已不似在山那边了。

老叔重新整装，脚步向加措拉的北方一路快捷地走下。步履轻捷多了，大有飞毛腿的形象。竟然好心情，能起这么大的作用。

路边那些雪地中移动的黑点，老叔也不在乎了，手握怀中的电棍。多次听人讲，这一带的高原狼很多。老叔上路时曾经很胆怯，但此时真想见识它们。不就是狼嘛？能有比咱个儿大的狼？咱敏捷度也不该比它差。怕啥！

一座座雪山抛在了老叔的脚后边，前方山上的雪愈来愈少，海拔高度愈来愈低，心情愈来愈好。

除了早上喝了几碗酥油茶之外，老叔的肚子里还没进过任何粮食。见到道班，脚步也丝毫没有停留下。

又 10 公里过去。没见一个人，没人，感觉比有人，更让老叔心里踏实。独自纯粹走路，其实是一种享受。

老叔感觉，路比自己平静多了，脚下发出节律一致的沙沙声。有那么一段路，尤其快到老定日，太阳真的被定住，湛蓝的天空下，右手的珠穆朗玛白雪皑皑。

在日喀则西郊外，老叔住进了一户人家。石板铺地的小院，鲜花盛开，鸡鸣狗叫。女主人是个 62 岁的阿妈，叫格桑。她做了 30 多年中尼路的道班工人，如今退休在家。9 个孩子，5 男 4 女，其中 3 个是道班工人。

初秋，日喀则的阳光总是那么好。一身传统藏装的格桑阿妈，在阳台上为老叔打酥油茶。

老叔在院子当央，仰着头看天空，看阿妈。

日喀则对老叔来说并不陌生，1989 年和玉儿分手后来过；1994 年在墨脱转了几个月后也来过。今是 1999 年，长途跋涉再次到达，却不住在城里。是的，这次他目的明确。

"这一带，应该有一个天葬台？"老叔问话的语言很谨慎。

"……。在……西边，阳台上可以看到。"格桑阿妈回答得吞吞吐吐。

老叔爬上阳台，站在阿妈身边。手搭在额头西望，一块不大的平展田地过去，全是灰蓝蓝的大山。

"是，就在那里！"阿妈不爱说这事，不吉利。

"您对那里的人熟吗？"

"你是来找人的？"

"我在找一个四十岁左右的尼泊尔女人。"

"我虽然不是很熟悉，但绝没有。有个背尸人是尼泊尔来的，可那是男的。"

"我想去天葬台看看。"

"不行！"

"……。"老叔无言。

"走，我们到屋里喝茶。"阿妈下着楼梯又加了一句，"你再看看东边，那是扎什伦布寺。"

老叔没理会，在默想着什么。过了一会儿，阿妈把一暖瓶酥油茶送上阳台，他也没动。一直面向西。老叔在想什么不重要，黄昏来临了。

扎什伦布寺的屋宇金碧辉煌，山岚上一朵朵橘红色祥云。夕阳的光线穿过山峰，把草滩泫然得黄灿灿暖融融。有炊烟却不高升，擦着地面低低地徘徊弥漫。吃饱的羊群，呆呆地不愿走动。

老叔突然扭身快速地下到院子。果然阿妈的小儿子普琼，跨着摩托车在大门口等他。俩人跑到农贸市场，老叔为阿妈家买了一只屠宰好的羊。

晚上，老叔和阿妈全家一起吃了手把肉，破天荒地一口酒没喝。老叔晚上要睡在经房。

"你的声音很好听！"阿妈以为老叔不高兴。"是不是喝了我们斯加拉山泉了？"

"这泉水神奇，这山在哪？"老叔明白阿妈的心意，笑着搭话，"我再去喝，喝成漂亮的男高音。"

"哦，不行！那水很怪，好嗓子喝了会变成粗嗓子。男的喝了会变成女人声音，女人喝了会变成男人声音。"

"世上还有这样的泉水。神奇又珍贵。"

阿妈严肃地说："好，看对谁？"

"那我可不能去喝，变成个娘娘腔，瞎了。"

大家玩笑了好一阵子，就散了。老叔很快活。心里悄悄地说，谢谢阿妈！

普琼陪老叔睡觉。俩人头顶头躺着，都没睡着，却不言语。

买羊的时候，老叔提出让普琼带他去天葬台。普琼说你是汉族人不能去，平常去也不吉利。老叔说自己在青海通天河畔看过。普琼就不再回答。当下两人如此沉默，老叔心里很别扭。

老叔开口了"不去就不去，我理解，不能让你为难。"

普琼翻了个身。

老叔开始给普琼讲他和玉儿的故事。

故事还没讲完，普琼坐了起来："我带你去，明早就有天葬。找得到找不到，回来你就踏实了。我再到别处打听打听。"

"太好了。谢谢！"

"我给你找一身藏装。你的面色形象太像藏族人了。但绝不可以说话，否则你就露馅了。露了馅，会很难堪，我俩不挨打也会被赶下来。"

"我明白。一切听你安排。"

之后普琼给老叔讲了他的故事。

原来，普琼在天葬台做过碎尸工作。以前老叔以为碎尸只是喇嘛的事。在一次天葬马上开始时，普琼发现手下的尸体竟然是他的中学女同学。这让他很闹心，再也不干了。

普琼虽然一动不动，但老叔知道他并没有睡着。老叔不好再问，又进入沉默。佛龛前，酥油灯火苗也一动不动。只有经堂中央吊挂的纸经桶，借着酥油火在它下面的燃烧，慢慢地旋转，不停地旋转。

第二天一大早，普琼把老叔叫起来。他俩躲着阿妈，悄悄出了门。

他们走过田野，越过一片河滩，一条小河，一道大沟。在一个山垭下的小路口停住。路口有个大牌子，牌子上用英文、藏文、汉文写着：止步！

普琼说："不止步，上。"还挥挥手，让老叔跟紧。

路，不是很陡，但曲曲弯弯。路边开始出现很多旧衣服。普琼说都是死者的，躲着点，碰上不吉利。

再上行了一会儿，老叔有了担心："这些旧衣服，会越来越多的。"

"有专人管。每天分批烧，……。"

普琼的话咽了一半，转过身看着山下。

山下弯曲的小路上，一个背尸人低着脑袋走来。背上的尸体不是很大，灰布单包裹着，但步履似乎很艰难，很慢。身上的僧装，几乎褪色褪得看不出原样。褐色的头裹却崭新，一直围到脖子，仅露出半边脸。

老叔和普琼让开路。

当背尸人走近时，嘴里反复叨念的话，让老叔大惊。他努力压抑着，才没有搭腔。

背尸人走远，普琼看着老叔惊异的脸问："吓着你啦？那到天葬台还不得吓死你？"

"不是，是背尸人念叨的话。"

"我没听清，念的什么？"

"一句诗，用汉语念的。要不是你千叮咛万嘱咐，我差点搭话。背尸人肯定不是汉族，但也绝不是你们本地的。"

"这就是跟你说过的那个尼泊尔人。奇怪啦，他怎么会念汉语诗？"

"没错。这诗我几年前读过，印象很深。诗作者是个女的，四川人，年龄跟你普琼差不多。"

"让我听听。你念念。"

"好。

空荡荡的头颅，一阵风

迁徙，一群飞翔的白骨

手牵着手，吹进黎明

那些在天边微笑的皮肉

让阳光伸出了舌头"

两人说话间，送葬的队伍临近。队伍大约20来个人，有死者的家属和数位喇嘛。他们行走上坡的一路，头顶有一片乌云尾随。

普琼告诉老叔，死者是个70来岁的老太太，住在他家南面的村庄。尸体，已经停放三天了。那些喇嘛是念经卜卦的。说着张开双手，"你看下雨了。"

雨点也落到老叔的脸上。问："那乌云，不是好兆头吧？"

"不，恰恰相反。下雨，说明死者心地善良，甘露滋润大地。"

"那下雪，说明死者心地纯净洁白？"

"对，就是别下冰雹。那是说明死者心地邪恶，要毁灭庄稼。"

"快快，我们要追上背尸人。"

老叔急着上行，是为了找个机会问问背尸人，知道不知道玉儿的下落。

俩人加快了脚步，只一小会儿就见到背尸人双双地站在佛塔下。佛塔往西一片平地，在这里可以看到南坡上的天葬台。天葬台实际就是一个较缓的斜坡。太阳刚刚升起，阳光柔和没有风。坡下平地，有一个用石头围成的直径 9 米的大圈。石头上一撮撮粪火，火上青烟缭绕，时不时还有人往上撒青稞面，烟就更浓了。烟是消息，天鹰会马上赶来。北坡上也有人燃火，再往北是一座峭壁直陡陡的山峰。

送葬的队伍到了这里，死者家属打道回府。

喇嘛们盘坐在佛塔下，为死者念经超度，烧柏枝熏烟。

时间，像一条小溪，在空中流淌。

当天葬台只剩下死者的头发时，老叔感到时间流淌了一年。

普琼说，天葬全过程，一个多小时。比起其他，这是最快最能使灵魂早日投生转世的有效葬礼。

老叔到喝茶吃糌粑的众喇嘛里寻找背尸人，却不见。

普琼说回去了。

"去哪里了？"老叔没有想到。

"回他的住处。"

"我们去找他。"

"在斯加拉山，几十公里呢。再说我也不认识。"

"马上追。"

俩人风风火火向山下跑去。

没有找到，只好回家。

阿妈站在门口，这让老叔有点难堪。但阿妈并没说什么，只是点燃一炷香，在老叔和普琼的周身熏了三遍，然后在佛龛前跪拜良久。

之后，阿妈像平常一样了。

三个人正在屋中说话，有客来。

客人是喇嘛，寺庙在白朗。和阿妈有点亲戚关系，见面说得热闹。

老叔小声跟普琼说："帮助我找见背尸人。他叫什么？"

"没问题，他会回来的，他得给死者家属讲解天葬的过程。叫什么不知道。"

阿妈接过话："只要当了背尸人，再没人叫他名字了。他一定会回来的，那个人特别好。再者这也是我们的风俗。"

白朗喇嘛问明情况给老叔解释："天葬后第七天，背尸人必须到死者家中。这时死者家属悲痛有所减轻，背尸人要将尸体处理全过程向家属介绍。说心脏鲜红，骨肉处理得很干净彻底，家属听了极高兴。还要介绍死者体内有何变异，大体是什么病导致死亡。上午必须说完，下午打扫室内外卫生，洗头洗衣服，家人不再提及。背尸人，会得到款待和丰厚的报酬。还会把一些贵重物品，如死者用过的卡垫等等赠送给他。"

阿妈说："我说这位背尸人好，就是要说这个。他会把得到的报酬，送给村里伤残孤寡，自己只留一点点。每次都是这样。"

"噢，你们说的是那个尼泊尔人。的确，在我们白朗他也这样。"喇嘛说。

老叔不解："他为什么要去白朗那么远的地方背尸体？"

"白朗不算远，他还去山南呢。山南强钦乡四周，有惹那、尼玛拉当和恰左三个天葬场。"喇嘛说。

"他还会画画。多才多艺，画得跟照片一样。"普琼说。

喇嘛补充："这没错，死者家属经常找他。都过一年了，还要他画，他还能丝毫不差地把死者画出来。真是，聪慧睿智。你想，在他背上背过的死者，没有一千也有八百。"

"我去年见过他给道班工人画的，跟照片一样。还给尼泊尔王妃画过，挂在皇宫里。像真人，谁见了，她就会冲谁笑。"阿妈说。

"他在这里很多年了？"老叔问阿妈。

阿妈说："五六年？六七年？记不清。没有葬礼想不起他来。"然后指着白朗喇嘛"不像他，人家从不串门子。"

喇嘛笑得很开怀。老叔问喇嘛，老叔这会儿一肚子问题："您说他这一辈子四处奔波于各个天葬台，得背多少尸体啊？"

喇嘛反问："你猜他多大？"

"大概五十左右。"

"乱说，他还不到 40 岁。在白朗好几次葬礼，我是经师，和他闲聊过。人长得很帅气，阅经无数，很是博学，20 多岁就做到堪布了。当背尸人，可惜。"

阿妈抢过话茬："不一定，背尸人的工作也得有人干啊，就像我们道班工人一样。都不干，光知道 90 迈飞车，路谁修啊！"

喇嘛笑："是是，背尸也是一种修炼。"欲言又止，最后还是说了"他是一名高僧，各个寺庙的堪布都知道。很多寺庙请他去做主持，他都拒绝了。据说他离开尼泊尔，就是为了躲开盛情邀请。"

"为什么？他喜欢背尸人这个工作？"老叔追问。

"人各有道。修行有'难易'之别，凡靠自力修行的，都是难行道。正因为难，到一定程度会有天力相助。修行，像在路上。去拉萨可骑马、可坐车、还可骑自行车，可你偏要走路。这就是修。"喇嘛的一席话，老叔频频点头。

"背尸人品德高尚知识渊博，怎么张扬得你们都知道？"老叔想了解背尸人更多。

"他绝不张扬，也绝不怕人说他张扬。那年他在仁布的葬礼后说七，说完要离开时，村里一个男人到了弥留。穷困的家属找到他哀求，'我们没能力请法师，请您操持。'他丝毫没犹豫就答应了。到了这户人家，取出法铃道：尊贵的巴桑，现在你求道的时候到了。"白朗喇嘛说到这里，来了一个情景再现。也取出法铃，俨然一个大法师。"你的

281

气息就要停止了。你的上师已经助你入观明光了；你就要在中阴境界中体验它在实相之中的境相了；其中一切万物皆如无云的晴空，而无遮无瑕的智性，则如一种没有周边或中心的透明真空。当此之时，你应赶快了知你自己，并安住此一境界之中。我此时也在助你证入其中。"

喇嘛反复诵读，摇动法铃。

之后，喇嘛继续绘声绘色叙述背尸人当时的演说："当弥留者呼气即将停止时，他就让弥留者右则身子向下，并对其开始实施'入观密法'。待其呼吸完全停止，以手紧压睡眠之脉。还与之交谈：你已脱离这个尘世，你并不是唯一；不要执着这个生命，否则在轮回之中流转不息，毫无所得。去者安然，家属安然。大慈大悲啊！"

那一晚，躺在床上，老叔盯着旋转的经桶想着背尸人，告诉自己，一定要见到他。老叔有预感，背尸人一定会给他一个讯息或一个结果。

七天里，普琼想拉着老叔四处转转，老叔不去。老叔说，要出门就去斯加拉山，拜望背尸人。

普琼不认识，更不愿意四处瞎找，像没头的苍蝇。

第七天并不是太漫长地到来了。

一大早老叔问普琼："背尸人是上午来还是下午来？"

普琼道："不知道。"

"那我们现在就去！"老叔揣上库尔喀弯刀，这是和尼泊尔人交流最好的话题。

俩人到了那户人家，房里一点动静没有。两人在院外坐到九点，邻居一个小伙子和普琼打招呼后问，你们在干嘛？普琼说了，小伙子一脸焦急：那你们得赶快吧，背尸人几天前托人带的信，告诉身体不行不能来说七了，希望他家去个人，到他那去说七。他家大儿子去后一看，背尸人已经奄奄一息了。回来一讲，全家人都去了斯加拉山。

估计这会背尸人，……。

"啊？普琼，我们的赶紧去斯加拉。"

"我不认识啊？"

"天，那怎么办？"老叔知道背尸人一走，如同坟墓中的秘密。

"我送你们去！"听到邻家小伙子这么说，老叔上去一把抱住"谢谢啦！谢谢啦！"

"你认识？"普琼问。

"是我把这家人送去的。"

斯加拉山，前两个月，一个喇嘛带着老叔去萨迦寺时途径过，听说山泉水很特别，山里没路也没人住。因为一门心思萨迦寺，老叔没再多打听。

斯加拉山下，成了一个怪异的"停车场"。不仅有越野还有中巴，不仅有拖拉机还有十数马匹。

三人下了车步行，翻了两座山一道河谷他们才看见北山悬崖上的房子。从谷底看上去，房子是一整块巨大的石头。歪歪斜斜在悬崖边，好像随时随刻会轰然栽倒。

普琼说那叫飞来石，是从印度飞来的。

老叔先普琼他俩到了悬崖顶，屋前已经有很多人了。不管是喇嘛还是普通百姓，都盘坐在门外。老叔冲房里望去，只见背尸人躺在地毯上，盘头已经解掉。头发几寸长像男人，但的确是玉儿。玉儿看着老叔，集中了全身的力量，给了老叔一个微微的笑，然后闭上眼睛。老叔扑过去，却被人拦住。

拦老叔的人，是妙融。

老叔想，妙融一定是赶来给玉儿做教法或超度的。

妙融好像知道老叔所想，摇摇头。

屋中的空间，是个天造的不规则的圆。屋门椭圆，两臂高。地毯边一个藏式躺柜，再没有其它家具。佛龛前很亮，老叔注意到，酥油灯间有一张陌生男人的画像。大约50岁，面相温和。应该是玉儿当年去世的那位好友。

妙融拉着老叔到门外，告诉老叔：玉儿说完七了之后，气力已尽，再不要和她说话。知道的不用问了，不知道的马上都会知道。还说，玉儿说七说得非常之好：死者的内脏器官，脉络清晰，颜色味道。这是她背的第1001个尸体，她的确修持得极好。她已留下话，今明两天就要走。她的尸体平放，七天之内不让动。

妙融还告诉老叔，玉儿9岁的女儿现在在加德满都的姨妈家住。

老叔问："是我的女儿？"

妙融答："这重要吗？"

老叔无语，但老叔终究是个汉人。

妙融又说："她和那个男人相约十年再见，现在整十年。她的确修的非常好，很快他们就要见面了。"

老叔的心里复杂异常。嘴巴干干的，不是五味杂陈，只有一种，苦。

玉儿双目紧闭，嘴里一直在蠕动。老叔很关心，问妙融："她在念叨什么？"

"不是念叨，是在唱诵，唱无垢光尊者圆寂前的遗歌。"

妙融陪着玉儿，直到最后一口气。

老叔和妙融按照玉儿的交代，把她舒展在地毯上。蒙上一块黄纱，等待七日后发葬。老叔说："让我背着玉儿去天葬台，可以吗？"

妙融点头。

然而。

在玉儿去世的第六天，人们排着队走过门口，一同目睹了玉儿升天的景象。

玉儿身体渐渐变小，皮肉消失，骨血消失，形骸不见，屋子里一片虹光。在她身体上方，虹光有形，椭圆、盘状的彩霓，变幻多时后，随之一种异香弥漫，加之百灵鸟的鸣叫。更为神奇的是，虹光的光线弯曲，触碰到妙融身上时，妙融的身体如水晶般透明。与此同时，山谷中飞升九朵彩云，驻足石屋四周。

这就是藏传佛教里所说的虹化。十里八乡的百姓，一起悉心目睹见证了全部过程。

医学认为，人体百分之六十的热量，是要通过红外线辐射出来，但那是不可见光。老叔有些迷惑。

玉儿消失的地毯上，留下三件玉儿的东西，五彩指甲、头发和一颗九眼天珠。

妙融告诉老叔：那颗天珠放进你的刀把里吧！这把刀子即便见血，也不会杀人了。

老叔把玉儿的一块粉色指甲、一撮头发和九眼天珠，一同塞入库尔喀弯刀的刀把。然后问妙融："玉儿这是传说中的虹化？"

妙融回答："不足为奇。长年的修炼，修行者的身体内聚集了巨大的能量。弥留，就将这种能量把肉体转化为最初组成身体的光质。色身溶化在光中，然后完全消失。'以南北大圆满库之道，得虹化者不计其数。'"

石头屋里没做任何整理，甚至没清扫。老百姓用石块封堵屋门时，妙融让留下一个小肘宽窄的洞。她说：我们看见的虹化了，还有我们看不见的，要飞进飞出。

老叔和妙融下山，身后数百人跟随。行走到谷底，老叔站住，回望山崖上倾斜的石屋自言自语："她会轰然倒下吗？"

妙融在一边轻声回答："今天，不会！"

"明天呢？"老叔追问。

"明天，也不会！"妙融的声音更加柔和。

稀稀拉拉，落雨。东南黑压压，西北亮煦煦。走到公路边，老叔冲妙融招招手，妙融双手合十胸前："终有别期"。

是年，妙融 28 岁。

老叔和她，一个往东，一个往西。

结尾要说的话无数，却不知怎么说，一句半句无意义。撂笔！

2013 年 6 月 4 日于北京

2013 年 7 月 26 日修改